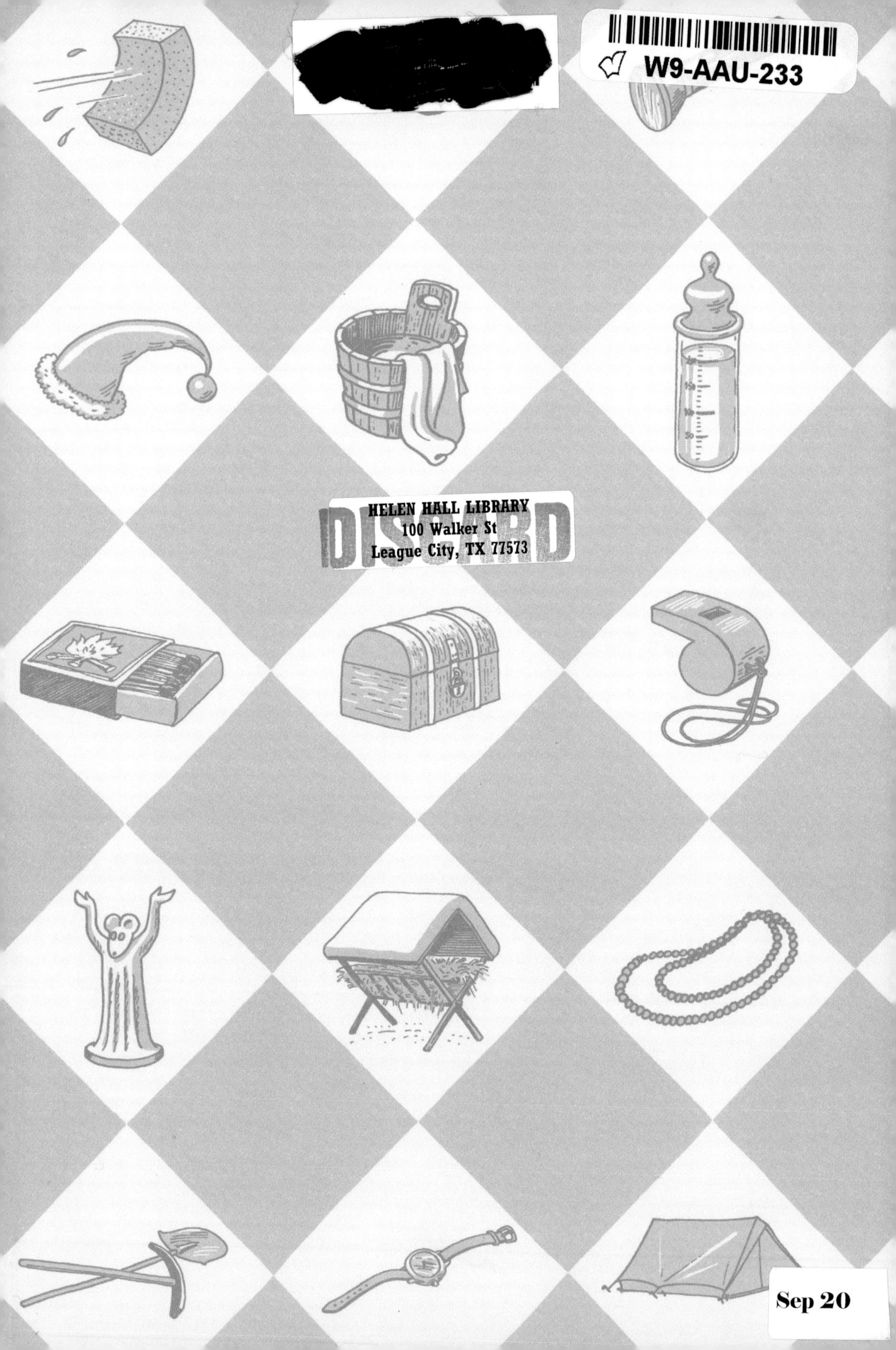

ANITA Y PEPE

2

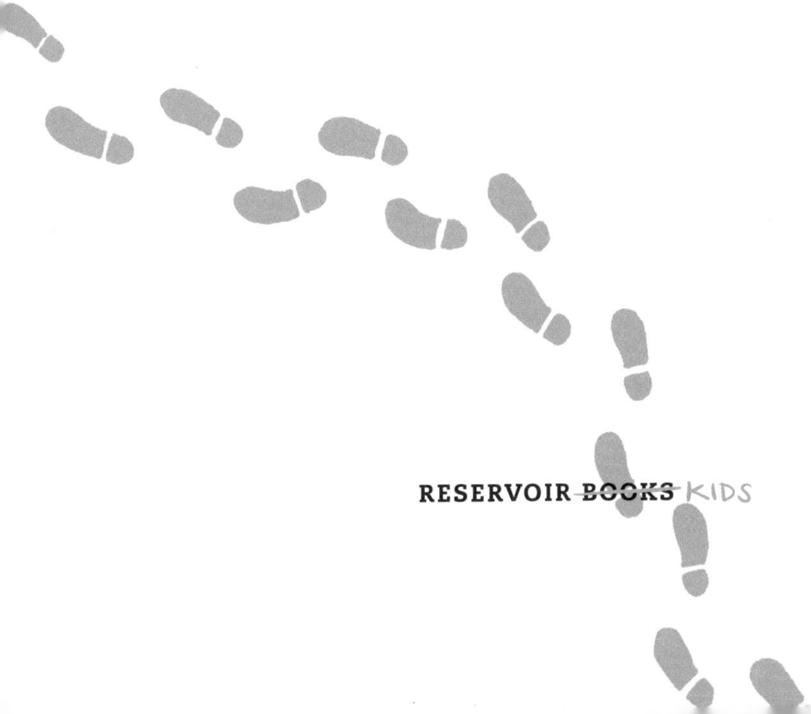

RESERVOIR ~~BOOKS~~ KIDS

Lucie Lomová

ANITA Y PEPE

**Traducción de
Núria Mirabet i Cucala**

RESERVOIR ~~BOOKS~~ KIDS

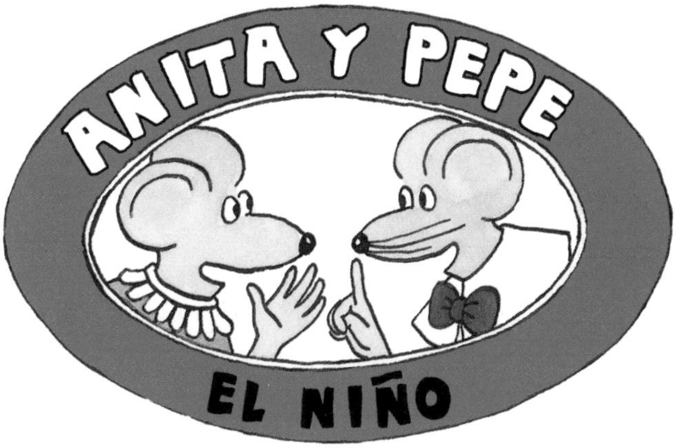
ANITA Y PEPE
EL NIÑO

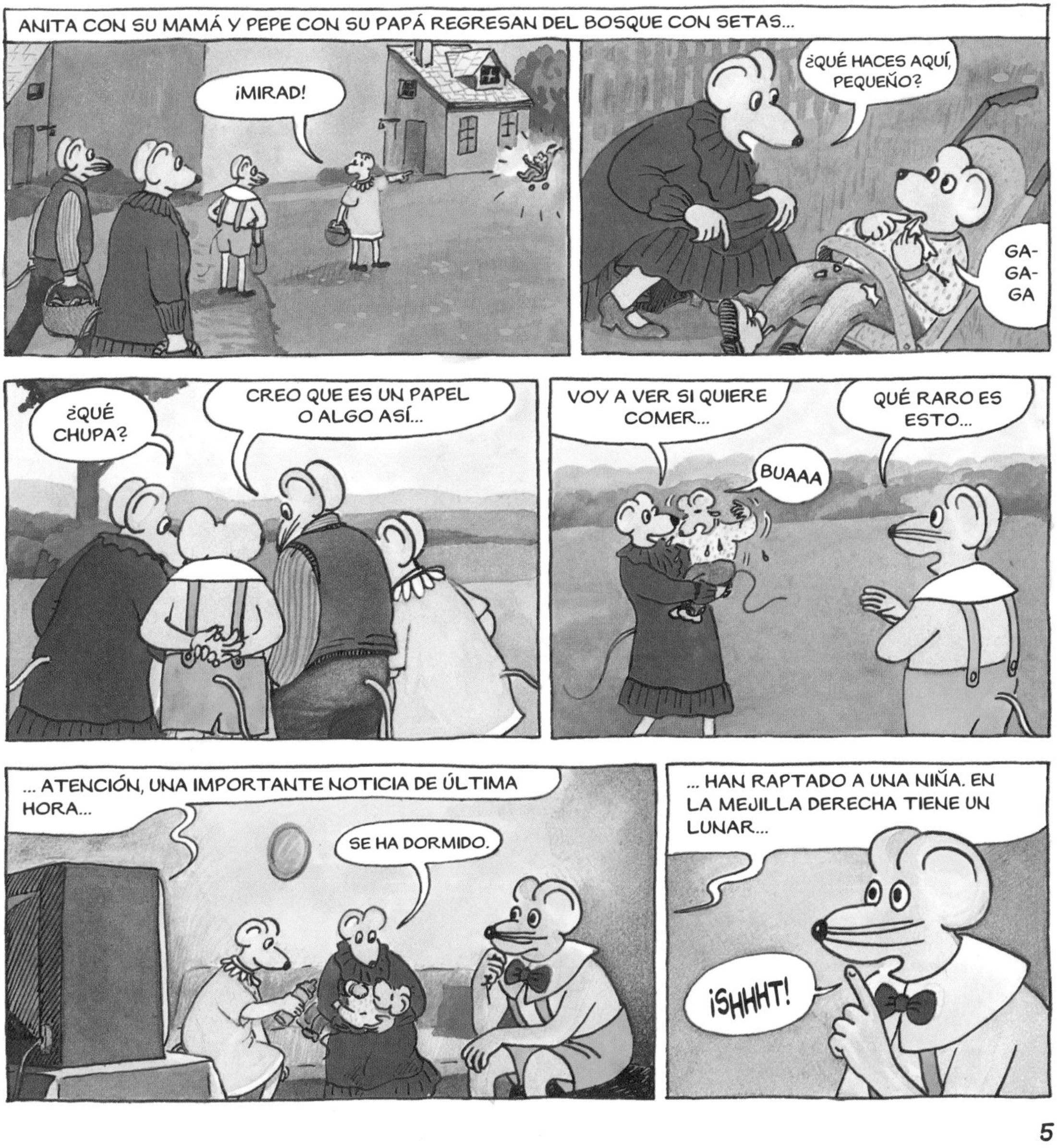
ANITA CON SU MAMÁ Y PEPE CON SU PAPÁ REGRESAN DEL BOSQUE CON SETAS...
¡MIRAD!
¿QUÉ HACES AQUÍ, PEQUEÑO?
GA-GA-GA
¿QUÉ CHUPA?
CREO QUE ES UN PAPEL O ALGO ASÍ...
VOY A VER SI QUIERE COMER...
BUAAA
QUÉ RARO ES ESTO...
... ATENCIÓN, UNA IMPORTANTE NOTICIA DE ÚLTIMA HORA...
SE HA DORMIDO.
... HAN RAPTADO A UNA NIÑA. EN LA MEJILLA DERECHA TIENE UN LUNAR...
¡SHHHT!

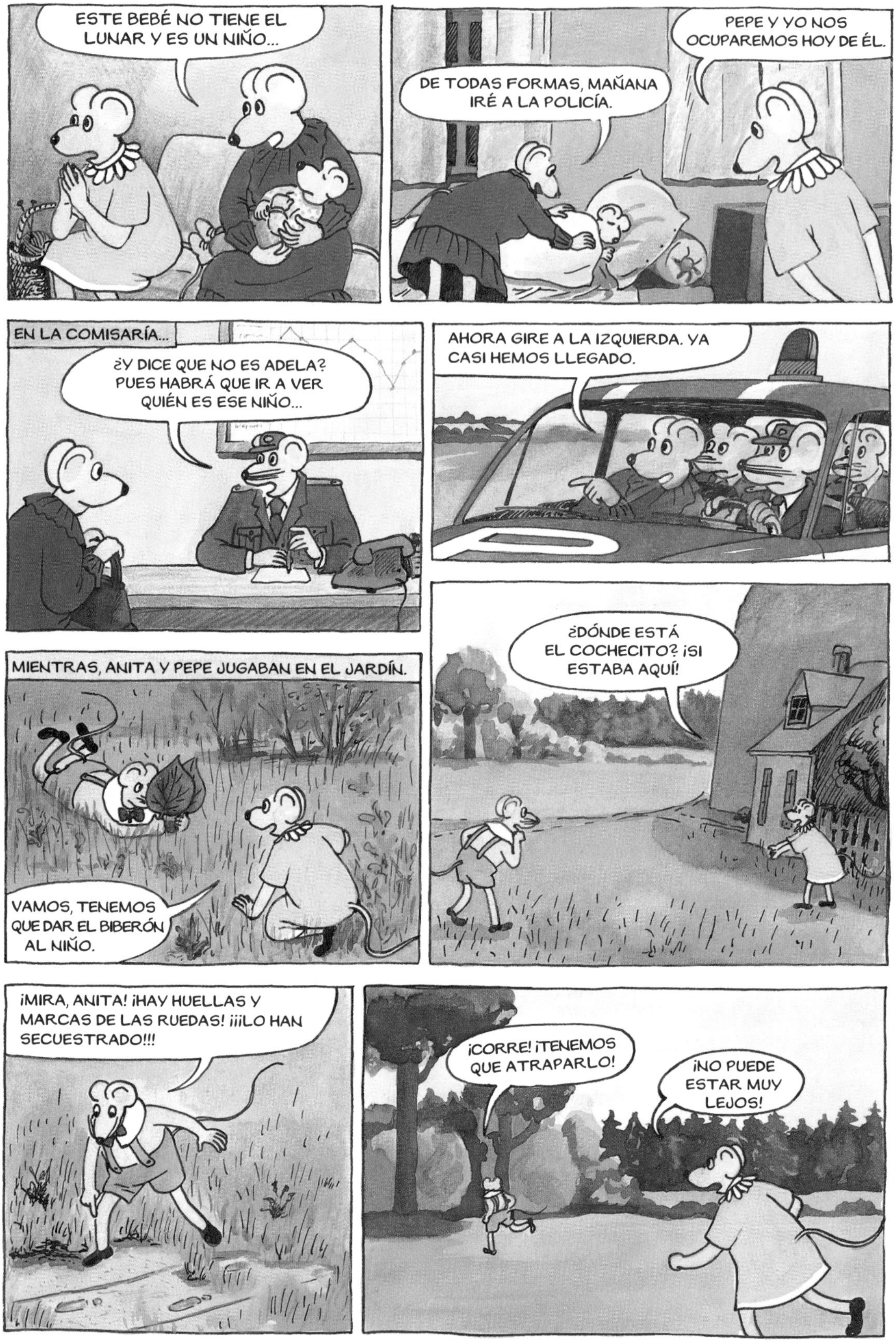
ESTE BEBÉ NO TIENE EL LUNAR Y ES UN NIÑO...
PEPE Y YO NOS OCUPAREMOS HOY DE ÉL.
DE TODAS FORMAS, MAÑANA IRÉ A LA POLICÍA.
EN LA COMISARÍA...
¿Y DICE QUE NO ES ADELA? PUES HABRÁ QUE IR A VER QUIÉN ES ESE NIÑO...
AHORA GIRE A LA IZQUIERDA. YA CASI HEMOS LLEGADO.
MIENTRAS, ANITA Y PEPE JUGABAN EN EL JARDÍN.
VAMOS, TENEMOS QUE DAR EL BIBERÓN AL NIÑO.
¿DÓNDE ESTÁ EL COCHECITO? ¡SI ESTABA AQUÍ!
¡MIRA, ANITA! ¡HAY HUELLAS Y MARCAS DE LAS RUEDAS! ¡¡¡LO HAN SECUESTRADO!!!
¡CORRE! ¡TENEMOS QUE ATRAPARLO!
¡NO PUEDE ESTAR MUY LEJOS!

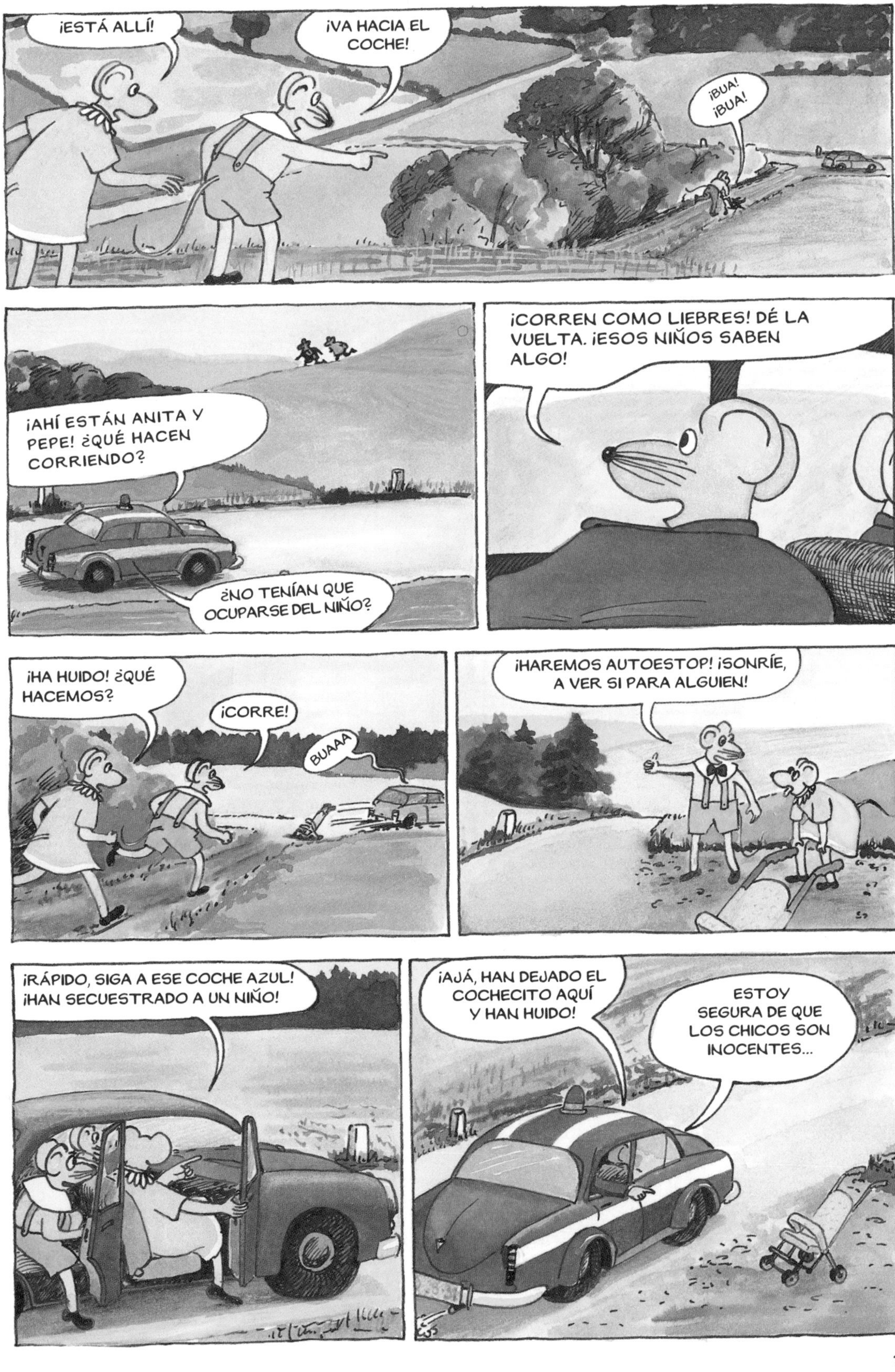
¡ESTÁ ALLÍ!
¡VA HACIA EL COCHE!
¡BUA! ¡BUA!
¡AHÍ ESTÁN ANITA Y PEPE! ¿QUÉ HACEN CORRIENDO?
¿NO TENÍAN QUE OCUPARSE DEL NIÑO?
¡CORREN COMO LIEBRES! DÉ LA VUELTA. ¡ESOS NIÑOS SABEN ALGO!
¡HA HUIDO! ¿QUÉ HACEMOS?
¡CORRE!
BUAAA
¡HAREMOS AUTOESTOP! ¡SONRÍE, A VER SI PARA ALGUIEN!
¡RÁPIDO, SIGA A ESE COCHE AZUL! ¡HAN SECUESTRADO A UN NIÑO!
¡AJÁ, HAN DEJADO EL COCHECITO AQUÍ Y HAN HUIDO!
ESTOY SEGURA DE QUE LOS CHICOS SON INOCENTES...

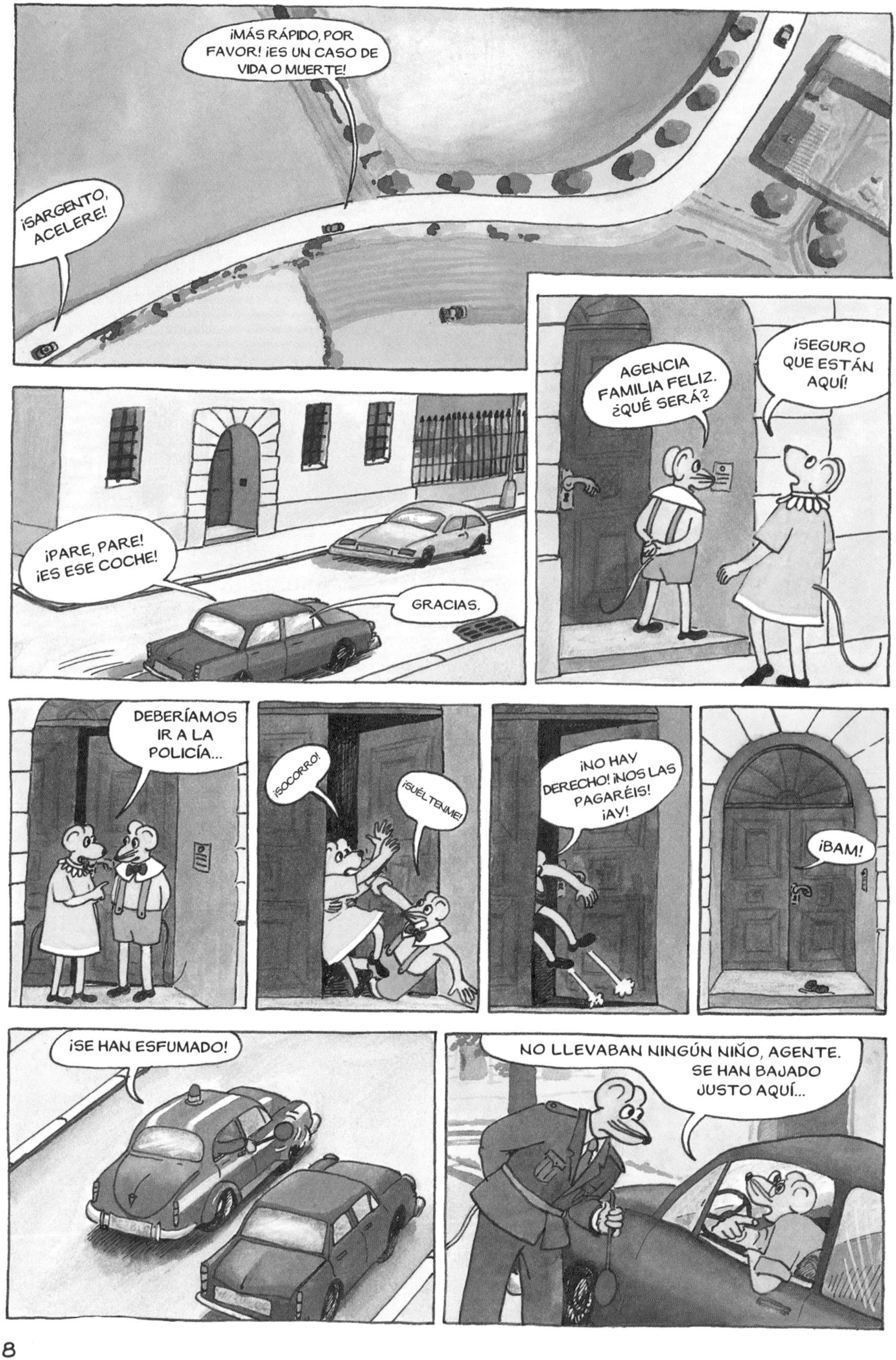
¡SARGENTO, ACELERE!
¡MÁS RÁPIDO, POR FAVOR! ¡ES UN CASO DE VIDA O MUERTE!
¡PARE, PARE! ¡ES ESE COCHE!
GRACIAS.
AGENCIA FAMILIA FELIZ. ¿QUÉ SERÁ?
¡SEGURO QUE ESTÁN AQUÍ!
DEBERÍAMOS IR A LA POLICÍA...
¡SOCORRO!
¡SUÉLTENME!
¡NO HAY DERECHO! ¡NOS LAS PAGARÉIS! ¡AY!
¡BAM!
¡SE HAN ESFUMADO!
NO LLEVABAN NINGÚN NIÑO, AGENTE. SE HAN BAJADO JUSTO AQUÍ...

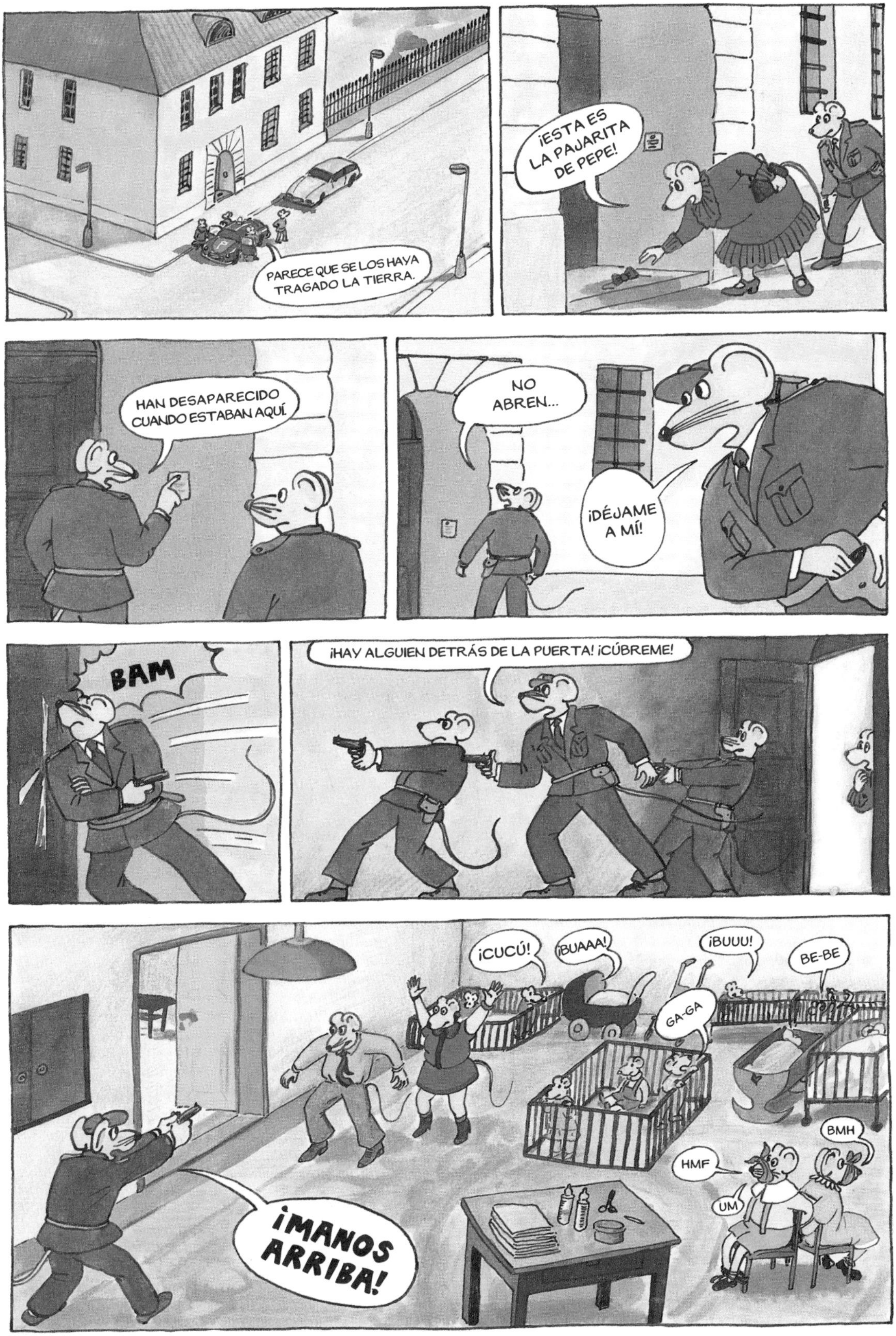

PARECE QUE SE LOS HAYA TRAGADO LA TIERRA.
¡ESTA ES LA PAJARITA DE PEPE!
HAN DESAPARECIDO CUANDO ESTABAN AQUÍ.
NO ABREN...
¡DÉJAME A MÍ!
BAM
¡HAY ALGUIEN DETRÁS DE LA PUERTA! ¡CÚBREME!
¡CUCÚ!
¡BUAAA!
¡BUUU!
BE-BE
GA-GA
BMH
HMF
UM
¡MANOS ARRIBA!

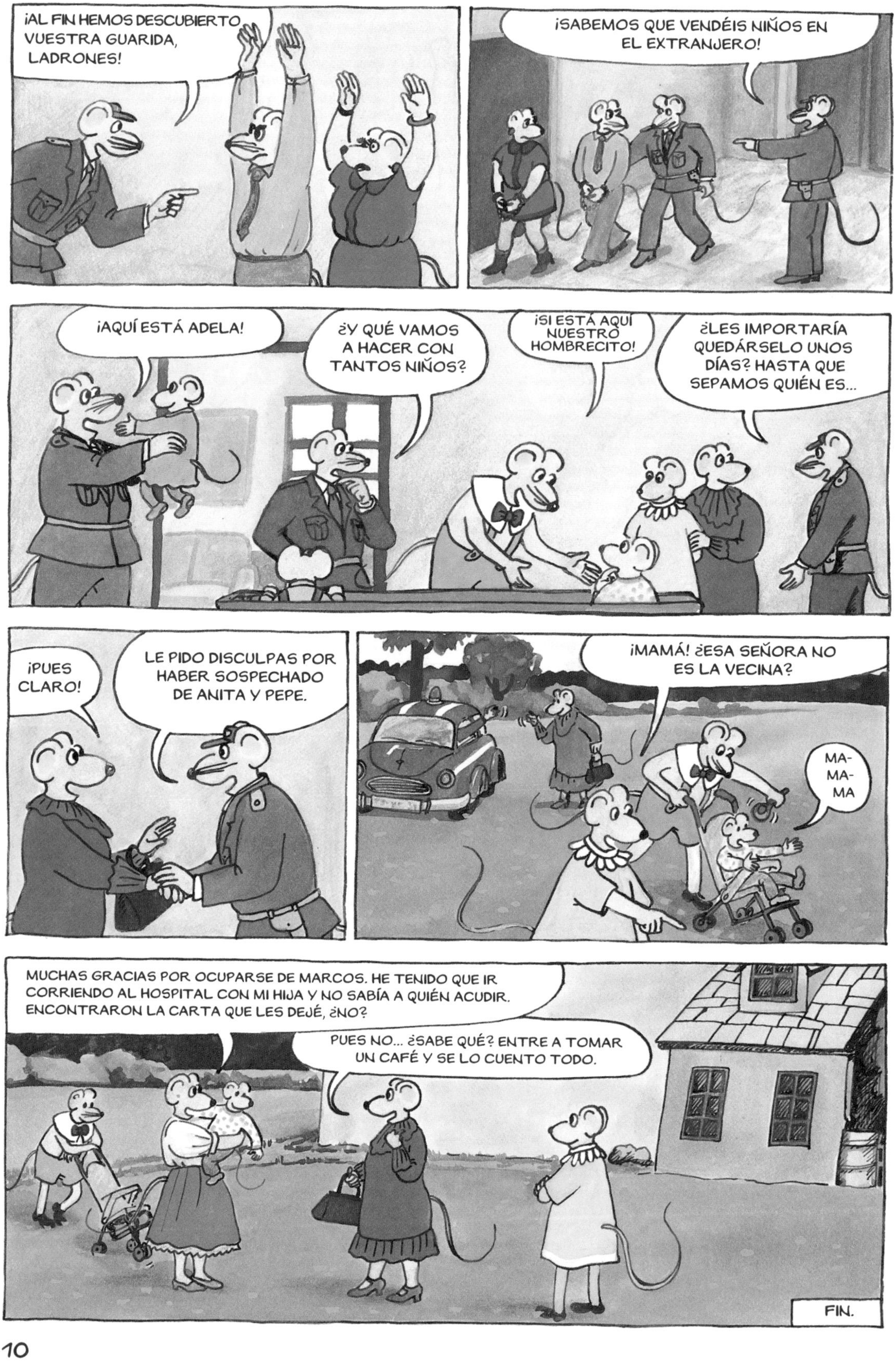
¡AL FIN HEMOS DESCUBIERTO VUESTRA GUARIDA, LADRONES!
¡SABEMOS QUE VENDÉIS NIÑOS EN EL EXTRANJERO!
¡AQUÍ ESTÁ ADELA!
¿Y QUÉ VAMOS A HACER CON TANTOS NIÑOS?
¡SI ESTÁ AQUÍ NUESTRO HOMBRECITO!
¿LES IMPORTARÍA QUEDÁRSELO UNOS DÍAS? HASTA QUE SEPAMOS QUIÉN ES...
¡PUES CLARO!
LE PIDO DISCULPAS POR HABER SOSPECHADO DE ANITA Y PEPE.
¡MAMÁ! ¿ESA SEÑORA NO ES LA VECINA?
MA-MA-MA
MUCHAS GRACIAS POR OCUPARSE DE MARCOS. HE TENIDO QUE IR CORRIENDO AL HOSPITAL CON MI HIJA Y NO SABÍA A QUIÉN ACUDIR. ENCONTRARON LA CARTA QUE LES DEJÉ, ¿NO?
PUES NO... ¿SABE QUÉ? ENTRE A TOMAR UN CAFÉ Y SE LO CUENTO TODO.
FIN.

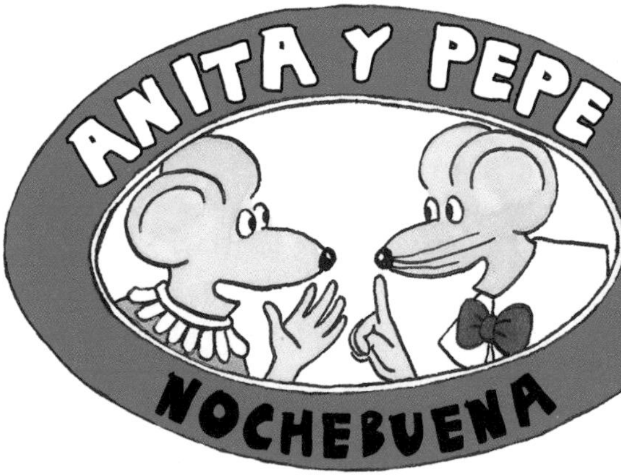
ANITA Y PEPE
NOCHEBUENA

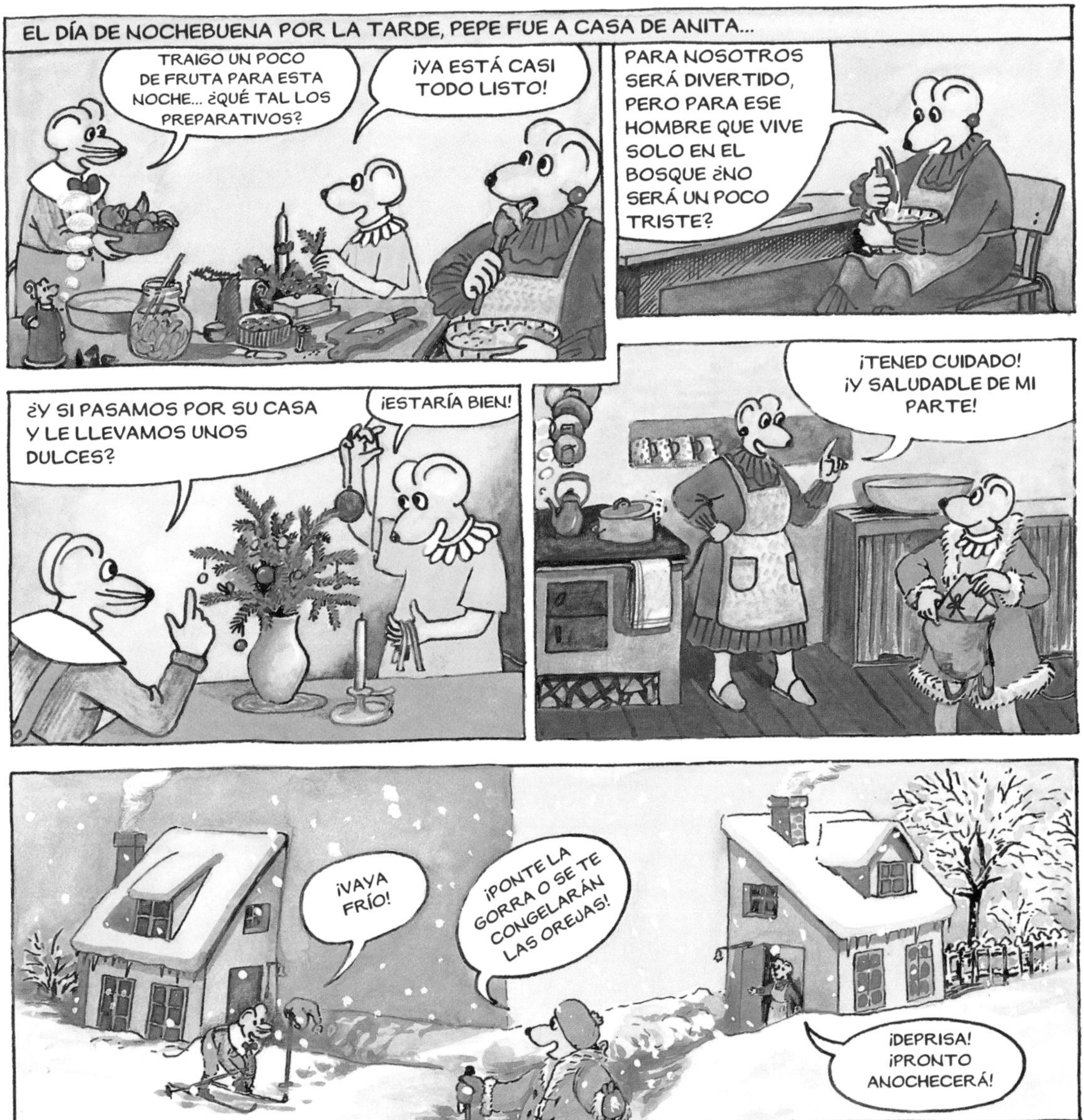
EL DÍA DE NOCHEBUENA POR LA TARDE, PEPE FUE A CASA DE ANITA...
TRAIGO UN POCO DE FRUTA PARA ESTA NOCHE... ¿QUÉ TAL LOS PREPARATIVOS?
¡YA ESTÁ CASI TODO LISTO!
PARA NOSOTROS SERÁ DIVERTIDO, PERO PARA ESE HOMBRE QUE VIVE SOLO EN EL BOSQUE ¿NO SERÁ UN POCO TRISTE?
¿Y SI PASAMOS POR SU CASA Y LE LLEVAMOS UNOS DULCES?
¡ESTARÍA BIEN!
¡TENED CUIDADO! ¡Y SALUDADLE DE MI PARTE!
¡VAYA FRÍO!
¡PONTE LA GORRA O SE TE CONGELARÁN LAS OREJAS!
¡DEPRISA! ¡PRONTO ANOCHECERÁ!

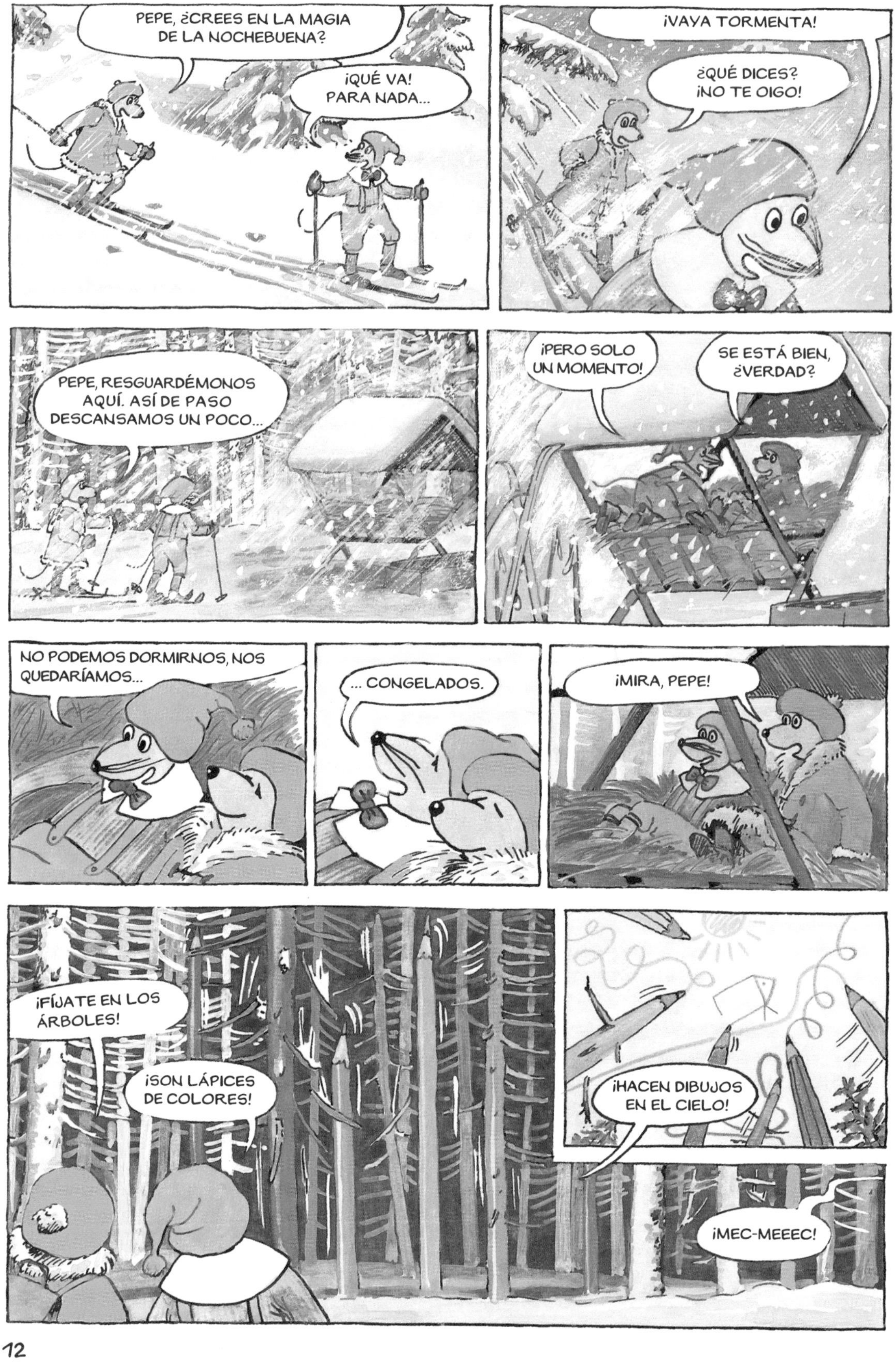

PEPE, ¿CREES EN LA MAGIA DE LA NOCHEBUENA?
¡QUÉ VA! PARA NADA...
¡VAYA TORMENTA!
¿QUÉ DICES? ¡NO TE OIGO!
PEPE, RESGUARDÉMONOS AQUÍ. ASÍ DE PASO DESCANSAMOS UN POCO...
SE ESTÁ BIEN, ¿VERDAD?
¡PERO SOLO UN MOMENTO!
NO PODEMOS DORMIRNOS, NOS QUEDARÍAMOS...
... CONGELADOS.
¡MIRA, PEPE!
¡FÍJATE EN LOS ÁRBOLES!
¡SON LÁPICES DE COLORES!
¡HACEN DIBUJOS EN EL CIELO!
¡MEC-MEEEC!

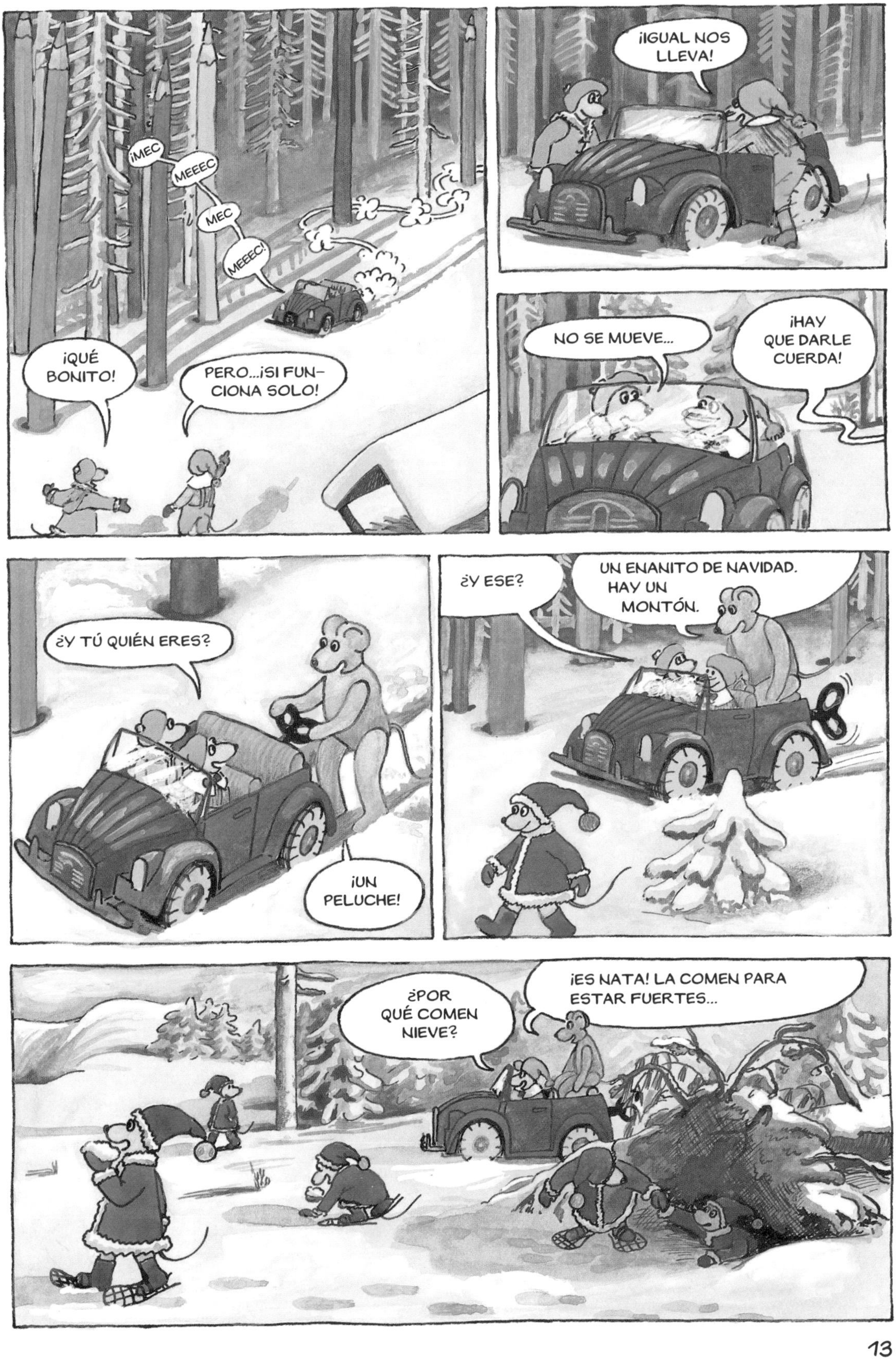
¡MEC
MEEEC
MEC
MEEEC!
¡QUÉ BONITO!
PERO...¡SI FUNCIONA SOLO!
¡IGUAL NOS LLEVA!
NO SE MUEVE...
¡HAY QUE DARLE CUERDA!
¿Y TÚ QUIÉN ERES?
¡UN PELUCHE!
¿Y ESE?
UN ENANITO DE NAVIDAD. HAY UN MONTÓN.
¿POR QUÉ COMEN NIEVE?
¡ES NATA! LA COMEN PARA ESTAR FUERTES...

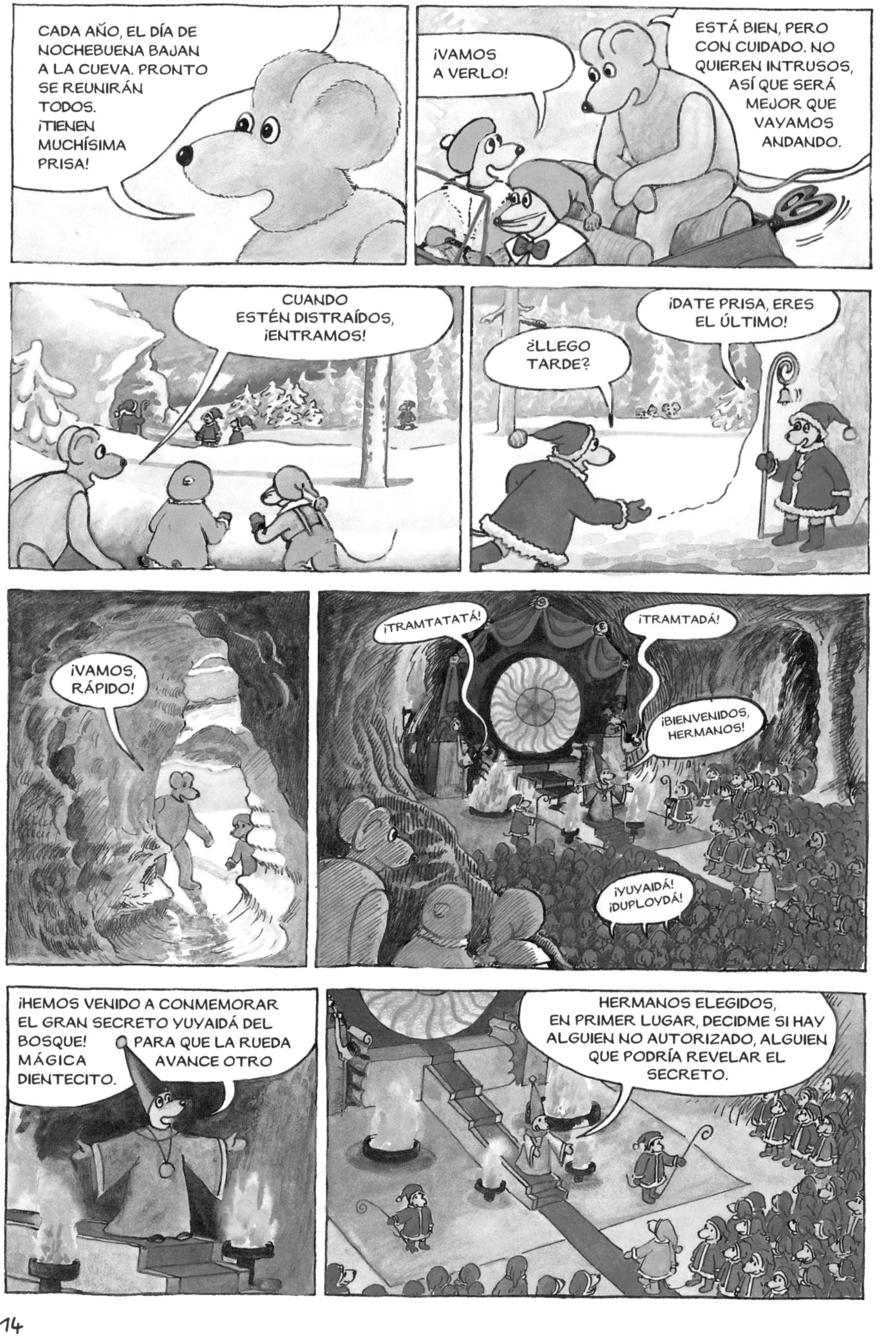

CADA AÑO, EL DÍA DE NOCHEBUENA BAJAN A LA CUEVA. PRONTO SE REUNIRÁN TODOS. ¡TIENEN MUCHÍSIMA PRISA!
¡VAMOS A VERLO!
ESTÁ BIEN, PERO CON CUIDADO. NO QUIEREN INTRUSOS, ASÍ QUE SERÁ MEJOR QUE VAYAMOS ANDANDO.
CUANDO ESTÉN DISTRAÍDOS, ¡ENTRAMOS!
¿LLEGO TARDE?
¡DATE PRISA, ERES EL ÚLTIMO!
¡VAMOS, RÁPIDO!
¡TRAMTATATÁ!
¡TRAMTADÁ!
¡BIENVENIDOS, HERMANOS!
¡YUYAIDÁ! ¡DUPLOYDÁ!
¡HEMOS VENIDO A CONMEMORAR EL GRAN SECRETO YUYAIDÁ DEL BOSQUE! PARA QUE LA RUEDA MÁGICA AVANCE OTRO DIENTECITO.
HERMANOS ELEGIDOS, EN PRIMER LUGAR, DECIDME SI HAY ALGUIEN NO AUTORIZADO, ALGUIEN QUE PODRÍA REVELAR EL SECRETO.

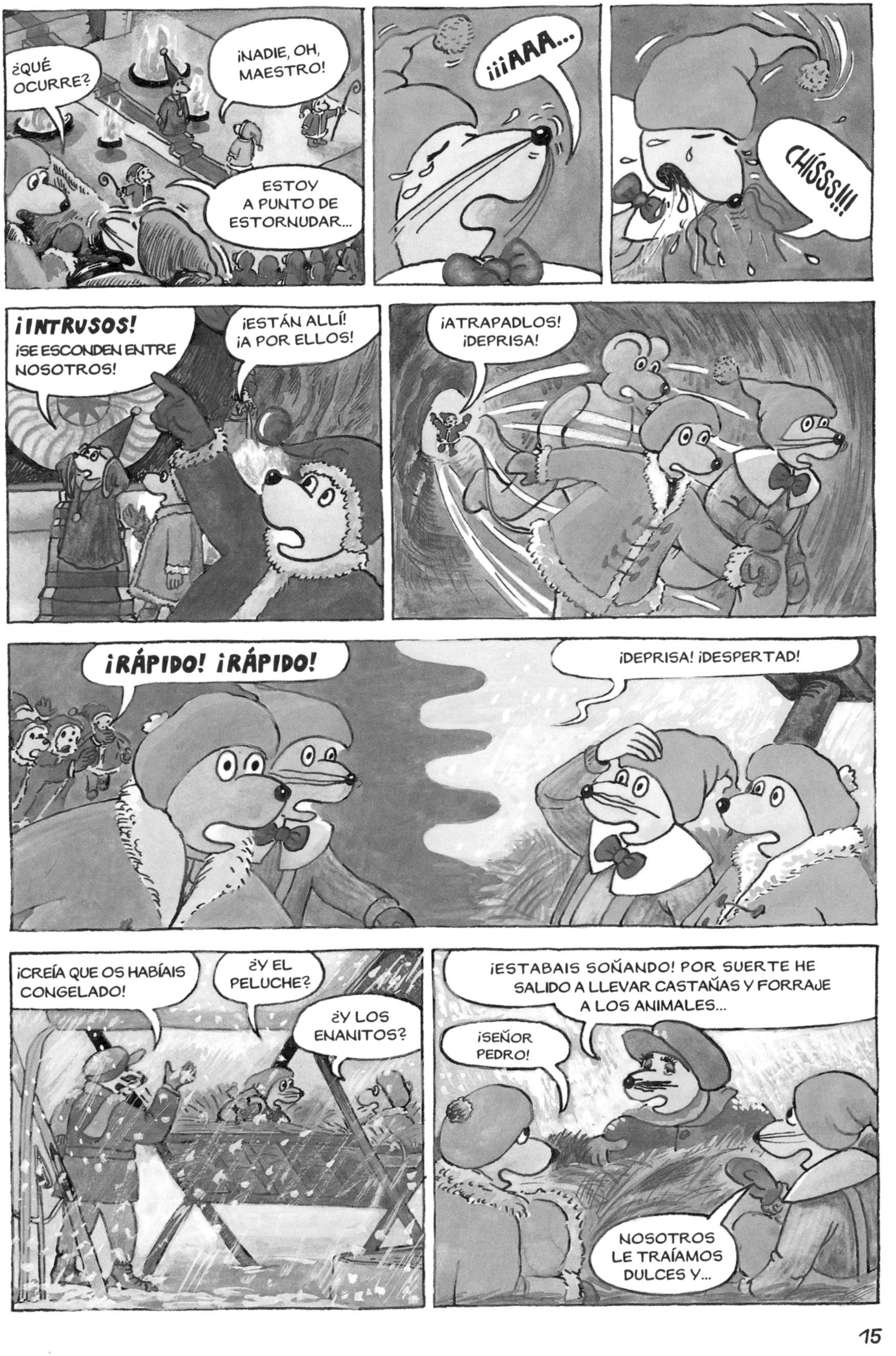
¿QUÉ OCURRE?
¡NADIE, OH, MAESTRO!
ESTOY A PUNTO DE ESTORNUDAR...
¡¡¡AAA...
CHÍSSS!!!
¡INTRUSOS! ¡SE ESCONDEN ENTRE NOSOTROS!
¡ESTÁN ALLÍ! ¡A POR ELLOS!
¡ATRAPADLOS! ¡DEPRISA!
¡RÁPIDO! ¡RÁPIDO!
¡DEPRISA! ¡DESPERTAD!
¡CREÍA QUE OS HABÍAIS CONGELADO!
¿Y EL PELUCHE?
¿Y LOS ENANITOS?
¡ESTABAIS SOÑANDO! POR SUERTE HE SALIDO A LLEVAR CASTAÑAS Y FORRAJE A LOS ANIMALES...
¡SEÑOR PEDRO!
NOSOTROS LE TRAÍAMOS DULCES Y...

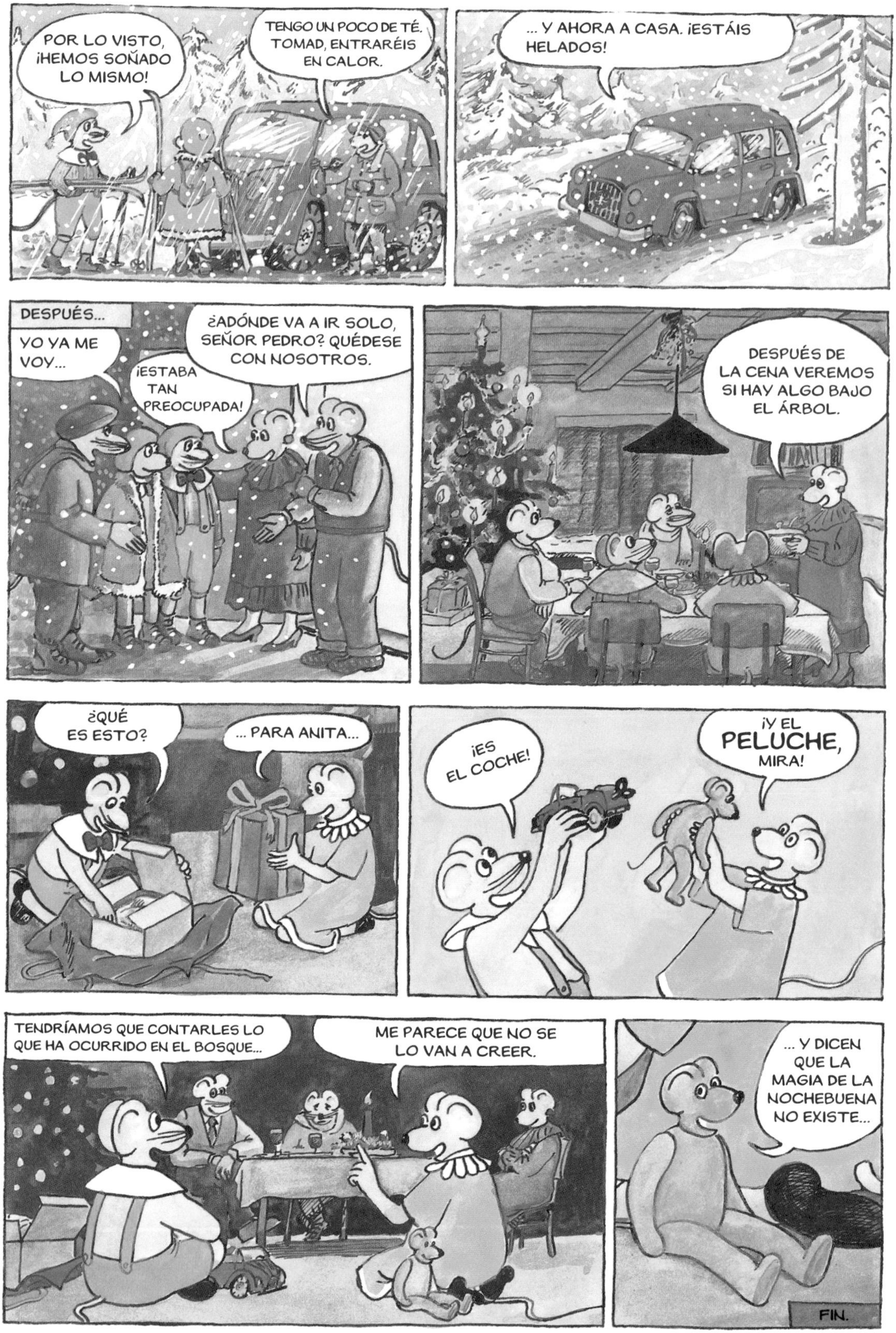
POR LO VISTO, ¡HEMOS SOÑADO LO MISMO!
TENGO UN POCO DE TÉ. TOMAD, ENTRARÉIS EN CALOR.
... Y AHORA A CASA. ¡ESTÁIS HELADOS!
DESPUÉS...
YO YA ME VOY...
¡ESTABA TAN PREOCUPADA!
¿ADÓNDE VA A IR SOLO, SEÑOR PEDRO? QUÉDESE CON NOSOTROS.
DESPUÉS DE LA CENA VEREMOS SI HAY ALGO BAJO EL ÁRBOL.
¿QUÉ ES ESTO?
... PARA ANITA...
¡ES EL COCHE!
¡Y EL PELUCHE, MIRA!
TENDRÍAMOS QUE CONTARLES LO QUE HA OCURRIDO EN EL BOSQUE...
ME PARECE QUE NO SE LO VAN A CREER.
... Y DICEN QUE LA MAGIA DE LA NOCHEBUENA NO EXISTE...
FIN.

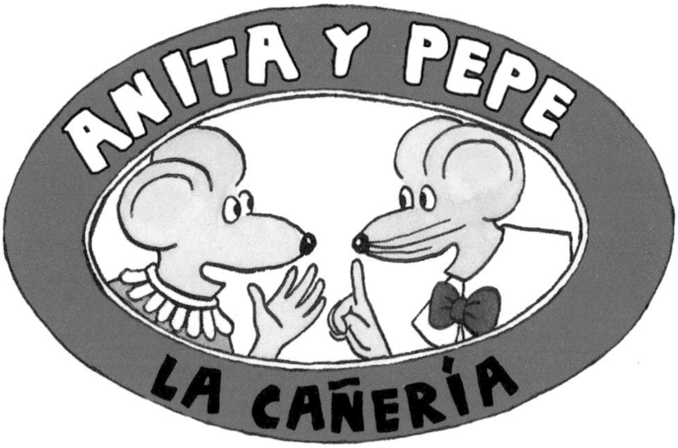
ANITA Y PEPE
LA CAÑERÍA

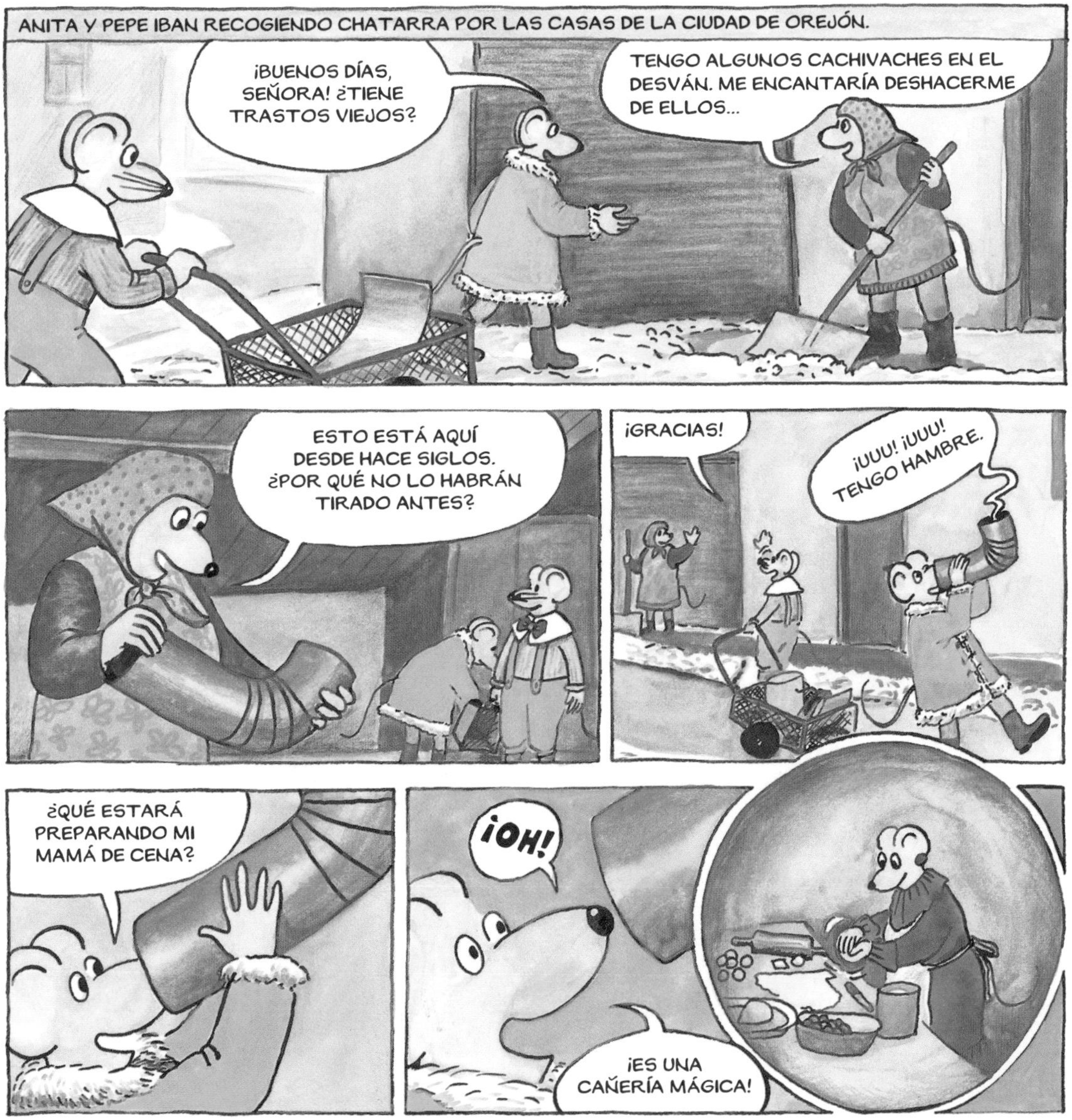
ANITA Y PEPE IBAN RECOGIENDO CHATARRA POR LAS CASAS DE LA CIUDAD DE OREJÓN.
¡BUENOS DÍAS, SEÑORA! ¿TIENE TRASTOS VIEJOS?
TENGO ALGUNOS CACHIVACHES EN EL DESVÁN. ME ENCANTARÍA DESHACERME DE ELLOS...
ESTO ESTÁ AQUÍ DESDE HACE SIGLOS. ¿POR QUÉ NO LO HABRÁN TIRADO ANTES?
¡GRACIAS!
¡UUU! ¡UUU! TENGO HAMBRE.
¿QUÉ ESTARÁ PREPARANDO MI MAMÁ DE CENA?
¡OH!
¡ES UNA CAÑERÍA MÁGICA!

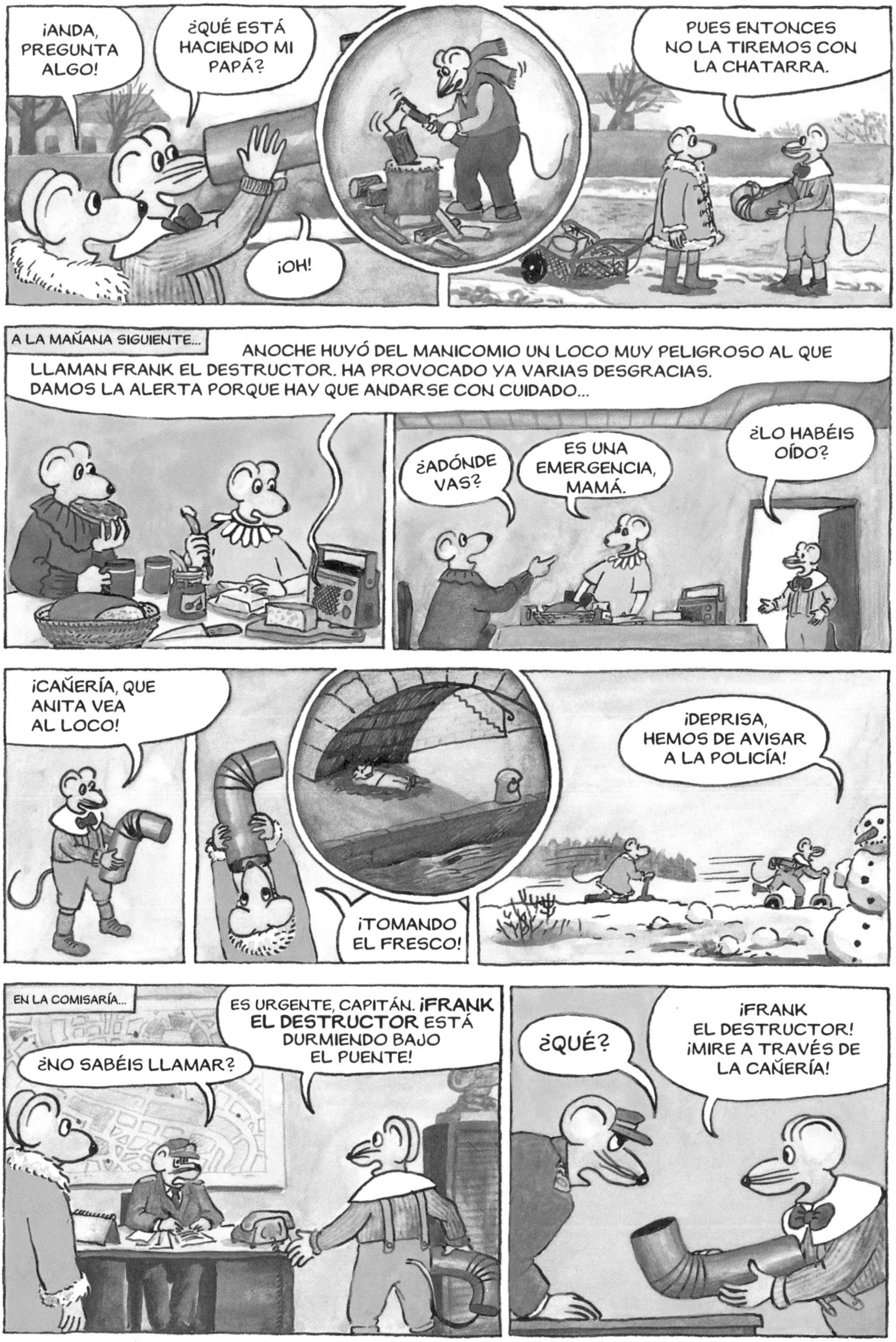
¡ANDA, PREGUNTA ALGO!
¿QUÉ ESTÁ HACIENDO MI PAPÁ?
¡OH!
PUES ENTONCES NO LA TIREMOS CON LA CHATARRA.
A LA MAÑANA SIGUIENTE...
ANOCHE HUYÓ DEL MANICOMIO UN LOCO MUY PELIGROSO AL QUE LLAMAN FRANK EL DESTRUCTOR. HA PROVOCADO YA VARIAS DESGRACIAS. DAMOS LA ALERTA PORQUE HAY QUE ANDARSE CON CUIDADO...
¿ADÓNDE VAS?
ES UNA EMERGENCIA, MAMÁ.
¿LO HABÉIS OÍDO?
¡CAÑERÍA, QUE ANITA VEA AL LOCO!
¡TOMANDO EL FRESCO!
¡DEPRISA, HEMOS DE AVISAR A LA POLICÍA!
EN LA COMISARÍA...
¿NO SABÉIS LLAMAR?
ES URGENTE, CAPITÁN. ¡FRANK EL DESTRUCTOR ESTÁ DURMIENDO BAJO EL PUENTE!
¿QUÉ?
¡FRANK EL DESTRUCTOR! ¡MIRE A TRAVÉS DE LA CAÑERÍA!

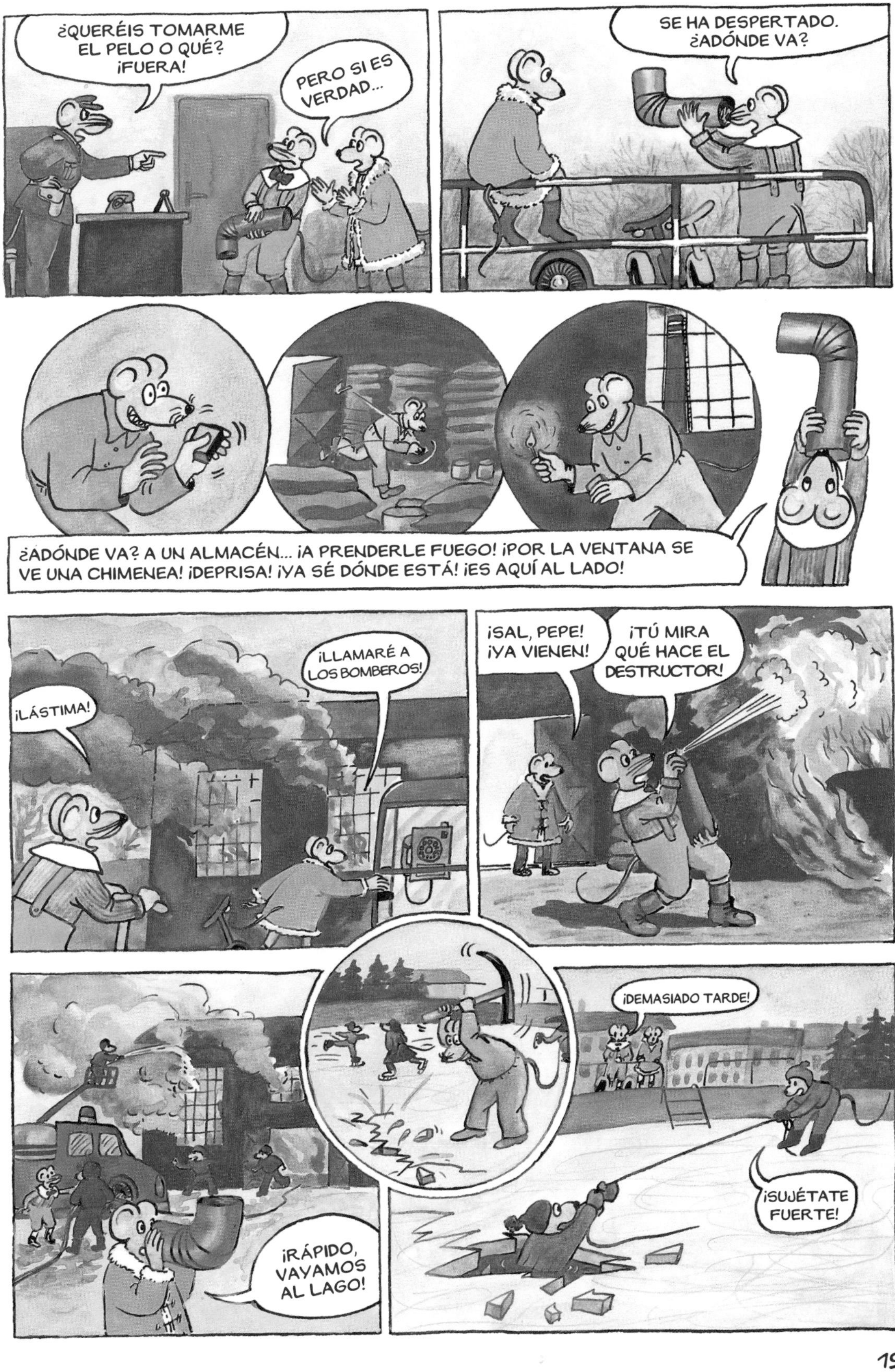
¿QUERÉIS TOMARME EL PELO O QUÉ? ¡FUERA!
PERO SI ES VERDAD...
SE HA DESPERTADO. ¿ADÓNDE VA?
¿ADÓNDE VA? A UN ALMACÉN... ¡A PRENDERLE FUEGO! ¡POR LA VENTANA SE VE UNA CHIMENEA! ¡DEPRISA! ¡YA SÉ DÓNDE ESTÁ! ¡ES AQUÍ AL LADO!
¡LÁSTIMA!
¡LLAMARÉ A LOS BOMBEROS!
¡SAL, PEPE! ¡YA VIENEN!
¡TÚ MIRA QUÉ HACE EL DESTRUCTOR!
¡RÁPIDO, VAYAMOS AL LAGO!
¡DEMASIADO TARDE!
¡SUJÉTATE FUERTE!

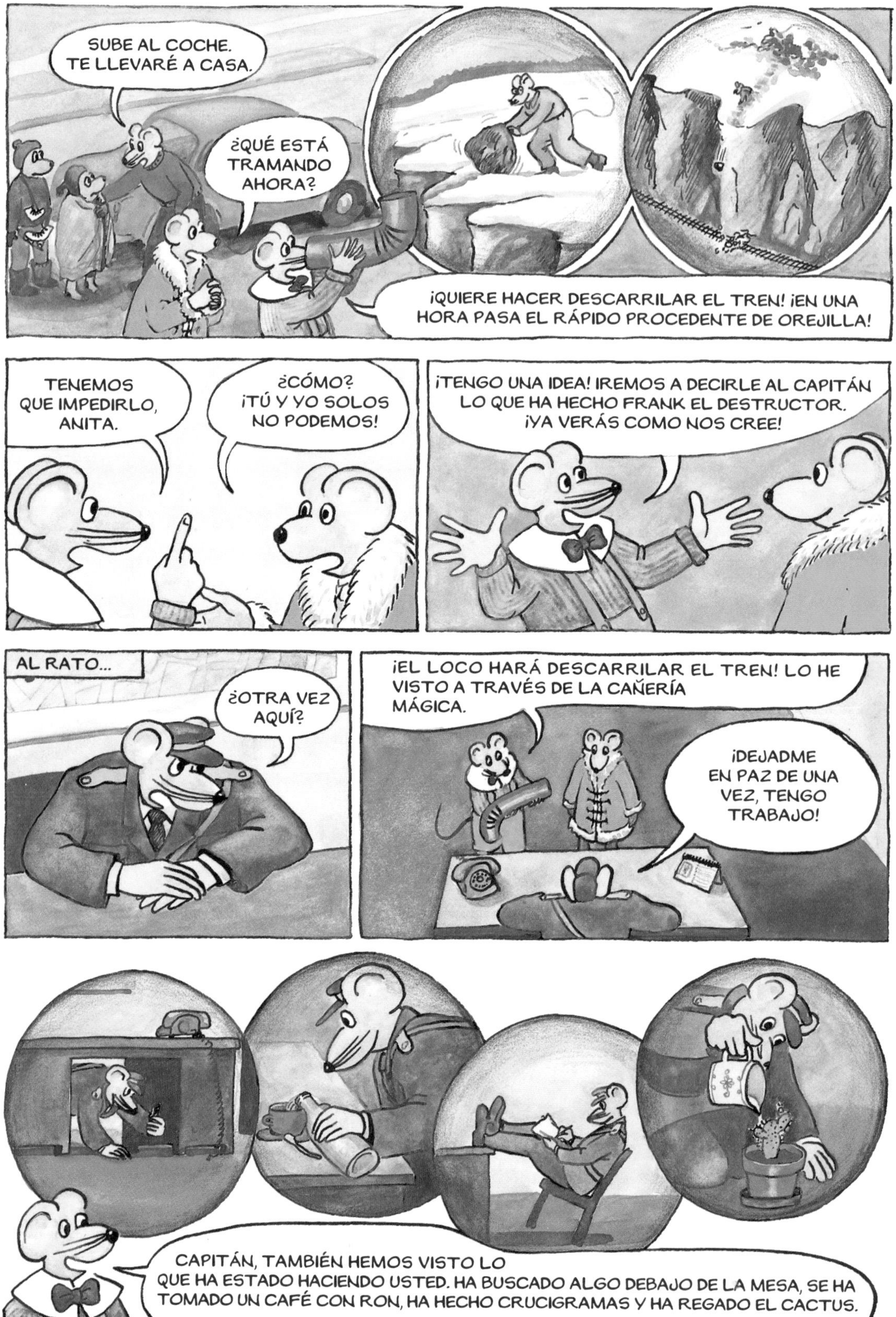
SUBE AL COCHE. TE LLEVARÉ A CASA.
¿QUÉ ESTÁ TRAMANDO AHORA?
¡QUIERE HACER DESCARRILAR EL TREN! ¡EN UNA HORA PASA EL RÁPIDO PROCEDENTE DE OREJILLA!
TENEMOS QUE IMPEDIRLO, ANITA.
¿CÓMO? ¡TÚ Y YO SOLOS NO PODEMOS!
¡TENGO UNA IDEA! IREMOS A DECIRLE AL CAPITÁN LO QUE HA HECHO FRANK EL DESTRUCTOR. ¡YA VERÁS COMO NOS CREE!
AL RATO...
¿OTRA VEZ AQUÍ?
¡EL LOCO HARÁ DESCARRILAR EL TREN! LO HE VISTO A TRAVÉS DE LA CAÑERÍA MÁGICA.
¡DEJADME EN PAZ DE UNA VEZ, TENGO TRABAJO!
CAPITÁN, TAMBIÉN HEMOS VISTO LO QUE HA ESTADO HACIENDO USTED. HA BUSCADO ALGO DEBAJO DE LA MESA, SE HA TOMADO UN CAFÉ CON RON, HA HECHO CRUCIGRAMAS Y HA REGADO EL CACTUS.

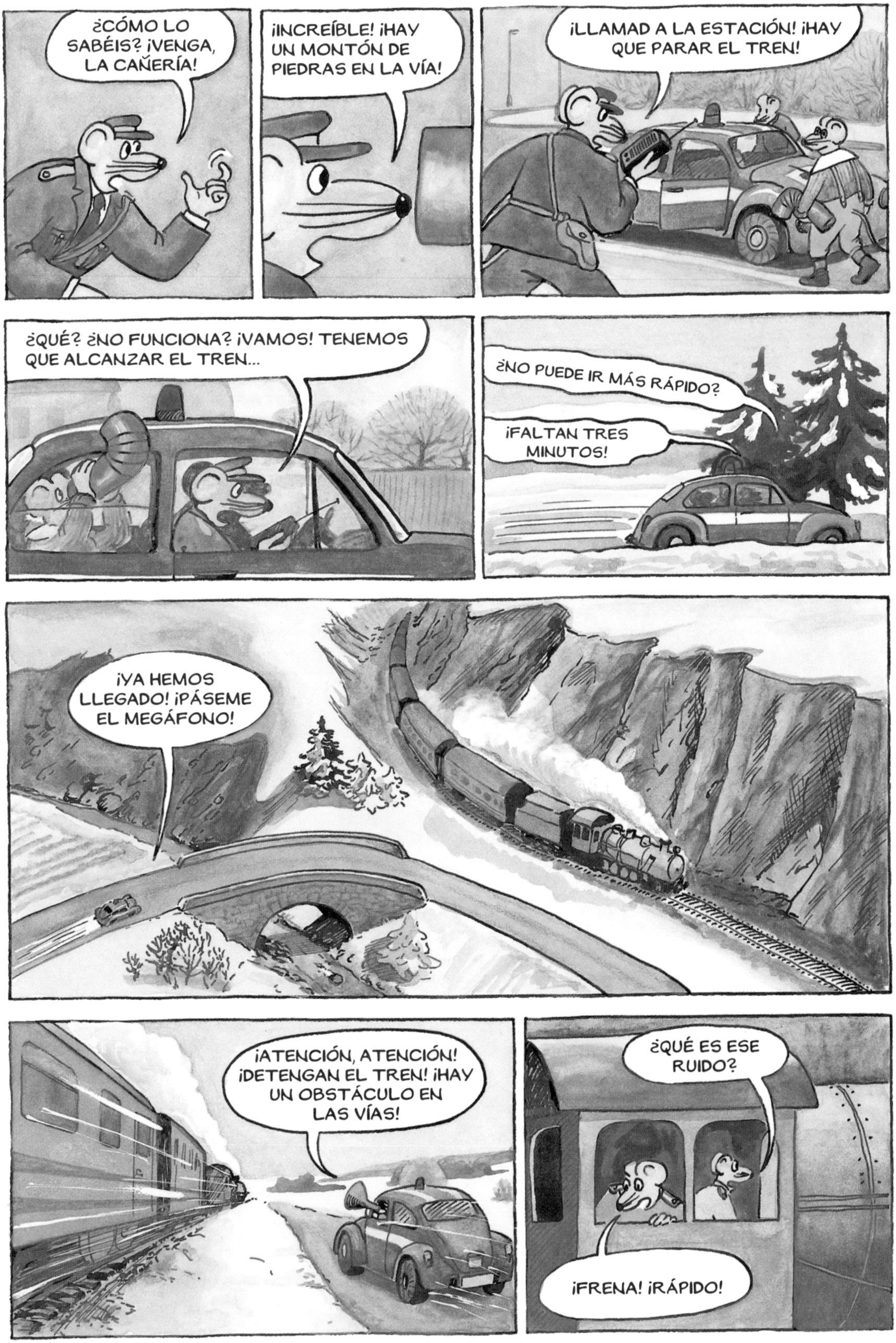
¿CÓMO LO SABÉIS? ¡VENGA, LA CAÑERÍA!
¡INCREÍBLE! ¡HAY UN MONTÓN DE PIEDRAS EN LA VÍA!
¡LLAMAD A LA ESTACIÓN! ¡HAY QUE PARAR EL TREN!
¿QUÉ? ¿NO FUNCIONA? ¡VAMOS! TENEMOS QUE ALCANZAR EL TREN...
¿NO PUEDE IR MÁS RÁPIDO?
¡FALTAN TRES MINUTOS!
¡YA HEMOS LLEGADO! ¡PÁSEME EL MEGÁFONO!
¡ATENCIÓN, ATENCIÓN! ¡DETENGAN EL TREN! ¡HAY UN OBSTÁCULO EN LAS VÍAS!
¿QUÉ ES ESE RUIDO?
¡FRENA! ¡RÁPIDO!

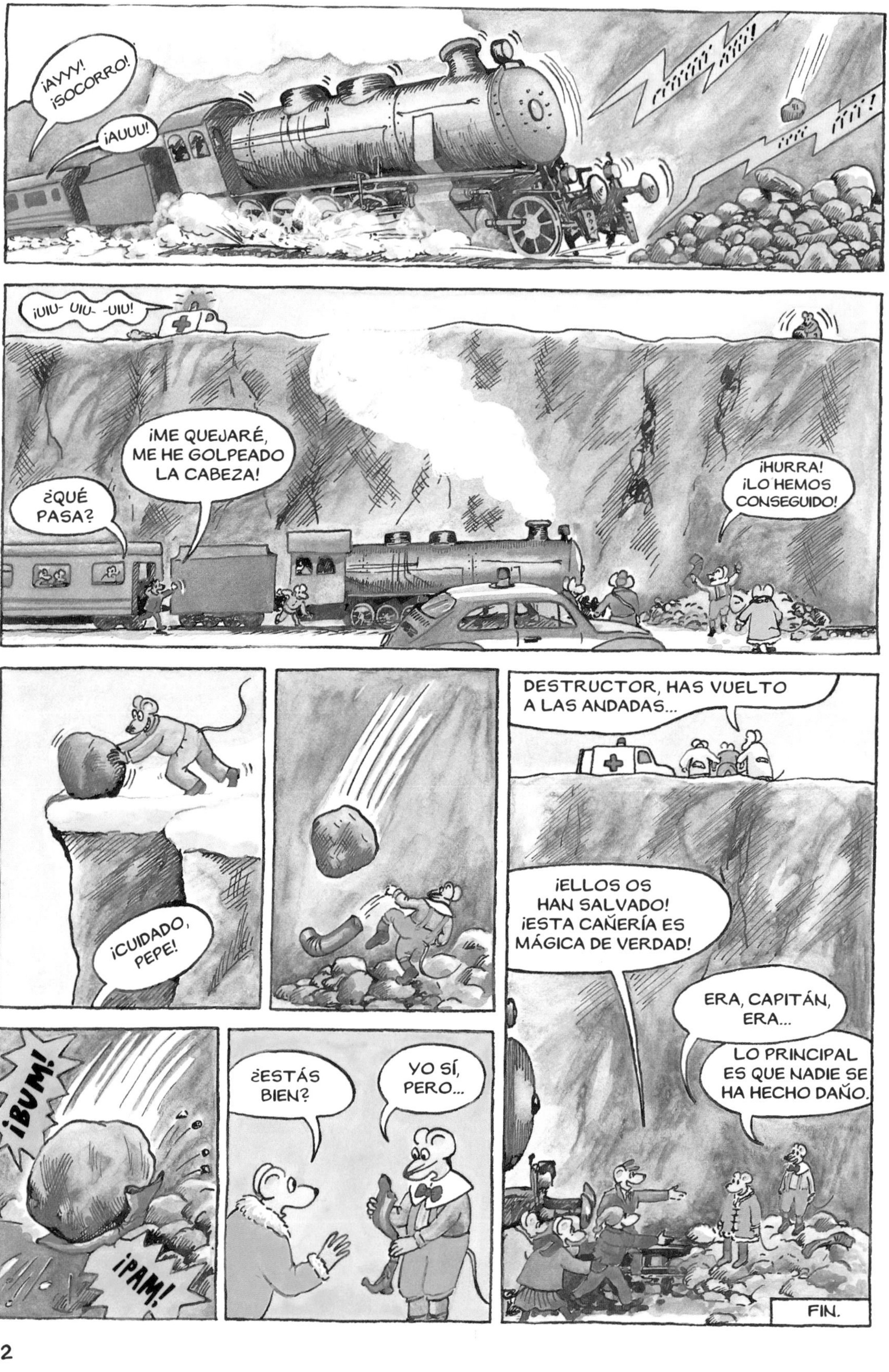
¡AYYY! ¡SOCORRO!
¡AUUU!
¡UIU- UIU- -UIU!
¿QUÉ PASA?
¡ME QUEJARÉ, ME HE GOLPEADO LA CABEZA!
¡HURRA! ¡LO HEMOS CONSEGUIDO!
¡CUIDADO, PEPE!
DESTRUCTOR, HAS VUELTO A LAS ANDADAS...
¡BUM!
¡PAM!
¿ESTÁS BIEN?
YO SÍ, PERO...
¡ELLOS OS HAN SALVADO! ¡ESTA CAÑERÍA ES MÁGICA DE VERDAD!
ERA, CAPITÁN, ERA...
LO PRINCIPAL ES QUE NADIE SE HA HECHO DAÑO.
FIN.

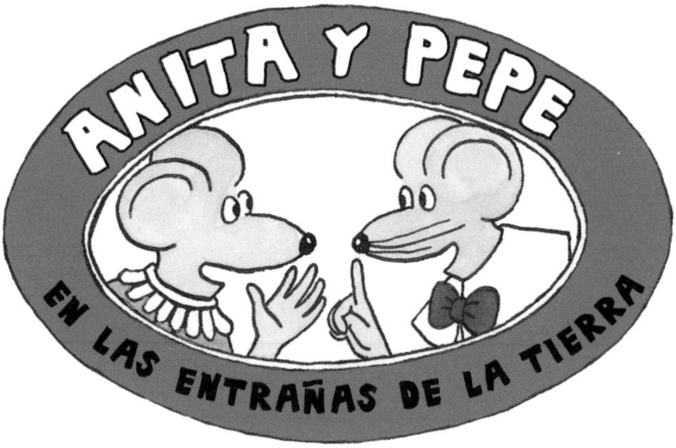
ANITA Y PEPE
EN LAS ENTRAÑAS DE LA TIERRA

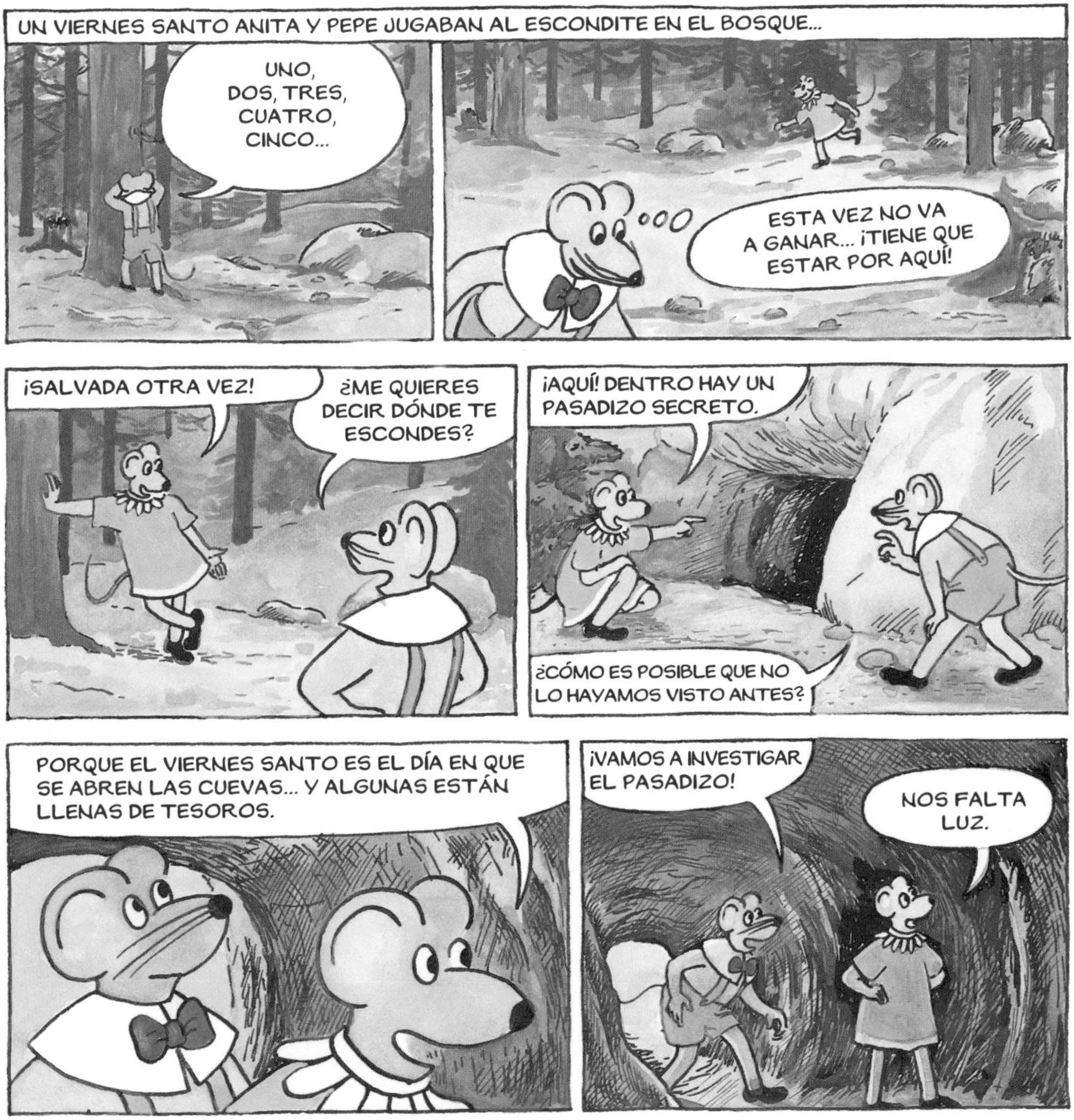
UN VIERNES SANTO ANITA Y PEPE JUGABAN AL ESCONDITE EN EL BOSQUE...
UNO, DOS, TRES, CUATRO, CINCO...
ESTA VEZ NO VA A GANAR... ¡TIENE QUE ESTAR POR AQUÍ!
¡SALVADA OTRA VEZ!
¿ME QUIERES DECIR DÓNDE TE ESCONDES?
¡AQUÍ! DENTRO HAY UN PASADIZO SECRETO.
¿CÓMO ES POSIBLE QUE NO LO HAYAMOS VISTO ANTES?
PORQUE EL VIERNES SANTO ES EL DÍA EN QUE SE ABREN LAS CUEVAS... Y ALGUNAS ESTÁN LLENAS DE TESOROS.
¡VAMOS A INVESTIGAR EL PASADIZO!
NOS FALTA LUZ.

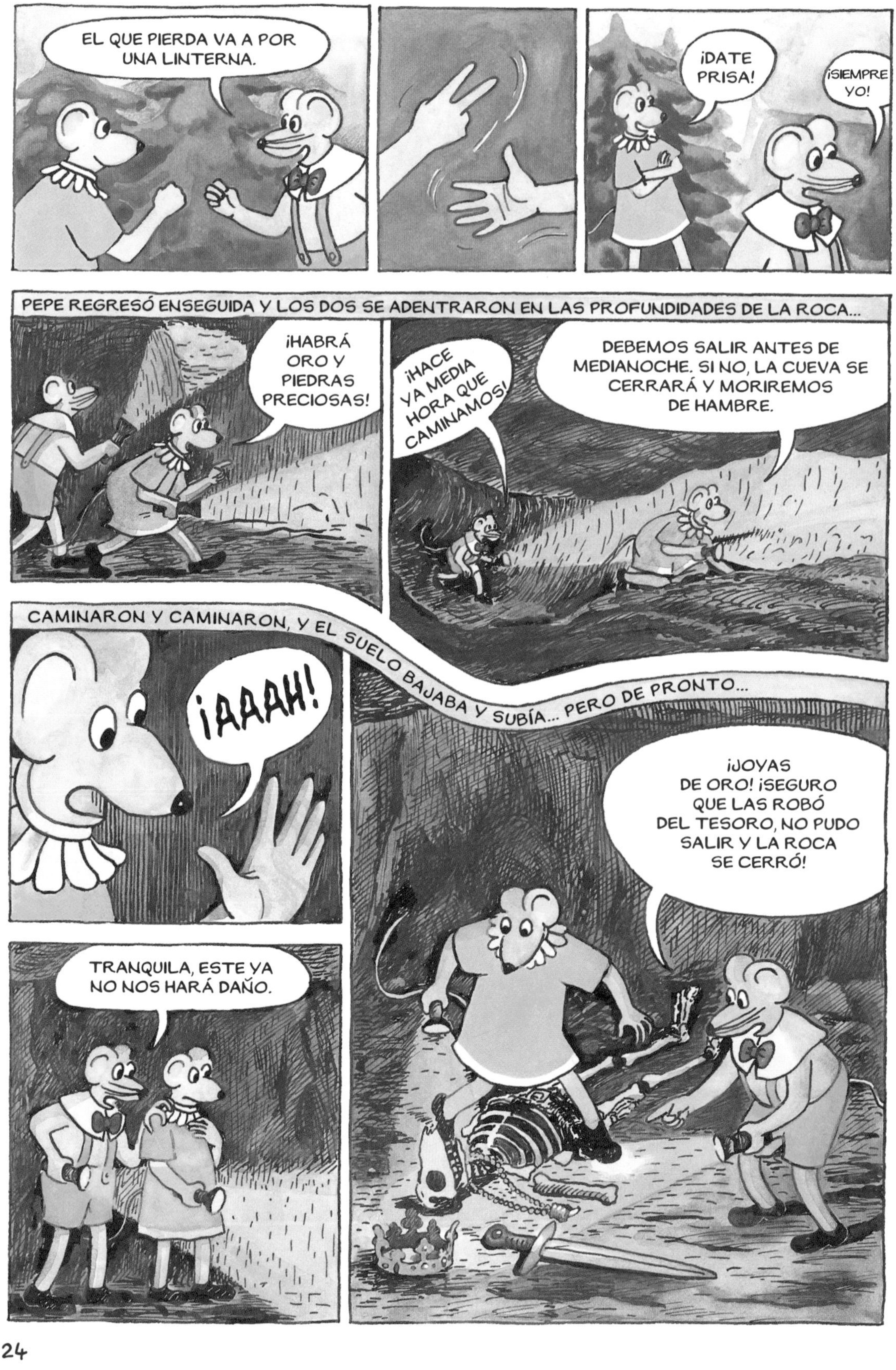
EL QUE PIERDA VA A POR UNA LINTERNA.
¡DATE PRISA!
¡SIEMPRE YO!
PEPE REGRESÓ ENSEGUIDA Y LOS DOS SE ADENTRARON EN LAS PROFUNDIDADES DE LA ROCA...
¡HABRÁ ORO Y PIEDRAS PRECIOSAS!
¡HACE YA MEDIA HORA QUE CAMINAMOS!
DEBEMOS SALIR ANTES DE MEDIANOCHE. SI NO, LA CUEVA SE CERRARÁ Y MORIREMOS DE HAMBRE.
CAMINARON Y CAMINARON, Y EL SUELO BAJABA Y SUBÍA... PERO DE PRONTO...
¡AAAH!
¡JOYAS DE ORO! ¡SEGURO QUE LAS ROBÓ DEL TESORO, NO PUDO SALIR Y LA ROCA SE CERRÓ!
TRANQUILA, ESTE YA NO NOS HARÁ DAÑO.

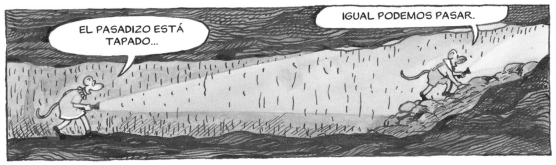

EL PASADIZO ESTÁ TAPADO...

IGUAL PODEMOS PASAR.

¡CARAMBA!

¡... YA HEMOS LLEGADO!

HAY UN MONTÓN DE COSAS, PERO... ¿Y EL ORO? ¿Y LAS PIEDRAS PRECIOSAS?

EN LOS BAÚLES, ¿NO?

HAY QUE FORZARLOS... PREPARADOS...

... LISTOS...

¡... YA!

¡CRAC!

¡SOLO HAY DOCUMENTOS ANTIGUOS!

¡MIREMOS OTRO BAÚL!

TAP TAP TAP

¿HAY ALGUIEN AHÍ?

¡SHHHT! ¡ES EL VIGILANTE DEL TESORO!

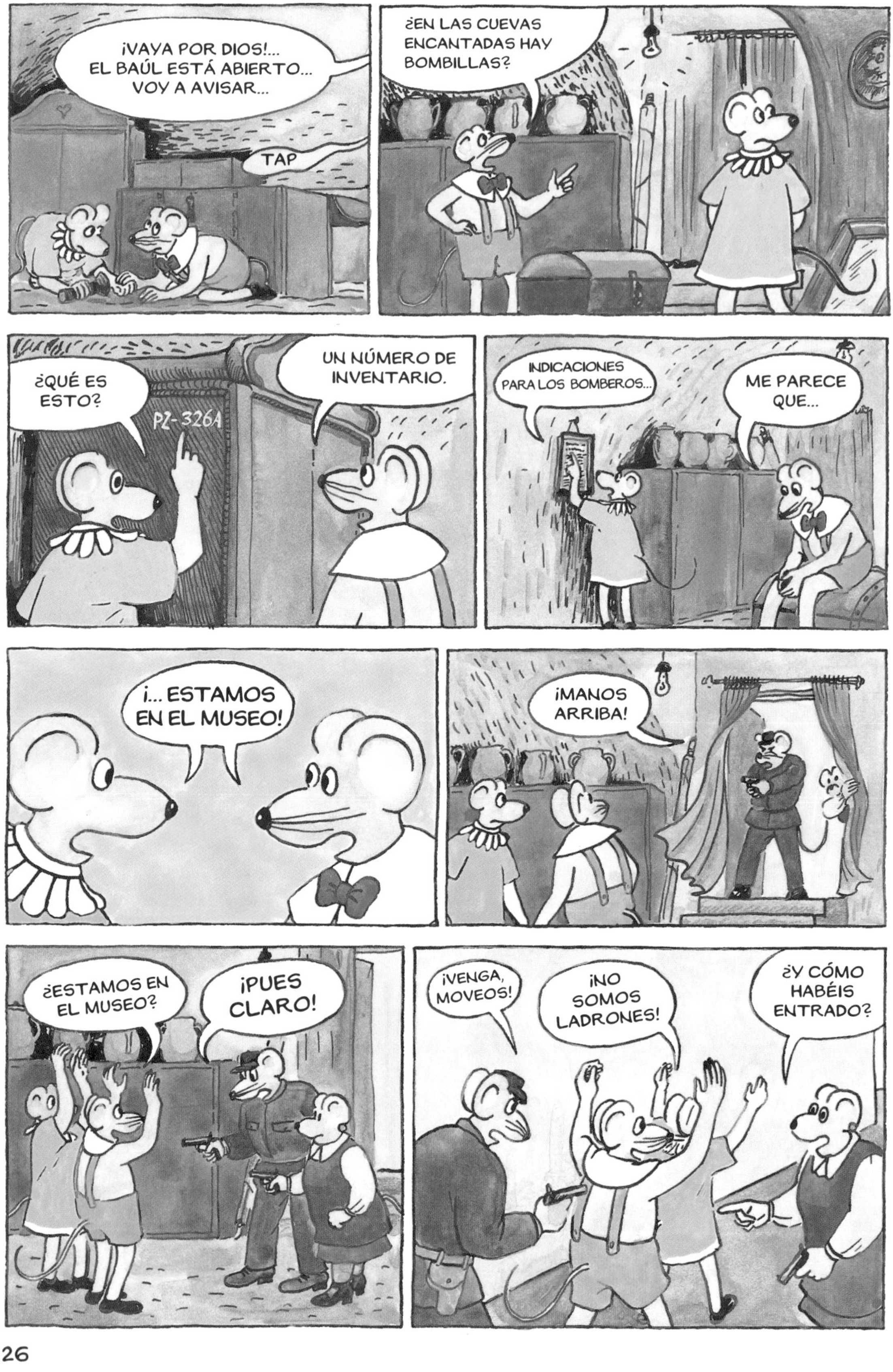
¡VAYA POR DIOS!... EL BAÚL ESTÁ ABIERTO... VOY A AVISAR...
TAP
¿EN LAS CUEVAS ENCANTADAS HAY BOMBILLAS?
¿QUÉ ES ESTO?
PZ-326A
UN NÚMERO DE INVENTARIO.
INDICACIONES PARA LOS BOMBEROS...
ME PARECE QUE...
¡... ESTAMOS EN EL MUSEO!
¡MANOS ARRIBA!
¿ESTAMOS EN EL MUSEO?
¡PUES CLARO!
¡VENGA, MOVEOS!
¡NO SOMOS LADRONES!
¿Y CÓMO HABÉIS ENTRADO?

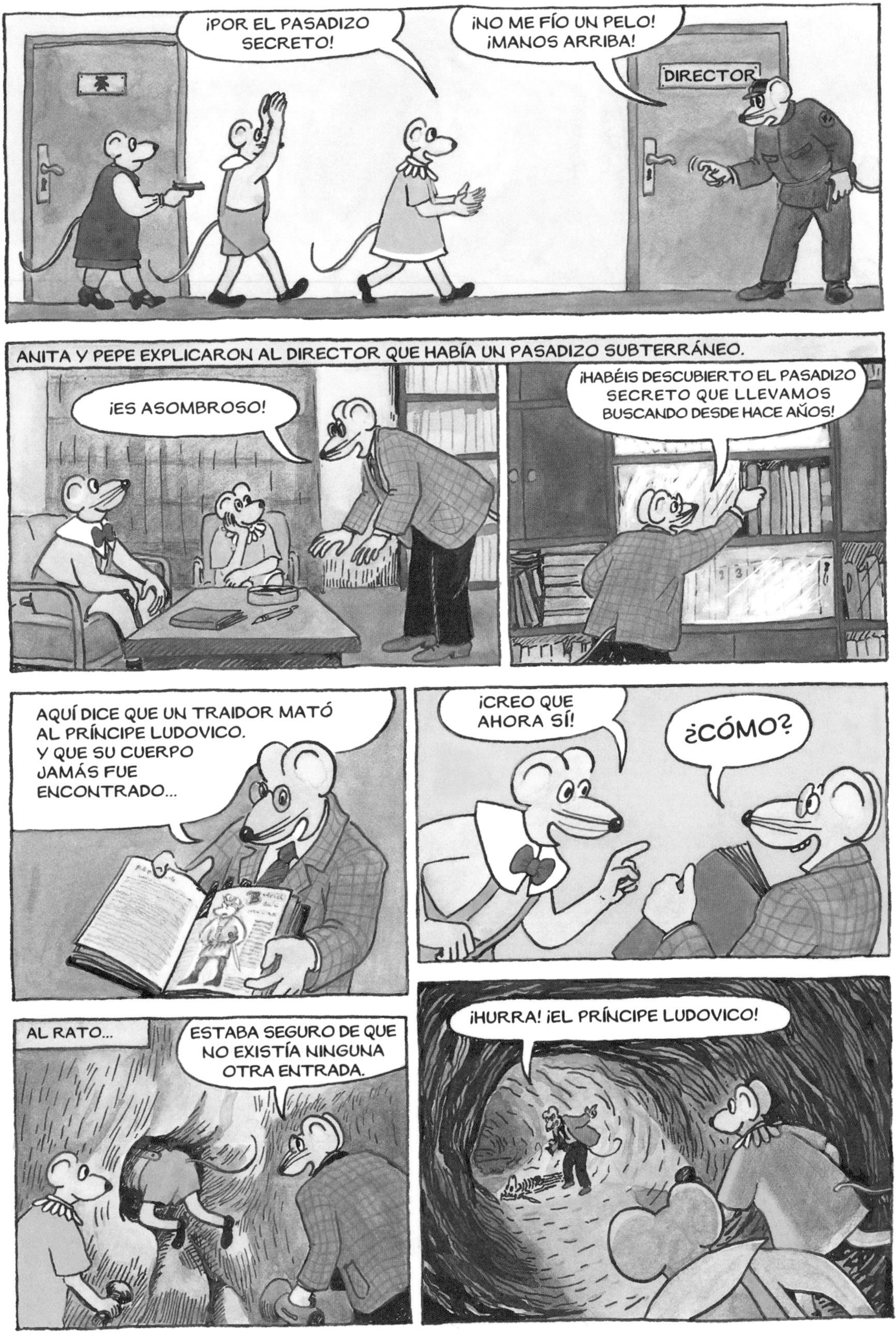
¡POR EL PASADIZO SECRETO!
¡NO ME FÍO UN PELO! ¡MANOS ARRIBA!
DIRECTOR
ANITA Y PEPE EXPLICARON AL DIRECTOR QUE HABÍA UN PASADIZO SUBTERRÁNEO.
¡ES ASOMBROSO!
¡HABÉIS DESCUBIERTO EL PASADIZO SECRETO QUE LLEVAMOS BUSCANDO DESDE HACE AÑOS!
AQUÍ DICE QUE UN TRAIDOR MATÓ AL PRÍNCIPE LUDOVICO. Y QUE SU CUERPO JAMÁS FUE ENCONTRADO...
¡CREO QUE AHORA SÍ!
¿CÓMO?
AL RATO...
ESTABA SEGURO DE QUE NO EXISTÍA NINGUNA OTRA ENTRADA.
¡HURRA! ¡EL PRÍNCIPE LUDOVICO!

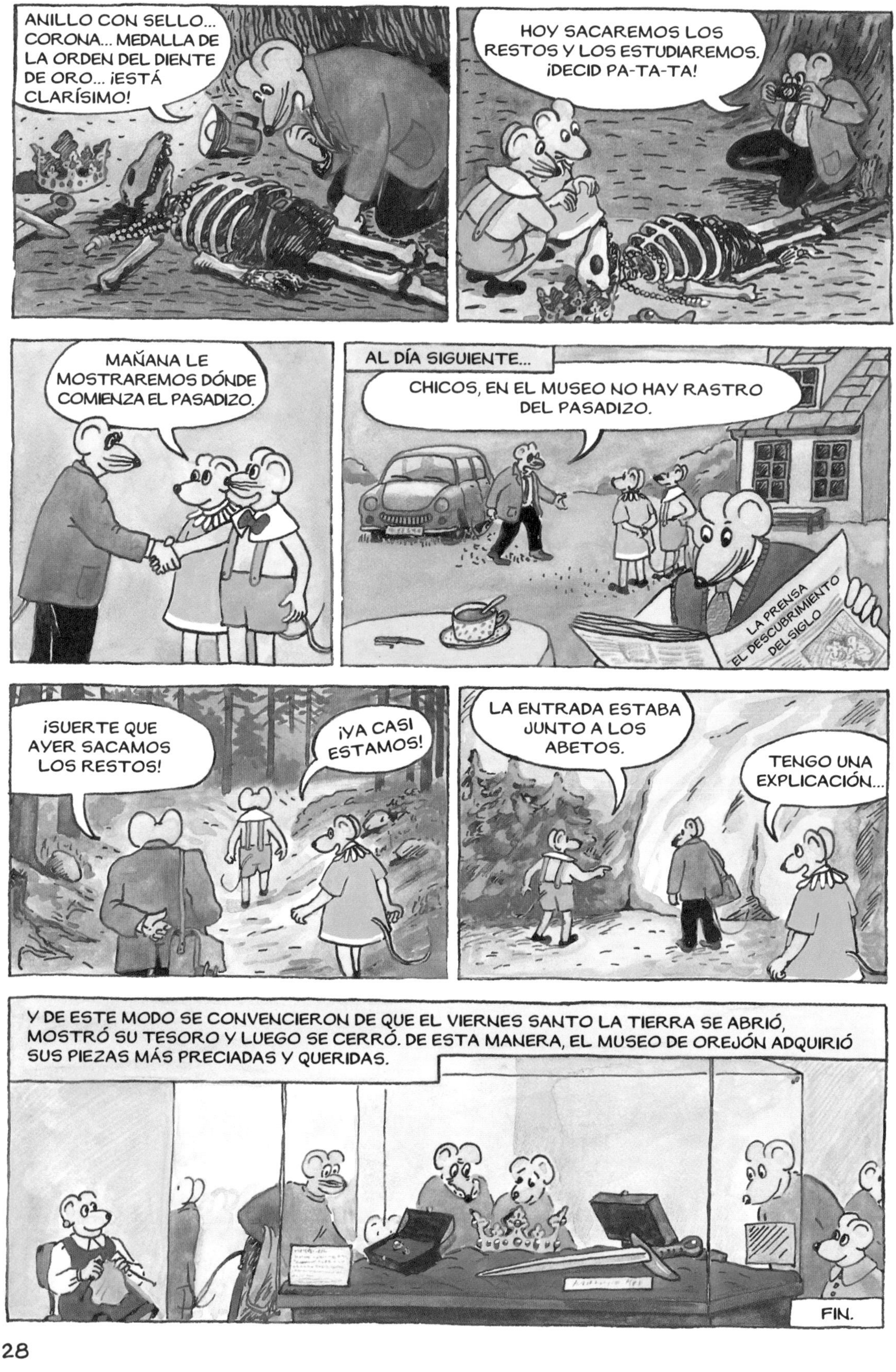
ANILLO CON SELLO... CORONA... MEDALLA DE LA ORDEN DEL DIENTE DE ORO... ¡ESTÁ CLARÍSIMO!
HOY SACAREMOS LOS RESTOS Y LOS ESTUDIAREMOS. ¡DECID PA-TA-TA!
MAÑANA LE MOSTRAREMOS DÓNDE COMIENZA EL PASADIZO.
AL DÍA SIGUIENTE...
CHICOS, EN EL MUSEO NO HAY RASTRO DEL PASADIZO.
LA PRENSA
EL DESCUBRIMIENTO DEL SIGLO
¡SUERTE QUE AYER SACAMOS LOS RESTOS!
¡YA CASI ESTAMOS!
LA ENTRADA ESTABA JUNTO A LOS ABETOS.
TENGO UNA EXPLICACIÓN...
Y DE ESTE MODO SE CONVENCIERON DE QUE EL VIERNES SANTO LA TIERRA SE ABRIÓ, MOSTRÓ SU TESORO Y LUEGO SE CERRÓ. DE ESTA MANERA, EL MUSEO DE OREJÓN ADQUIRIÓ SUS PIEZAS MÁS PRECIADAS Y QUERIDAS.
FIN.

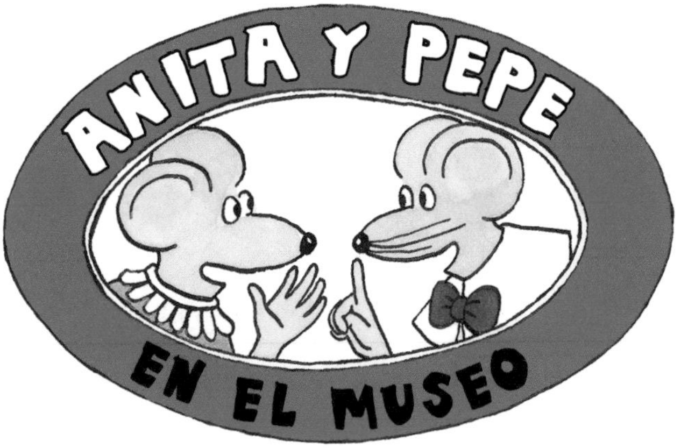
ANITA Y PEPE
EN EL MUSEO

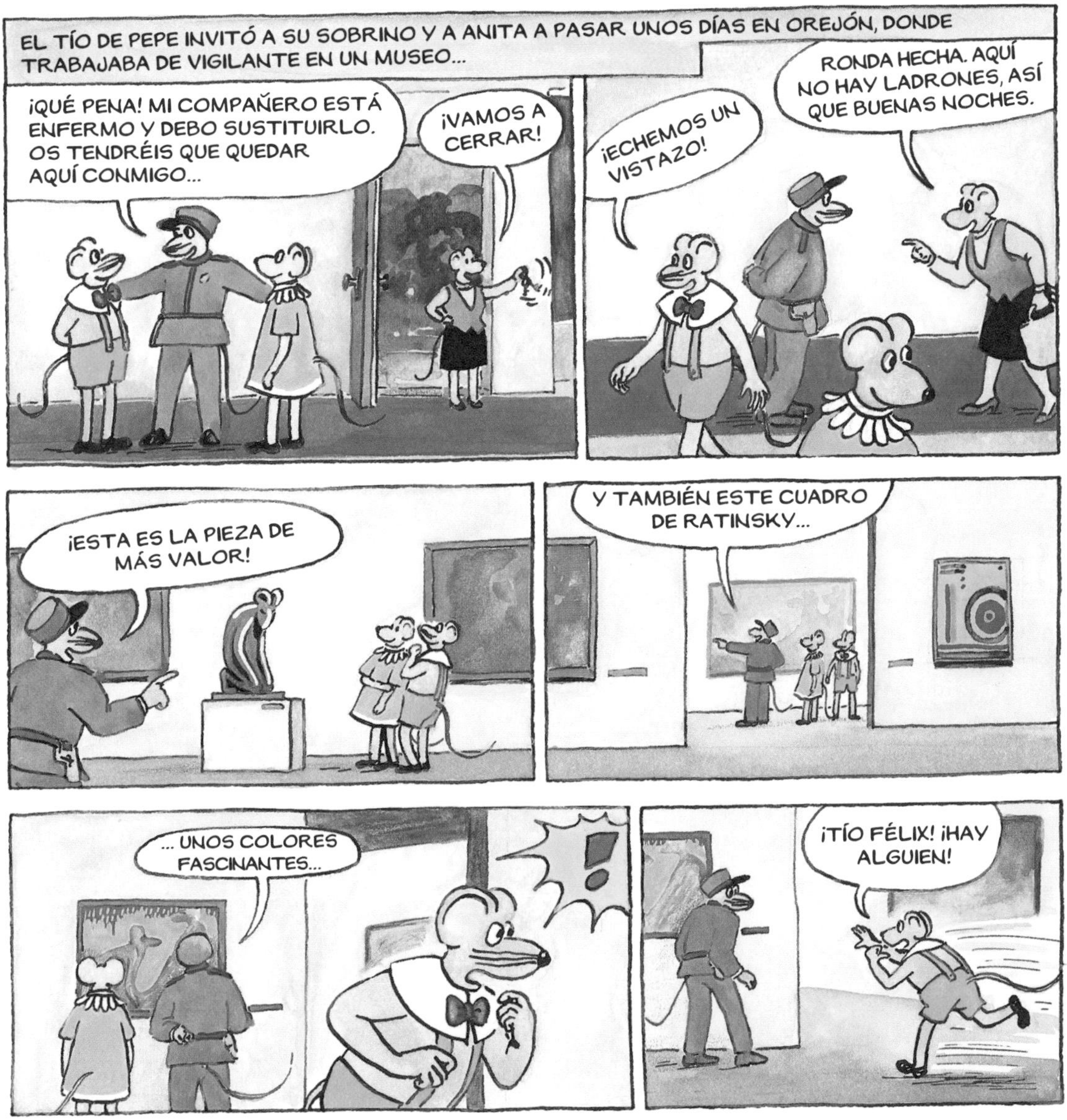
EL TÍO DE PEPE INVITÓ A SU SOBRINO Y A ANITA A PASAR UNOS DÍAS EN OREJÓN, DONDE TRABAJABA DE VIGILANTE EN UN MUSEO...
¡QUÉ PENA! MI COMPAÑERO ESTÁ ENFERMO Y DEBO SUSTITUIRLO. OS TENDRÉIS QUE QUEDAR AQUÍ CONMIGO...
¡VAMOS A CERRAR!
¡ECHEMOS UN VISTAZO!
RONDA HECHA. AQUÍ NO HAY LADRONES, ASÍ QUE BUENAS NOCHES.
¡ESTA ES LA PIEZA DE MÁS VALOR!
Y TAMBIÉN ESTE CUADRO DE RATINSKY...
... UNOS COLORES FASCINANTES...
!
¡TÍO FÉLIX! ¡HAY ALGUIEN!

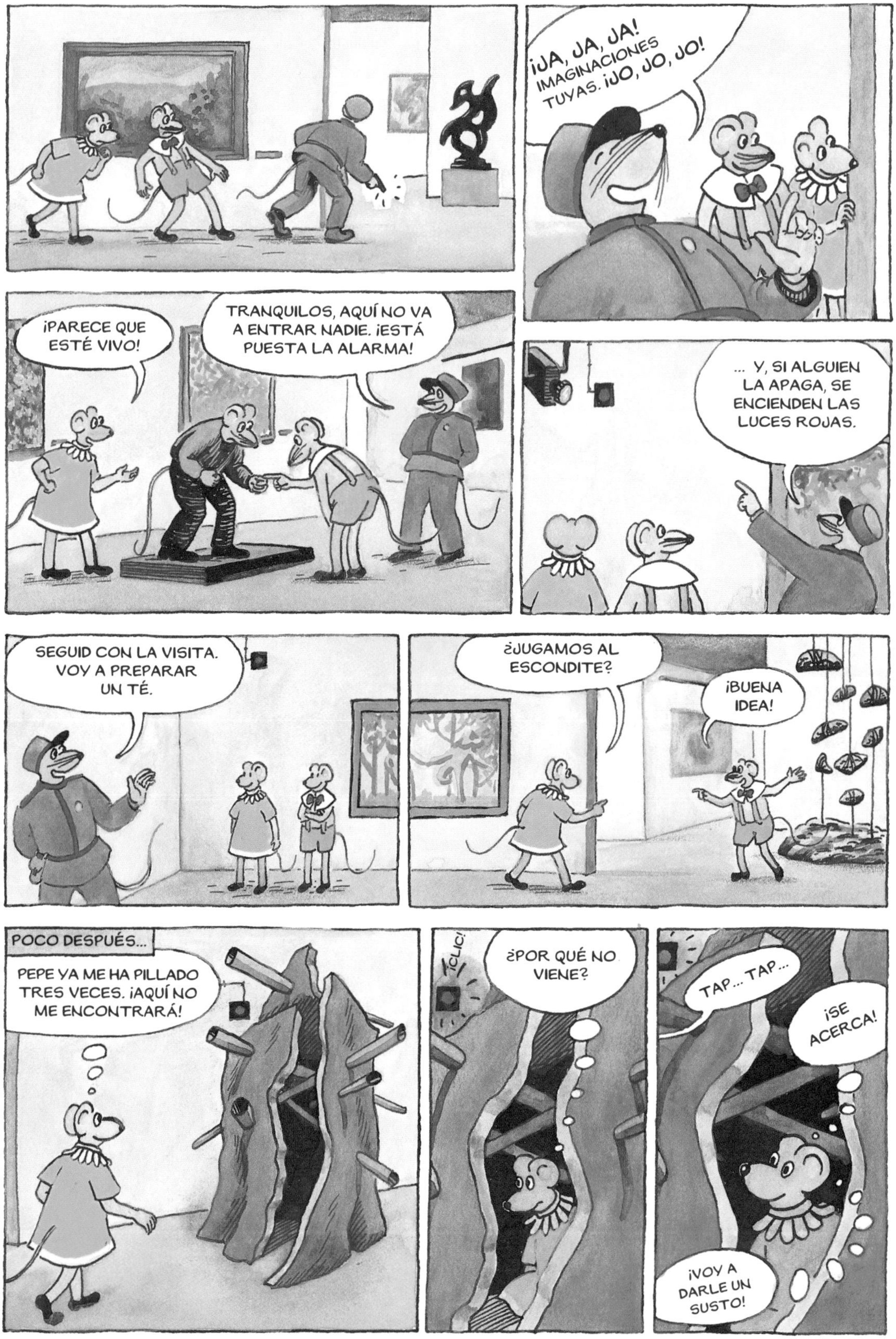

¡JA, JA, JA! IMAGINACIONES TUYAS. ¡JO, JO, JO!
¡PARECE QUE ESTÉ VIVO!
TRANQUILOS, AQUÍ NO VA A ENTRAR NADIE. ¡ESTÁ PUESTA LA ALARMA!
... Y, SI ALGUIEN LA APAGA, SE ENCIENDEN LAS LUCES ROJAS.
SEGUID CON LA VISITA. VOY A PREPARAR UN TÉ.
¿JUGAMOS AL ESCONDITE?
¡BUENA IDEA!
POCO DESPUÉS...
PEPE YA ME HA PILLADO TRES VECES. ¡AQUÍ NO ME ENCONTRARÁ!
¡CLIC!
¿POR QUÉ NO VIENE?
TAP... TAP...
¡SE ACERCA!
¡VOY A DARLE UN SUSTO!

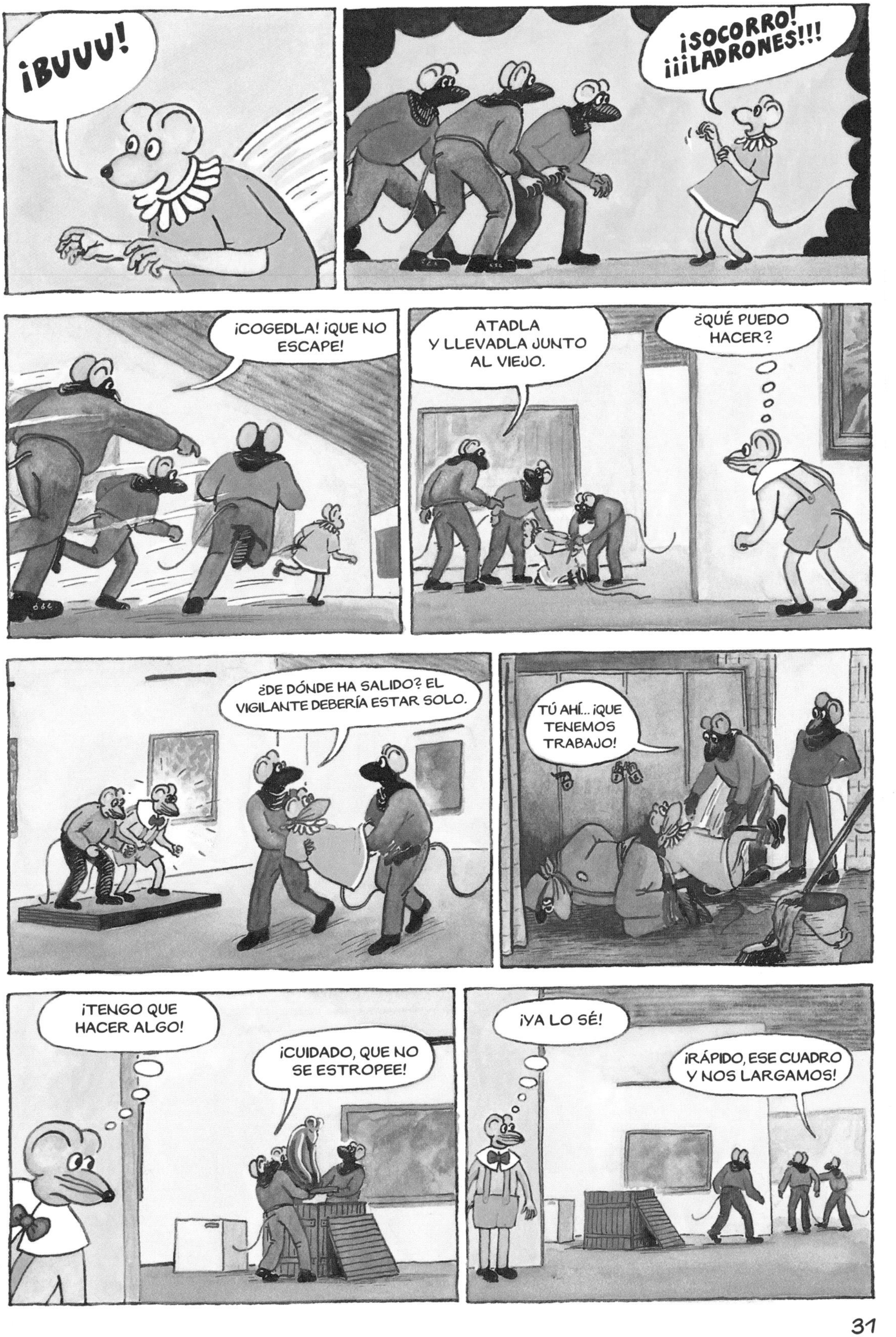
¡BUUU!
¡SOCORRO! ¡¡¡LADRONES!!!
¡COGEDLA! ¡QUE NO ESCAPE!
ATADLA Y LLEVADLA JUNTO AL VIEJO.
¿QUÉ PUEDO HACER?
¿DE DÓNDE HA SALIDO? EL VIGILANTE DEBERÍA ESTAR SOLO.
TÚ AHÍ… ¡QUE TENEMOS TRABAJO!
¡TENGO QUE HACER ALGO!
¡CUIDADO, QUE NO SE ESTROPEE!
¡YA LO SÉ!
¡RÁPIDO, ESE CUADRO Y NOS LARGAMOS!

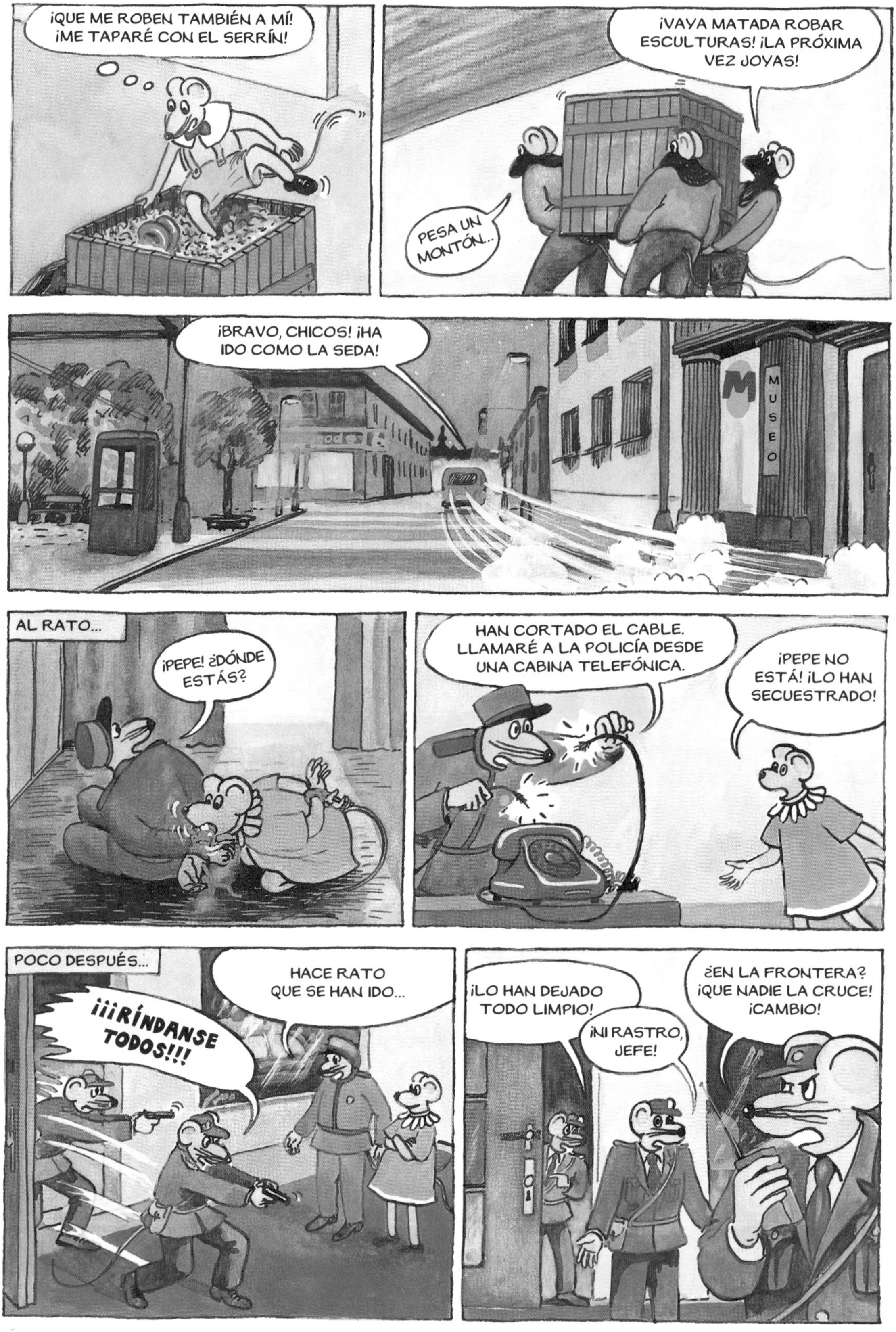
¡QUE ME ROBEN TAMBIÉN A MÍ! ¡ME TAPARÉ CON EL SERRÍN!
¡VAYA MATADA ROBAR ESCULTURAS! ¡LA PRÓXIMA VEZ JOYAS!
PESA UN MONTÓN...
¡BRAVO, CHICOS! ¡HA IDO COMO LA SEDA!
MUSEO
AL RATO...
¡PEPE! ¿DÓNDE ESTÁS?
HAN CORTADO EL CABLE. LLAMARÉ A LA POLICÍA DESDE UNA CABINA TELEFÓNICA.
¡PEPE NO ESTÁ! ¡LO HAN SECUESTRADO!
POCO DESPUÉS...
¡¡¡RÍNDANSE TODOS!!!
HACE RATO QUE SE HAN IDO...
¡LO HAN DEJADO TODO LIMPIO!
¡NI RASTRO, JEFE!
¿EN LA FRONTERA? ¡QUE NADIE LA CRUCE! ¡CAMBIO!

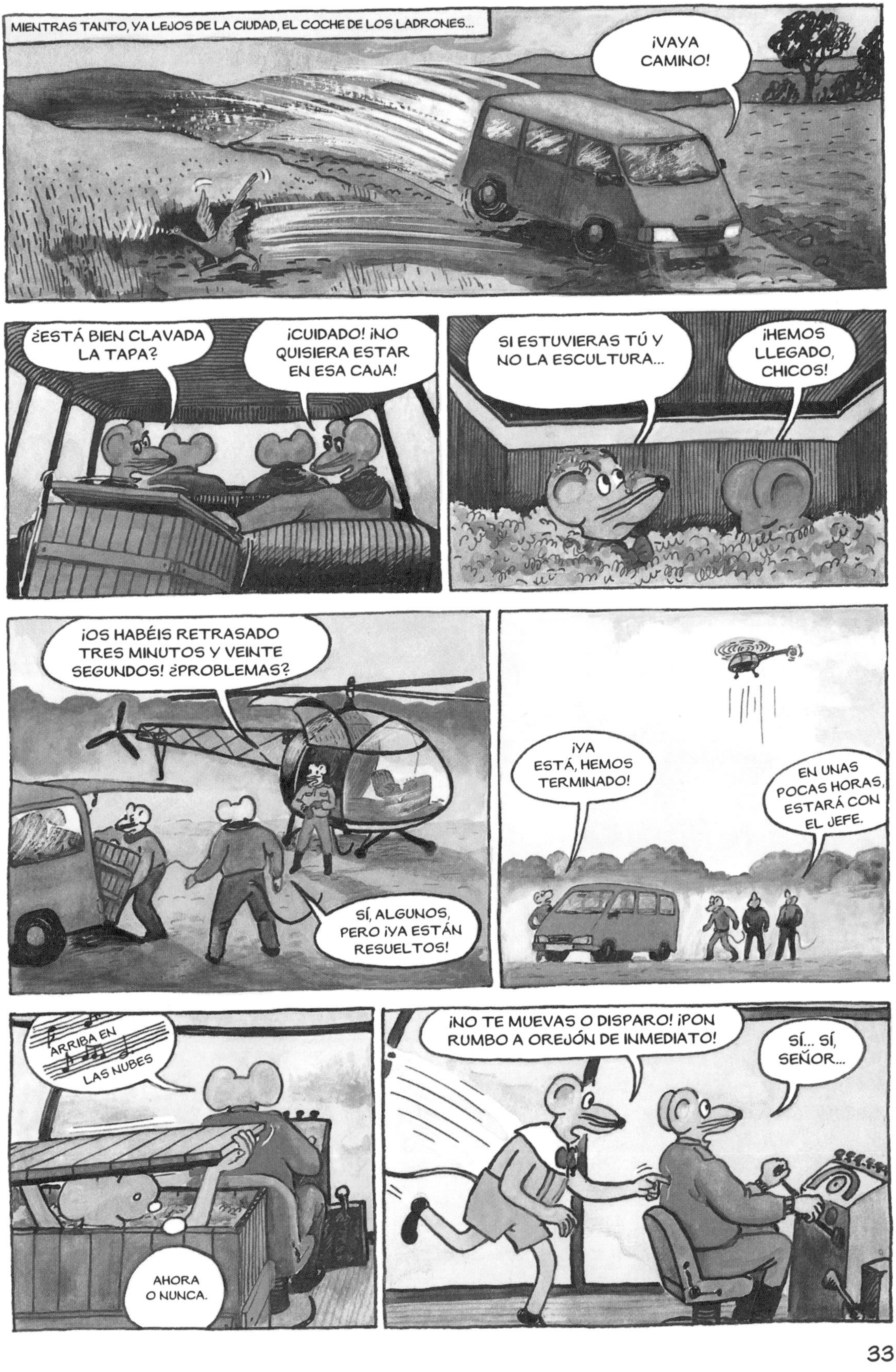
MIENTRAS TANTO, YA LEJOS DE LA CIUDAD, EL COCHE DE LOS LADRONES...
¡VAYA CAMINO!
¿ESTÁ BIEN CLAVADA LA TAPA?
¡CUIDADO! ¡NO QUISIERA ESTAR EN ESA CAJA!
SI ESTUVIERAS TÚ Y NO LA ESCULTURA...
¡HEMOS LLEGADO, CHICOS!
¡OS HABÉIS RETRASADO TRES MINUTOS Y VEINTE SEGUNDOS! ¿PROBLEMAS?
SÍ, ALGUNOS, PERO ¡YA ESTÁN RESUELTOS!
¡YA ESTÁ, HEMOS TERMINADO!
EN UNAS POCAS HORAS, ESTARÁ CON EL JEFE.
ARRIBA EN LAS NUBES
AHORA O NUNCA.
¡NO TE MUEVAS O DISPARO! ¡PON RUMBO A OREJÓN DE INMEDIATO!
SÍ... SÍ, SEÑOR...

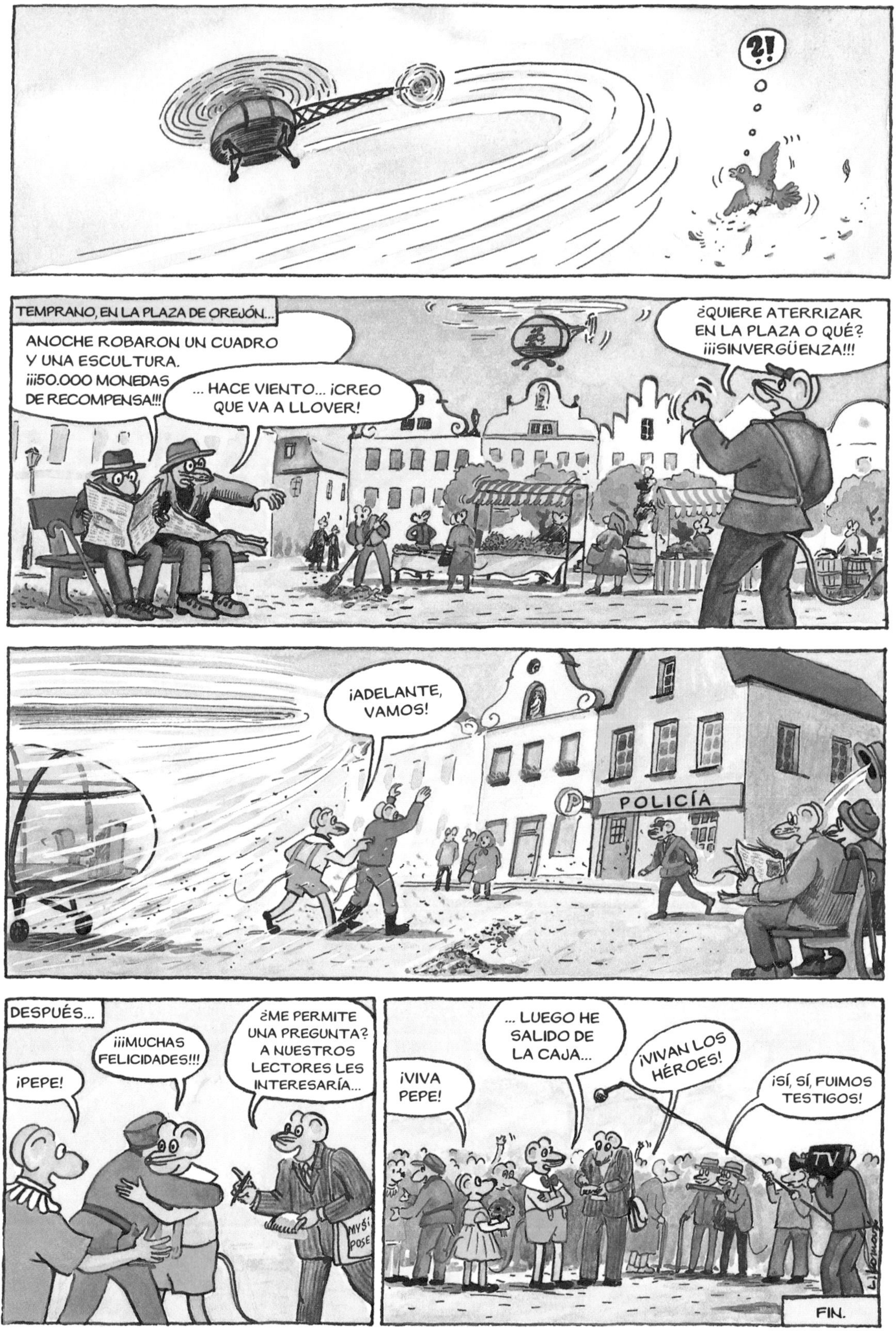
?!
TEMPRANO, EN LA PLAZA DE OREJÓN...
ANOCHE ROBARON UN CUADRO Y UNA ESCULTURA. ¡¡¡50.000 MONEDAS DE RECOMPENSA!!!
... HACE VIENTO... ¡CREO QUE VA A LLOVER!
¿QUIERE ATERRIZAR EN LA PLAZA O QUÉ? ¡¡¡SINVERGÜENZA!!!
¡ADELANTE, VAMOS!
POLICÍA
DESPUÉS...
¡PEPE!
¡¡¡MUCHAS FELICIDADES!!!
¿ME PERMITE UNA PREGUNTA? A NUESTROS LECTORES LES INTERESARÍA...
¡VIVA PEPE!
... LUEGO HE SALIDO DE LA CAJA...
¡VIVAN LOS HÉROES!
¡SÍ, SÍ, FUIMOS TESTIGOS!
TV
FIN.

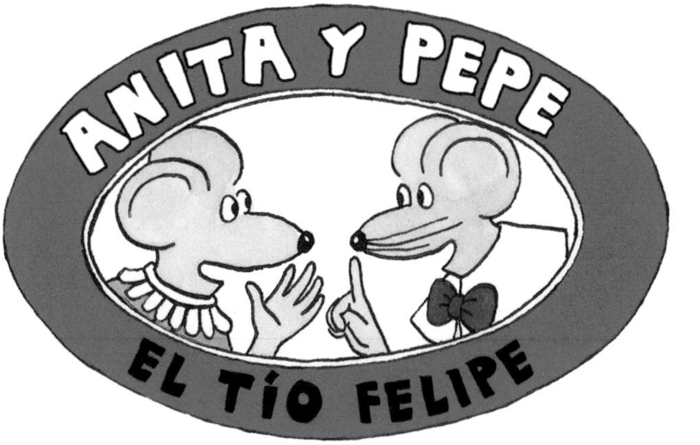
ANITA Y PEPE
EL TÍO FELIPE

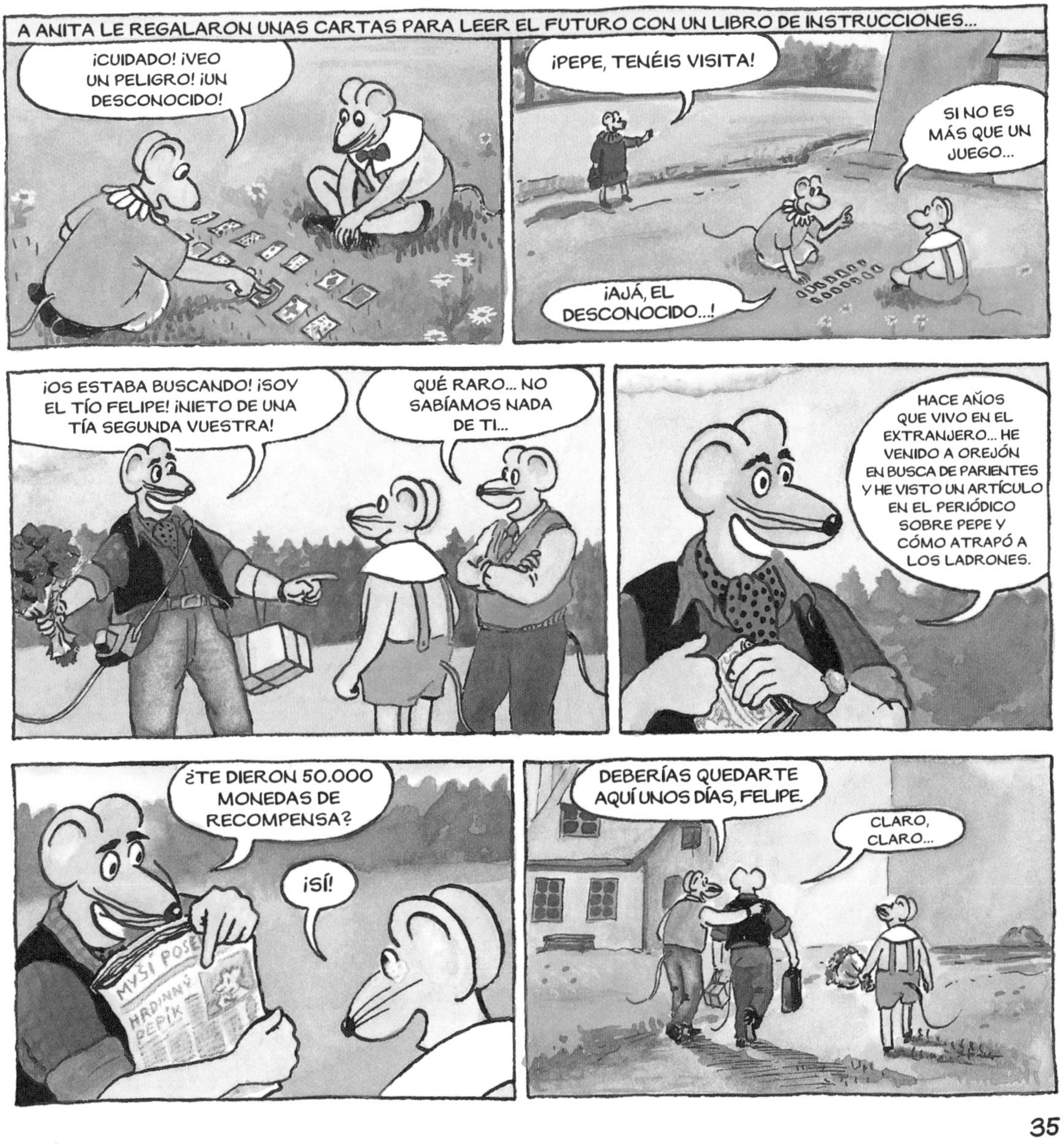
A ANITA LE REGALARON UNAS CARTAS PARA LEER EL FUTURO CON UN LIBRO DE INSTRUCCIONES...
¡CUIDADO! ¡VEO UN PELIGRO! ¡UN DESCONOCIDO!
¡PEPE, TENÉIS VISITA!
SI NO ES MÁS QUE UN JUEGO...
¡AJÁ, EL DESCONOCIDO...!
¡OS ESTABA BUSCANDO! ¡SOY EL TÍO FELIPE! ¡NIETO DE UNA TÍA SEGUNDA VUESTRA!
QUÉ RARO... NO SABÍAMOS NADA DE TI...
HACE AÑOS QUE VIVO EN EL EXTRANJERO... HE VENIDO A OREJÓN EN BUSCA DE PARIENTES Y HE VISTO UN ARTÍCULO EN EL PERIÓDICO SOBRE PEPE Y CÓMO ATRAPÓ A LOS LADRONES.
¿TE DIERON 50.000 MONEDAS DE RECOMPENSA?
¡SÍ!
HRDINNÝ PEPÍK
DEBERÍAS QUEDARTE AQUÍ UNOS DÍAS, FELIPE.
CLARO, CLARO...

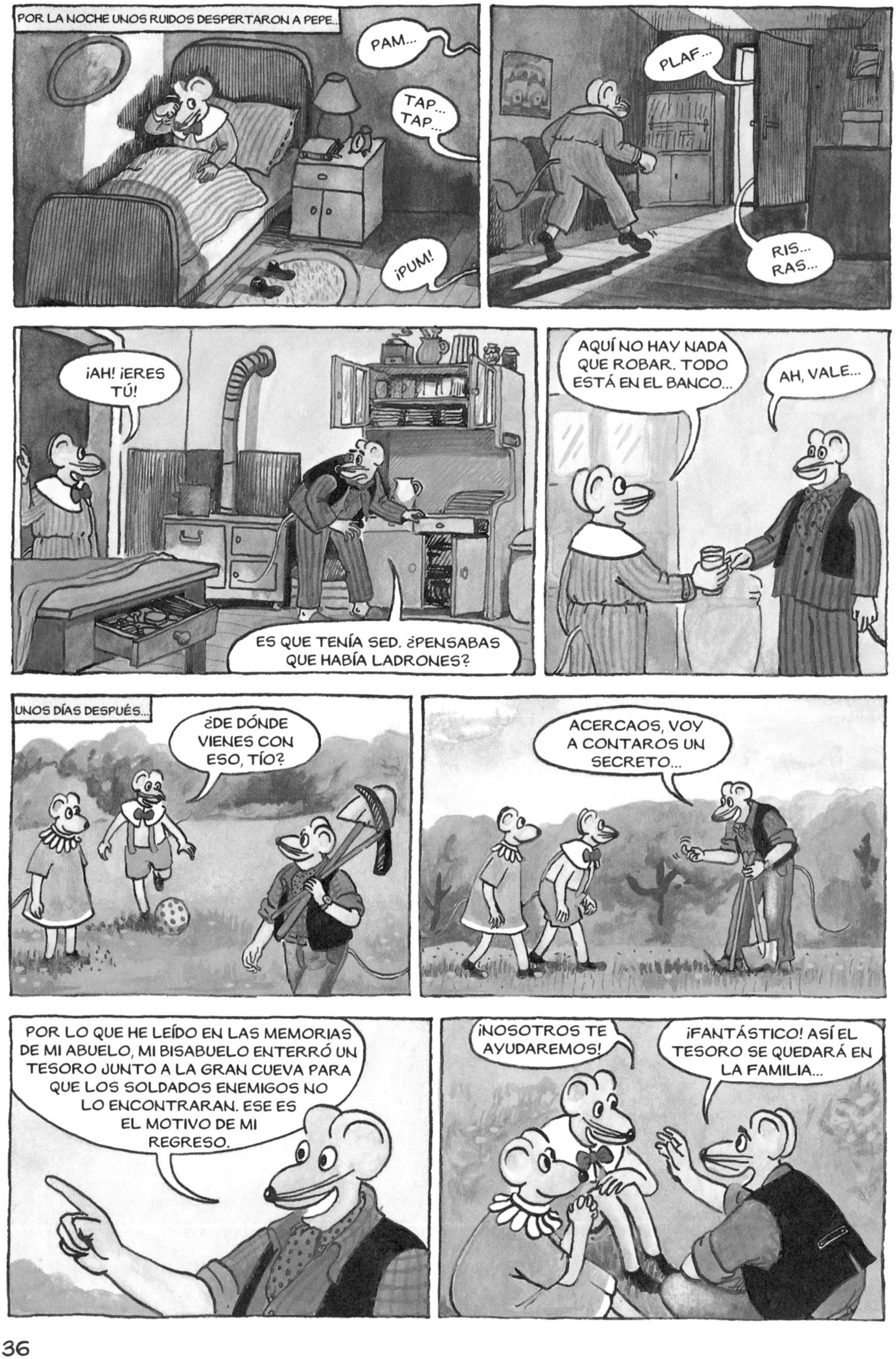
POR LA NOCHE UNOS RUIDOS DESPERTARON A PEPE...
PAM...
TAP... TAP...
¡PUM!
PLAF...
RIS... RAS...
¡AH! ¡ERES TÚ!
ES QUE TENÍA SED. ¿PENSABAS QUE HABÍA LADRONES?
AQUÍ NO HAY NADA QUE ROBAR. TODO ESTÁ EN EL BANCO...
AH, VALE...
UNOS DÍAS DESPUÉS...
¿DE DÓNDE VIENES CON ESO, TÍO?
ACERCAOS, VOY A CONTAROS UN SECRETO...
POR LO QUE HE LEÍDO EN LAS MEMORIAS DE MI ABUELO, MI BISABUELO ENTERRÓ UN TESORO JUNTO A LA GRAN CUEVA PARA QUE LOS SOLDADOS ENEMIGOS NO LO ENCONTRARAN. ESE ES EL MOTIVO DE MI REGRESO.
¡NOSOTROS TE AYUDAREMOS!
¡FANTÁSTICO! ASÍ EL TESORO SE QUEDARÁ EN LA FAMILIA...

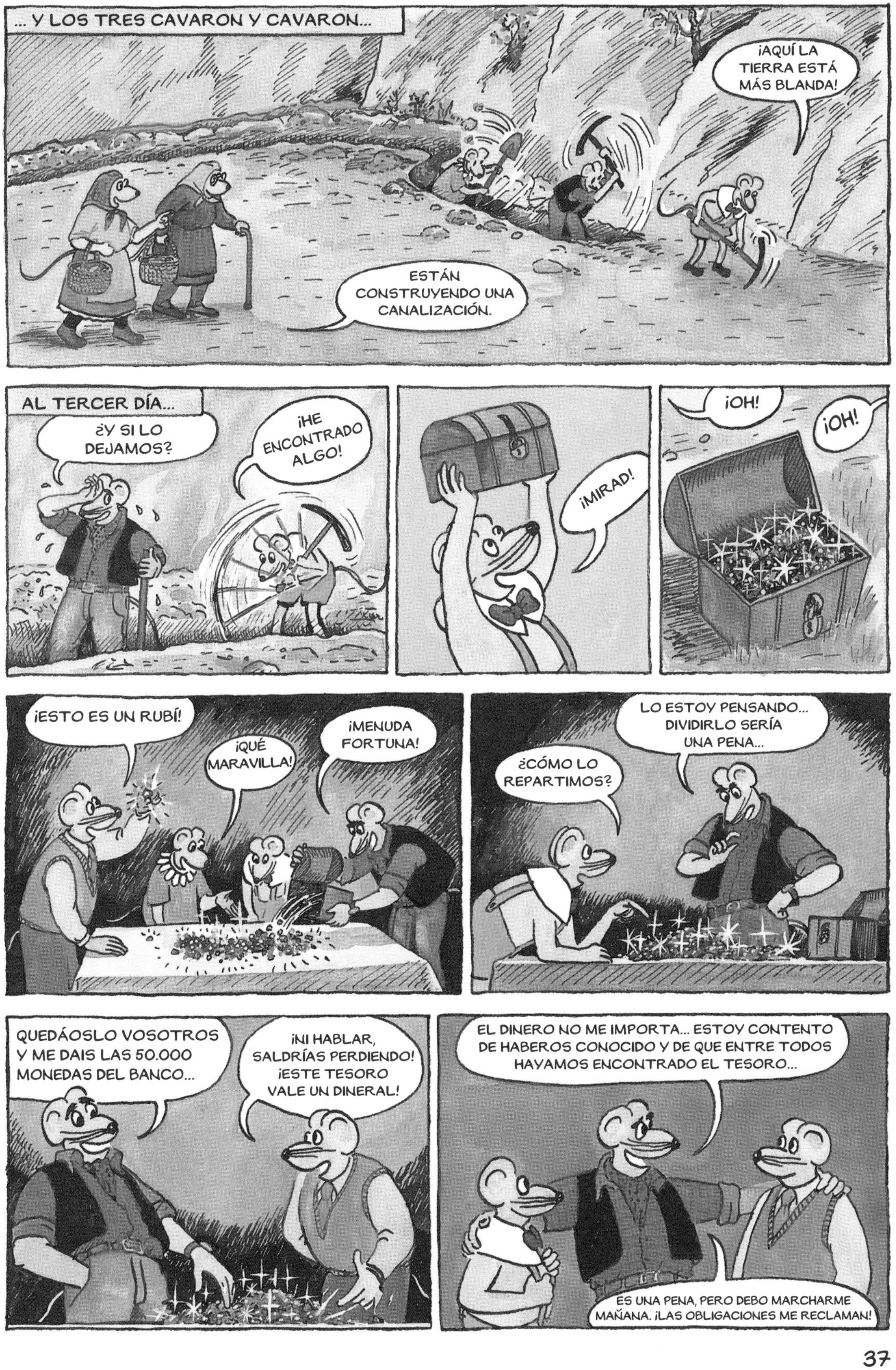
... Y LOS TRES CAVARON Y CAVARON...
¡AQUÍ LA TIERRA ESTÁ MÁS BLANDA!
ESTÁN CONSTRUYENDO UNA CANALIZACIÓN.
AL TERCER DÍA...
¿Y SI LO DEJAMOS?
¡HE ENCONTRADO ALGO!
¡MIRAD!
¡OH!
¡OH!
¡ESTO ES UN RUBÍ!
¡QUÉ MARAVILLA!
¡MENUDA FORTUNA!
¿CÓMO LO REPARTIMOS?
LO ESTOY PENSANDO... DIVIDIRLO SERÍA UNA PENA...
QUEDÁOSLO VOSOTROS Y ME DAIS LAS 50.000 MONEDAS DEL BANCO...
¡NI HABLAR, SALDRÍAS PERDIENDO! ¡ESTE TESORO VALE UN DINERAL!
EL DINERO NO ME IMPORTA... ESTOY CONTENTO DE HABEROS CONOCIDO Y DE QUE ENTRE TODOS HAYAMOS ENCONTRADO EL TESORO...
ES UNA PENA, PERO DEBO MARCHARME MAÑANA. ¡LAS OBLIGACIONES ME RECLAMAN!

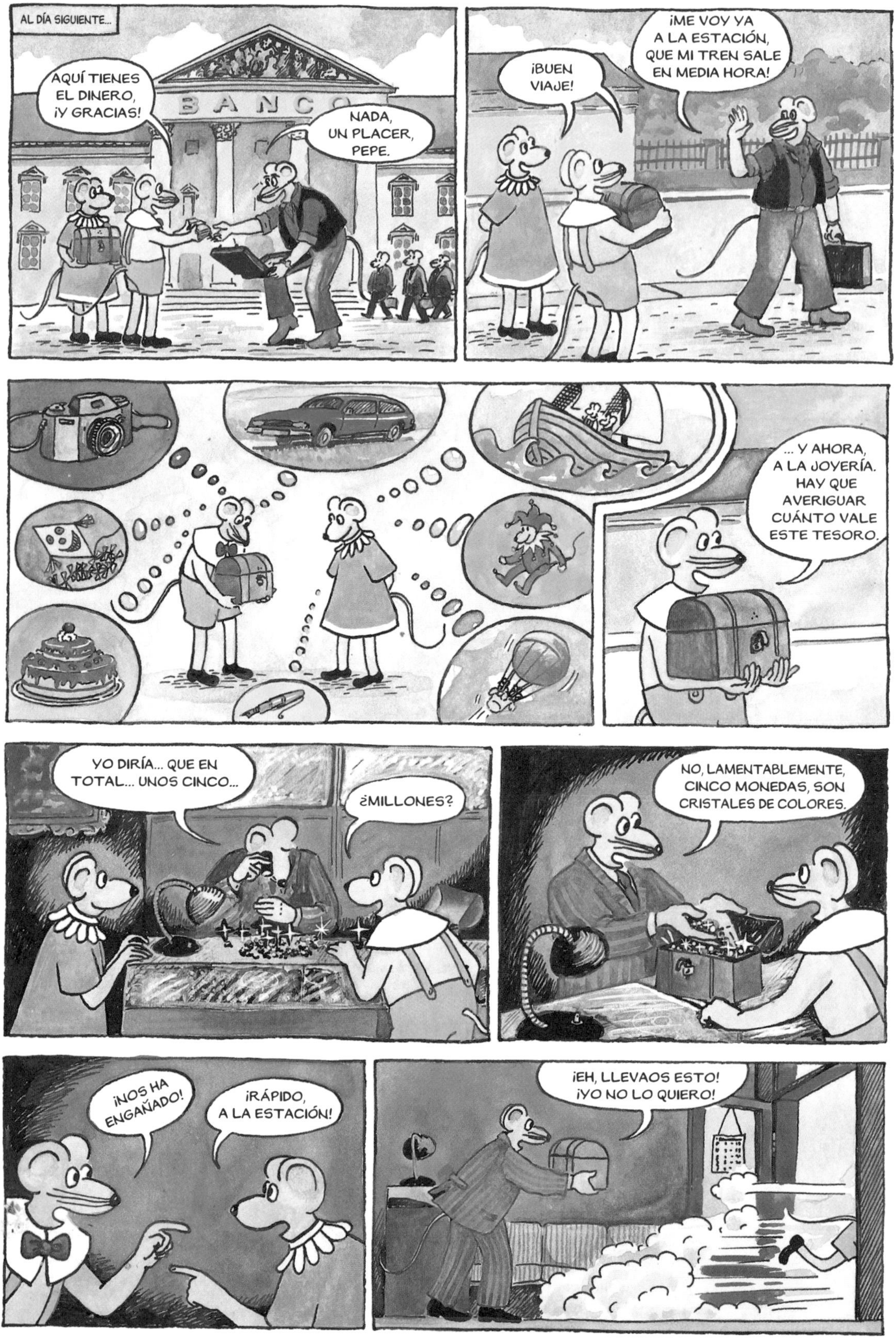
AL DÍA SIGUIENTE...
AQUÍ TIENES EL DINERO, ¡Y GRACIAS!
BANCO
NADA, UN PLACER, PEPE.
¡ME VOY YA A LA ESTACIÓN, QUE MI TREN SALE EN MEDIA HORA!
¡BUEN VIAJE!
... Y AHORA, A LA JOYERÍA. HAY QUE AVERIGUAR CUÁNTO VALE ESTE TESORO.
YO DIRÍA... QUE EN TOTAL... UNOS CINCO...
¿MILLONES?
NO, LAMENTABLEMENTE, CINCO MONEDAS, SON CRISTALES DE COLORES.
¡NOS HA ENGAÑADO!
¡RÁPIDO, A LA ESTACIÓN!
¡EH, LLEVAOS ESTO! ¡YO NO LO QUIERO!

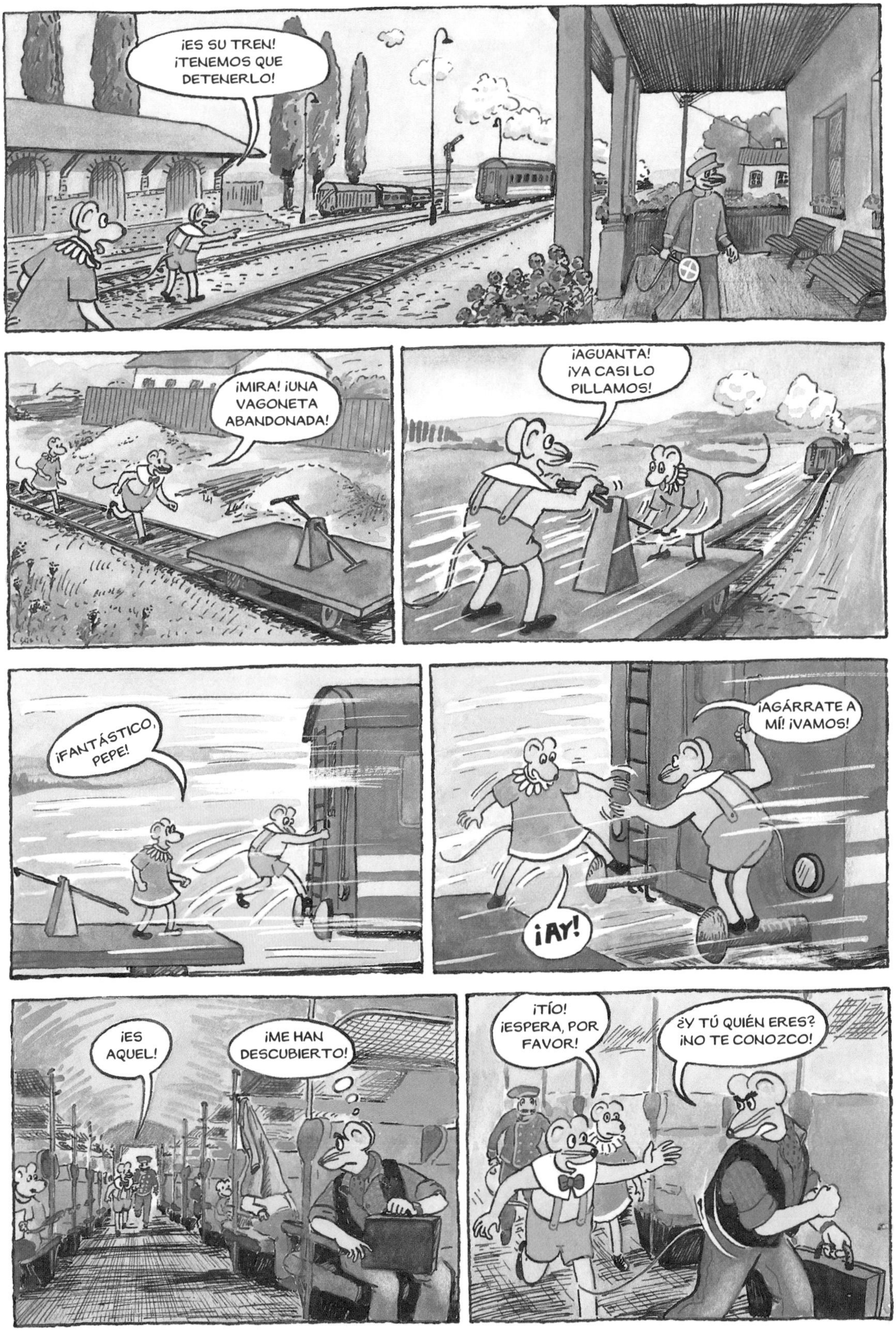
¡ES SU TREN! ¡TENEMOS QUE DETENERLO!
¡MIRA! ¡UNA VAGONETA ABANDONADA!
¡AGUANTA! ¡YA CASI LO PILLAMOS!
¡FANTÁSTICO, PEPE!
¡AGÁRRATE A MÍ! ¡VAMOS!
¡AY!
¡ES AQUEL!
¡ME HAN DESCUBIERTO!
¡TÍO! ¡ESPERA, POR FAVOR!
¿Y TÚ QUIÉN ERES? ¡NO TE CONOZCO!

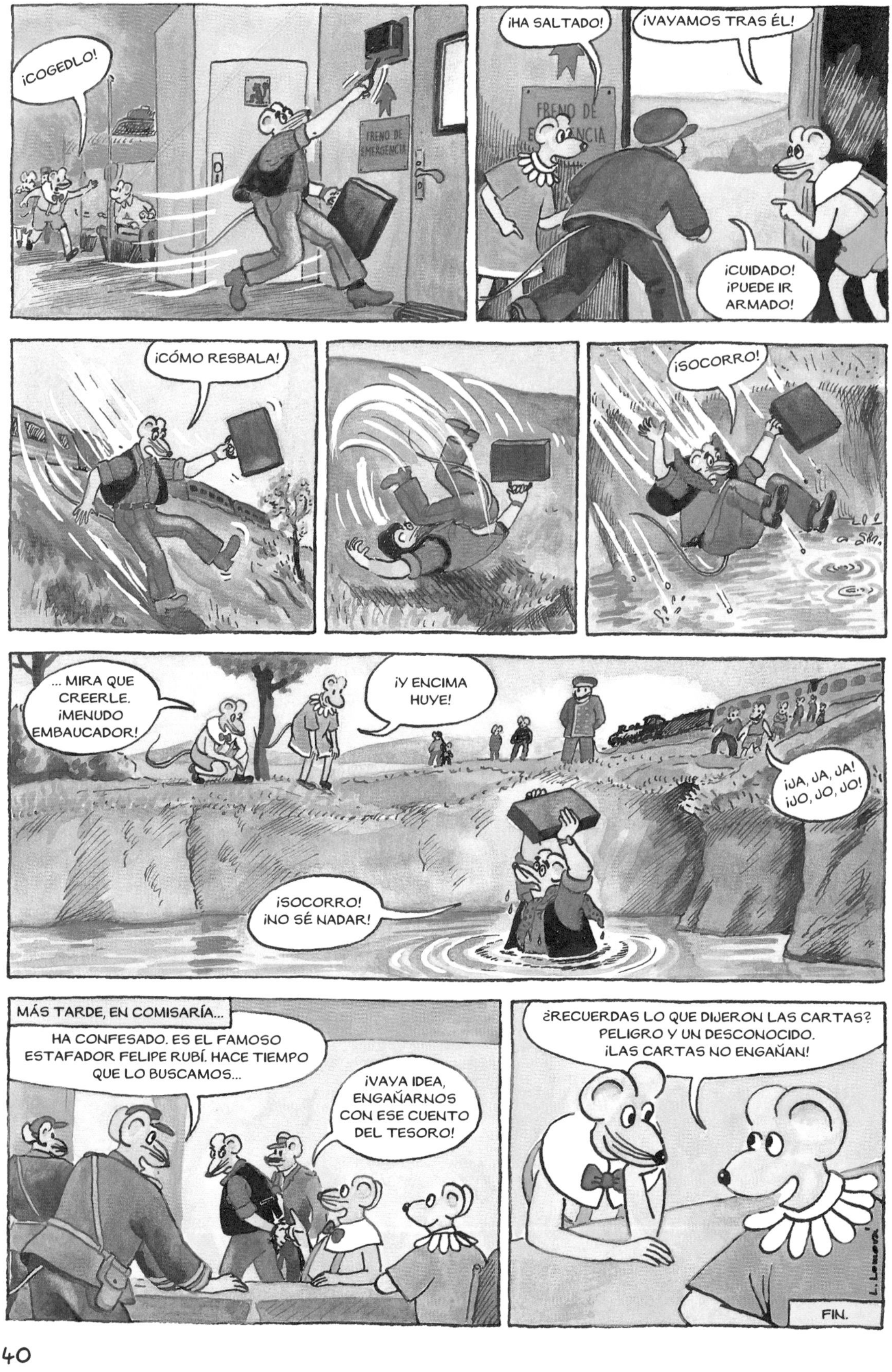
¡COGEDLO!
FRENO DE EMERGENCIA
¡HA SALTADO!
¡VAYAMOS TRAS ÉL!
¡CUIDADO! ¡PUEDE IR ARMADO!
¡CÓMO RESBALA!
¡SOCORRO!
... MIRA QUE CREERLE. ¡MENUDO EMBAUCADOR!
¡Y ENCIMA HUYE!
¡JA, JA, JA! ¡JO, JO, JO!
¡SOCORRO! ¡NO SÉ NADAR!
MÁS TARDE, EN COMISARÍA...
HA CONFESADO. ES EL FAMOSO ESTAFADOR FELIPE RUBÍ. HACE TIEMPO QUE LO BUSCAMOS...
¡VAYA IDEA, ENGAÑARNOS CON ESE CUENTO DEL TESORO!
¿RECUERDAS LO QUE DIJERON LAS CARTAS? PELIGRO Y UN DESCONOCIDO. ¡LAS CARTAS NO ENGAÑAN!
FIN.

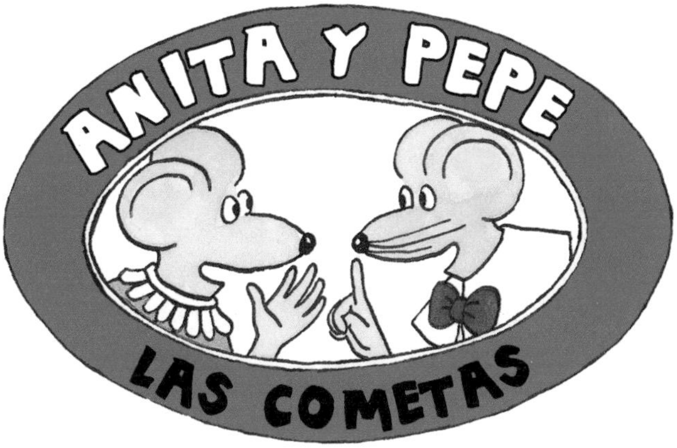
ANITA Y PEPE
LAS COMETAS

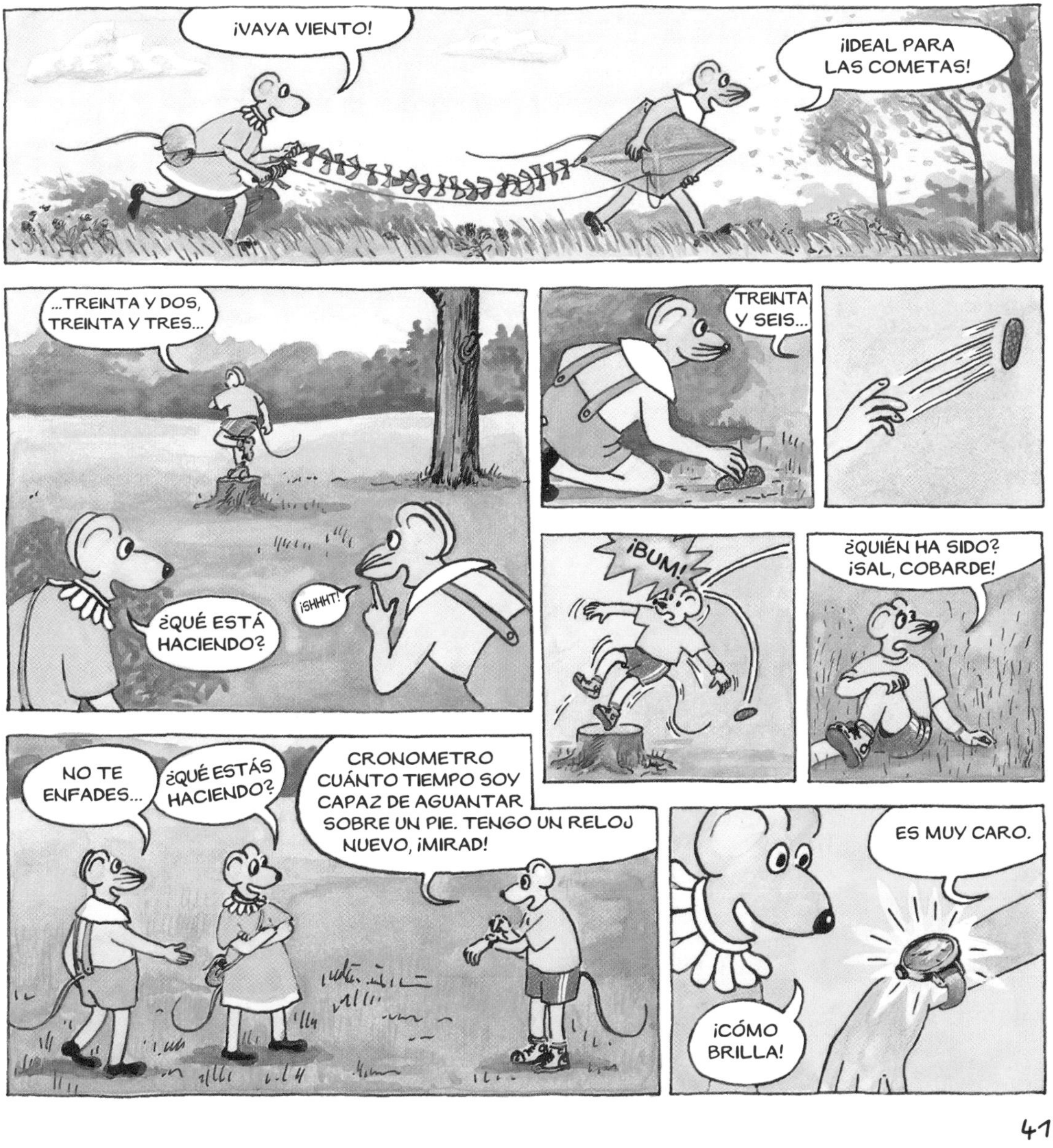
¡VAYA VIENTO!
¡IDEAL PARA LAS COMETAS!
...TREINTA Y DOS, TREINTA Y TRES...
¿QUÉ ESTÁ HACIENDO?
¡SHHHT!
TREINTA Y SEIS...
¡BUM!
¿QUIÉN HA SIDO? ¡SAL, COBARDE!
NO TE ENFADES...
¿QUÉ ESTÁS HACIENDO?
CRONOMETRO CUÁNTO TIEMPO SOY CAPAZ DE AGUANTAR SOBRE UN PIE. TENGO UN RELOJ NUEVO, ¡MIRAD!
ES MUY CARO.
¡CÓMO BRILLA!

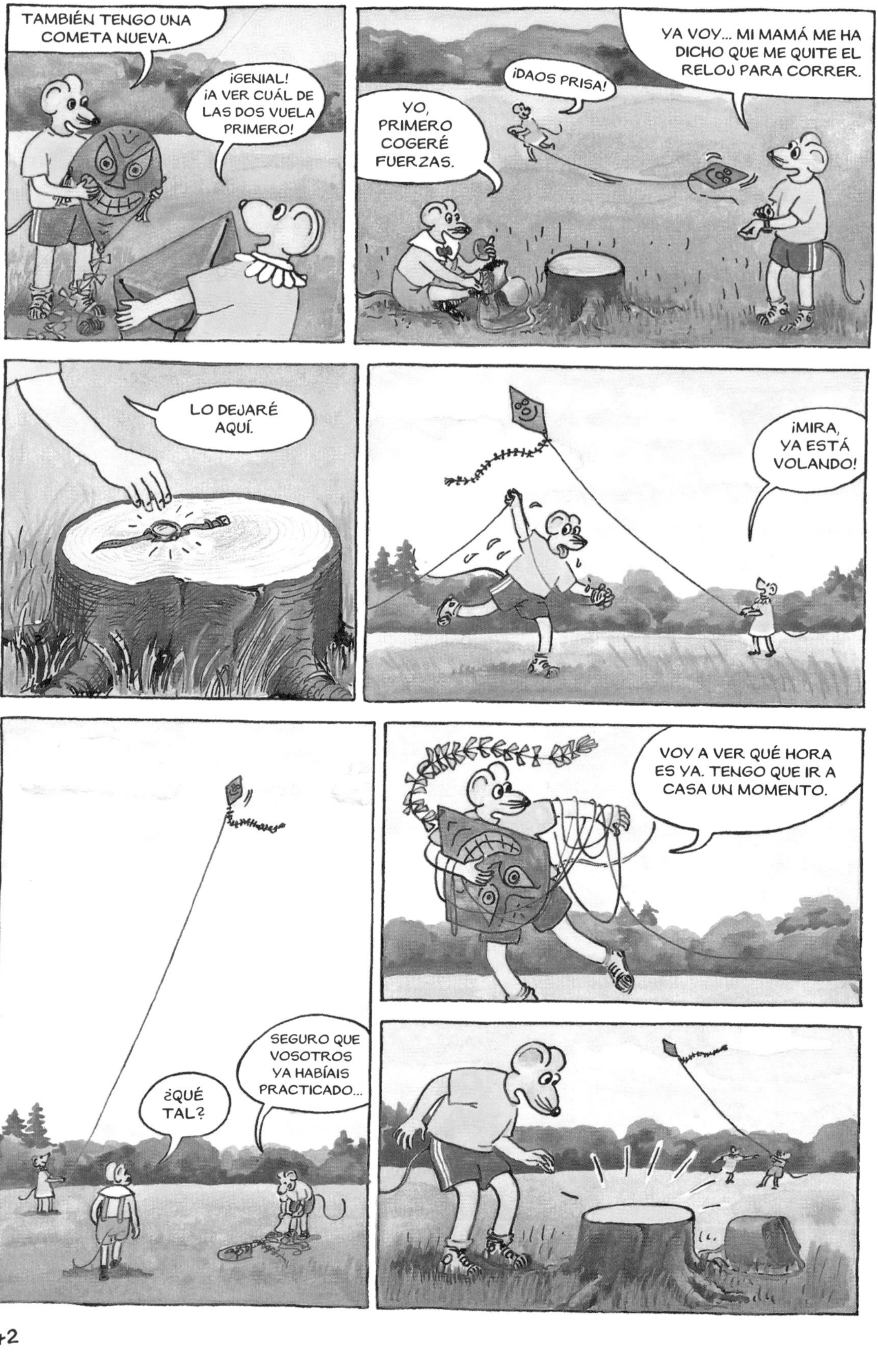
TAMBIÉN TENGO UNA COMETA NUEVA.
¡GENIAL! ¡A VER CUÁL DE LAS DOS VUELA PRIMERO!
YO, PRIMERO COGERÉ FUERZAS.
¡DAOS PRISA!
YA VOY... MI MAMÁ ME HA DICHO QUE ME QUITE EL RELOJ PARA CORRER.
LO DEJARÉ AQUÍ.
¡MIRA, YA ESTÁ VOLANDO!
¿QUÉ TAL?
SEGURO QUE VOSOTROS YA HABÍAIS PRACTICADO...
VOY A VER QUÉ HORA ES YA. TENGO QUE IR A CASA UN MOMENTO.

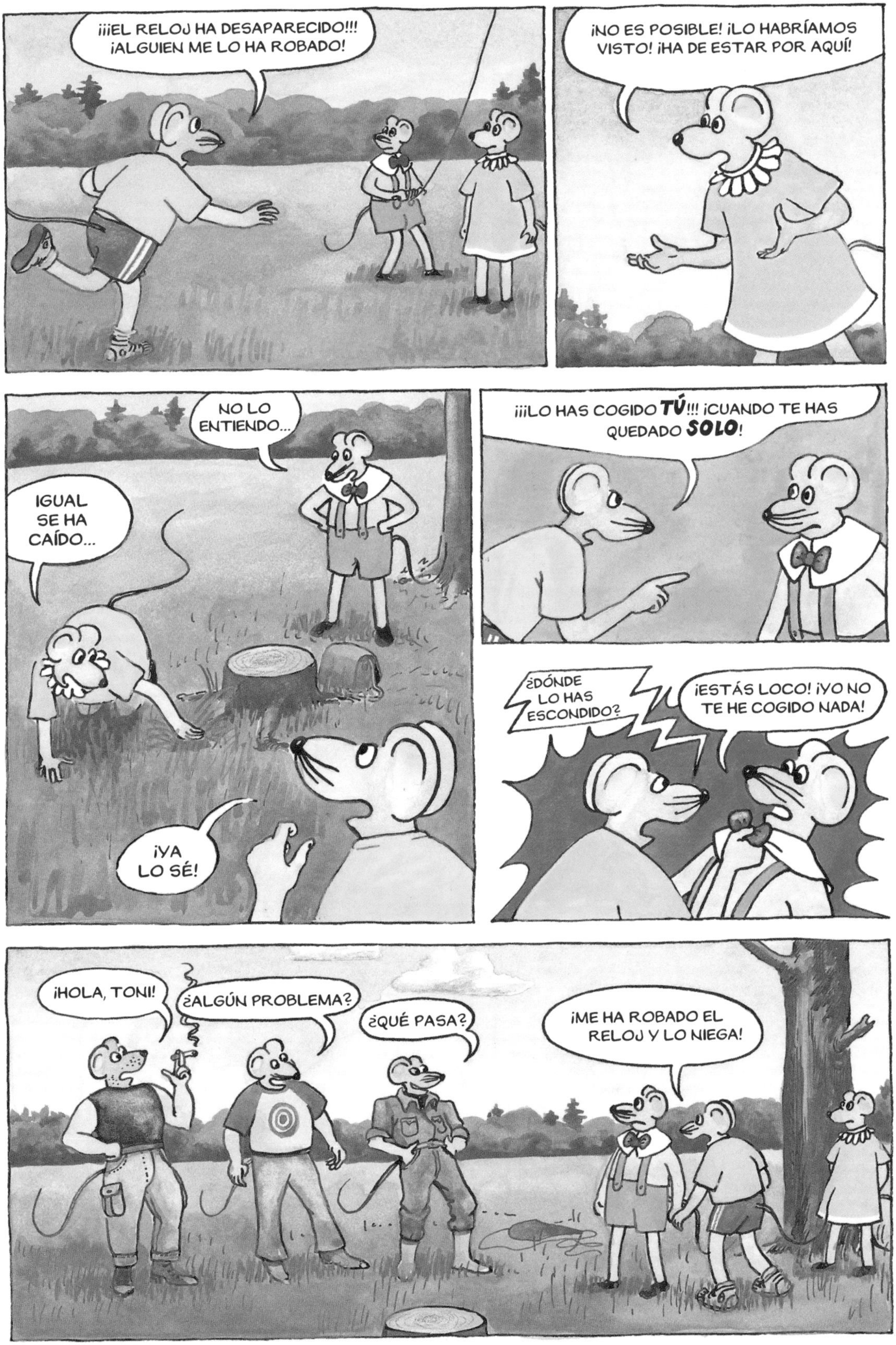
¡¡¡EL RELOJ HA DESAPARECIDO!!! ¡ALGUIEN ME LO HA ROBADO!
¡NO ES POSIBLE! ¡LO HABRÍAMOS VISTO! ¡HA DE ESTAR POR AQUÍ!
NO LO ENTIENDO...
IGUAL SE HA CAÍDO...
¡YA LO SÉ!
¡¡¡LO HAS COGIDO TÚ!!! ¡CUANDO TE HAS QUEDADO SOLO!
¿DÓNDE LO HAS ESCONDIDO?
¡ESTÁS LOCO! ¡YO NO TE HE COGIDO NADA!
¡HOLA, TONI!
¿ALGÚN PROBLEMA?
¿QUÉ PASA?
¡ME HA ROBADO EL RELOJ Y LO NIEGA!

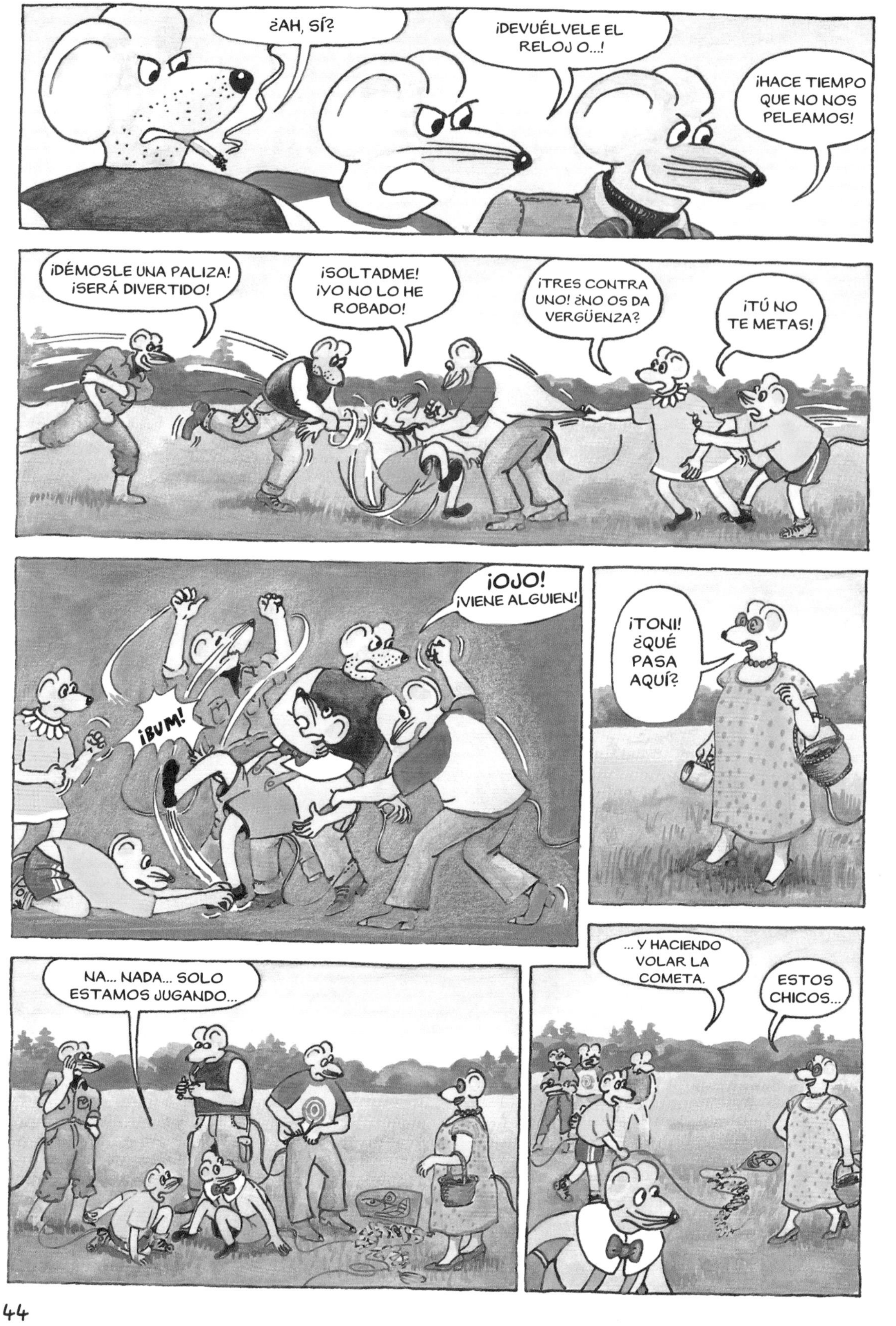
¿AH, SÍ?
¡DEVUÉLVELE EL RELOJ O...!
¡HACE TIEMPO QUE NO NOS PELEAMOS!
¡DÉMOSLE UNA PALIZA! ¡SERÁ DIVERTIDO!
¡SOLTADME! ¡YO NO LO HE ROBADO!
¡TRES CONTRA UNO! ¿NO OS DA VERGÜENZA?
¡TÚ NO TE METAS!
¡BUM!
¡OJO! ¡VIENE ALGUIEN!
¡TONI! ¿QUÉ PASA AQUÍ?
NA... NADA... SOLO ESTAMOS JUGANDO...
... Y HACIENDO VOLAR LA COMETA.
ESTOS CHICOS...

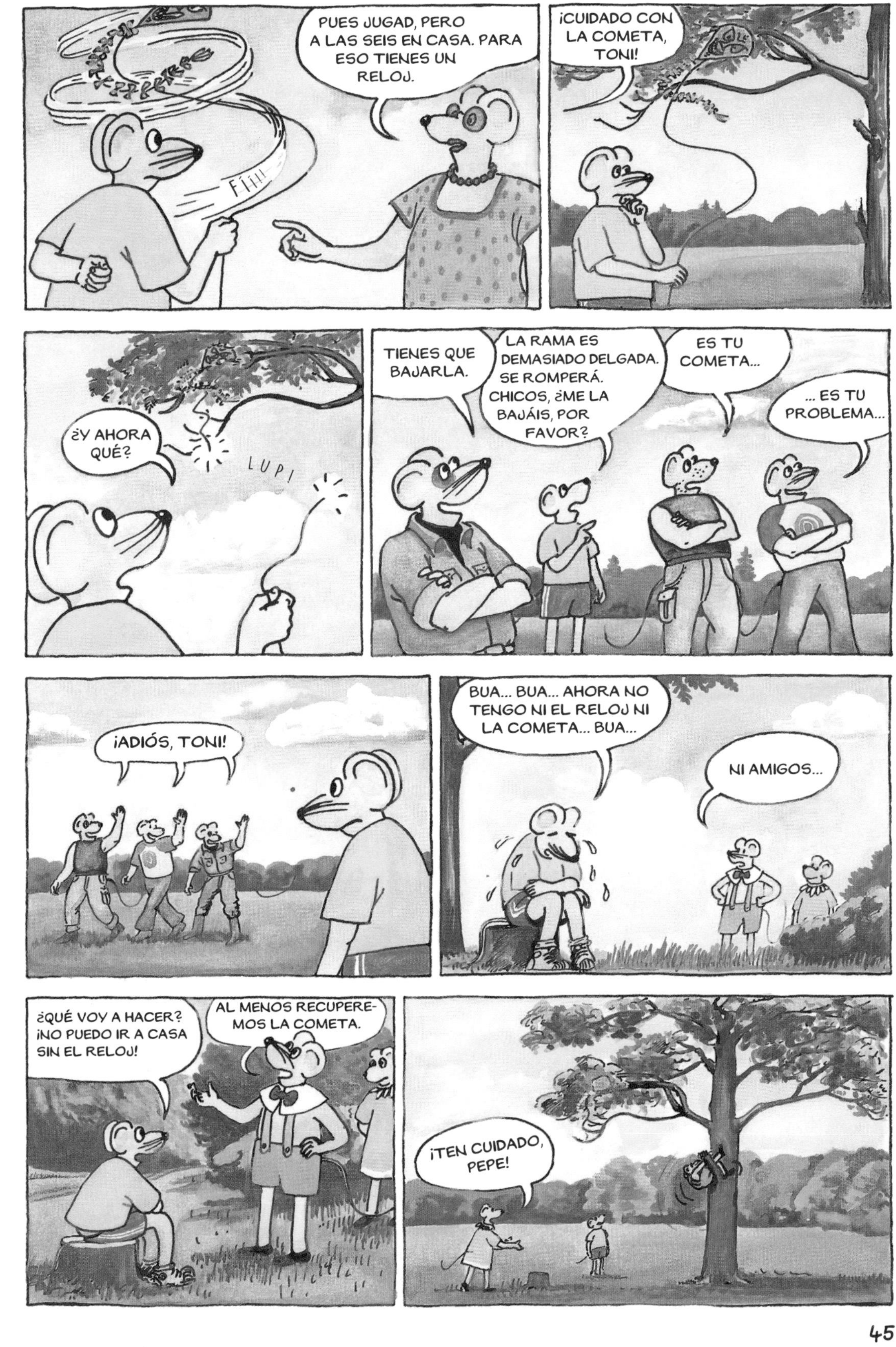
PUES JUGAD, PERO A LAS SEIS EN CASA. PARA ESO TIENES UN RELOJ.
¡CUIDADO CON LA COMETA, TONI!
¿Y AHORA QUÉ?
LUP!
TIENES QUE BAJARLA.
LA RAMA ES DEMASIADO DELGADA. SE ROMPERÁ. CHICOS, ¿ME LA BAJÁIS, POR FAVOR?
ES TU COMETA...
... ES TU PROBLEMA...
¡ADIÓS, TONI!
BUA... BUA... AHORA NO TENGO NI EL RELOJ NI LA COMETA... BUA...
NI AMIGOS...
¿QUÉ VOY A HACER? ¡NO PUEDO IR A CASA SIN EL RELOJ!
AL MENOS RECUPEREMOS LA COMETA.
¡TEN CUIDADO, PEPE!

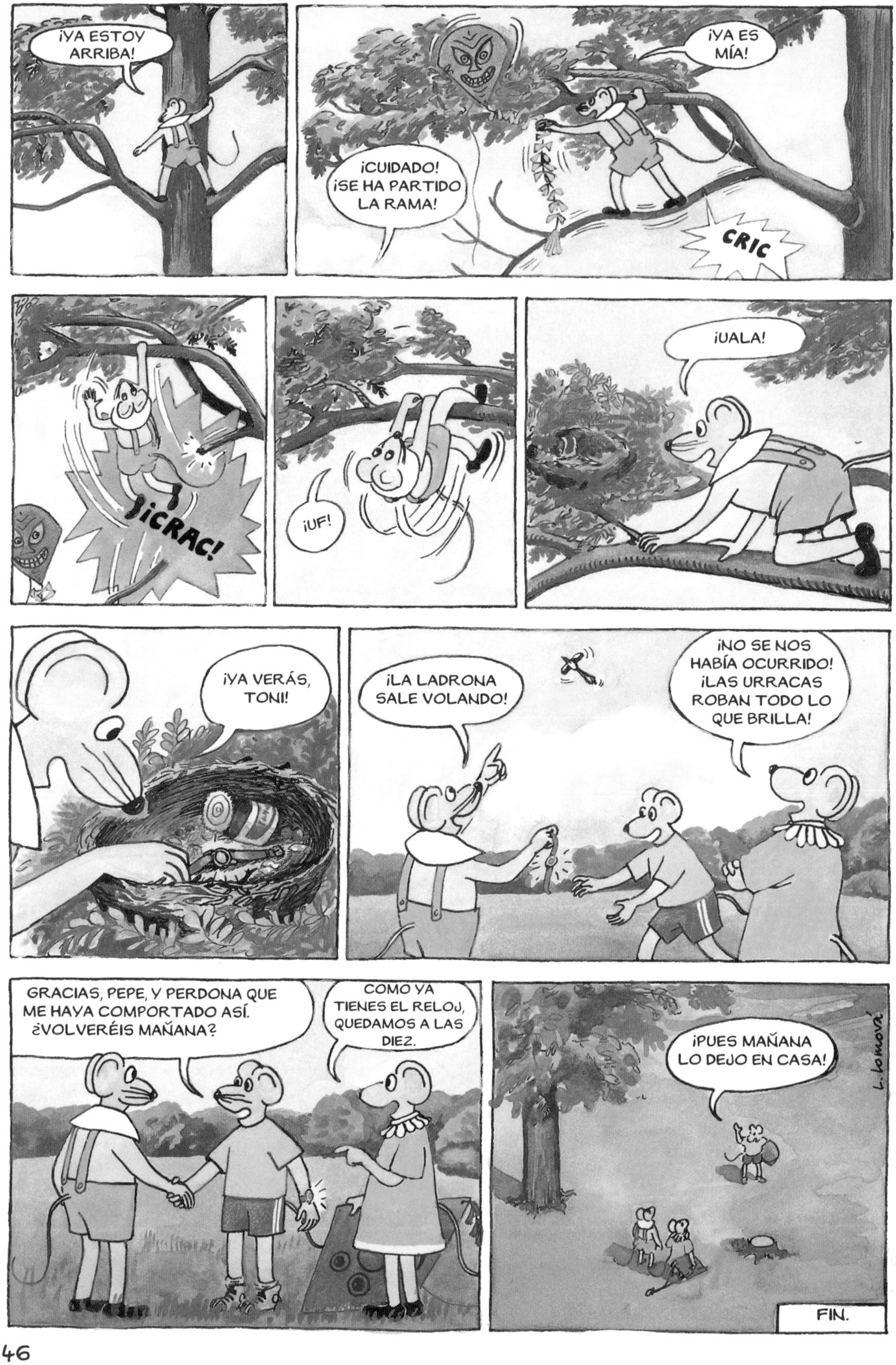
¡YA ESTOY ARRIBA!
¡YA ES MÍA!
¡CUIDADO! ¡SE HA PARTIDO LA RAMA!
CRIC
¡CRAC!
¡UF!
¡UALA!
¡YA VERÁS, TONI!
¡LA LADRONA SALE VOLANDO!
¡NO SE NOS HABÍA OCURRIDO! ¡LAS URRACAS ROBAN TODO LO QUE BRILLA!
GRACIAS, PEPE, Y PERDONA QUE ME HAYA COMPORTADO ASÍ. ¿VOLVERÉIS MAÑANA?
COMO YA TIENES EL RELOJ, QUEDAMOS A LAS DIEZ.
¡PUES MAÑANA LO DEJO EN CASA!
FIN.

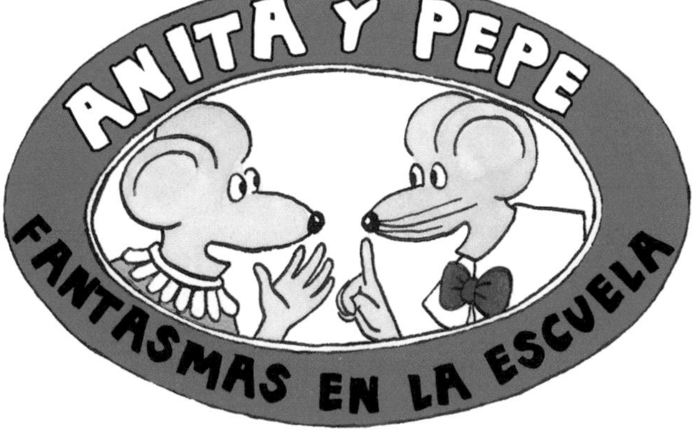
ANITA Y PEPE
FANTASMAS EN LA ESCUELA

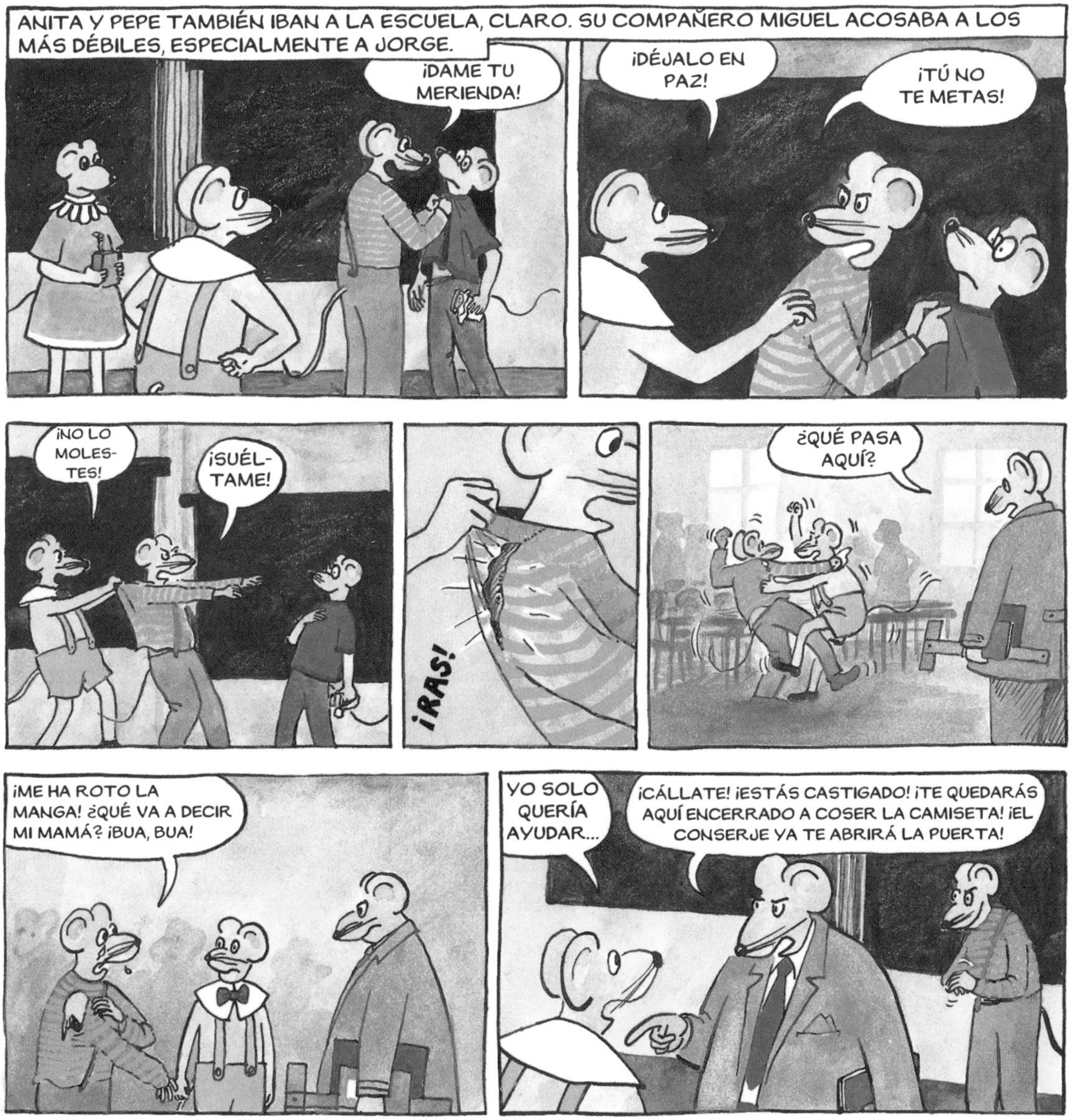
ANITA Y PEPE TAMBIÉN IBAN A LA ESCUELA, CLARO. SU COMPAÑERO MIGUEL ACOSABA A LOS MÁS DÉBILES, ESPECIALMENTE A JORGE.
¡DAME TU MERIENDA!
¡DÉJALO EN PAZ!
¡TÚ NO TE METAS!
¡NO LO MOLES-TES!
¡SUÉL-TAME!
¡RAS!
¿QUÉ PASA AQUÍ?
¡ME HA ROTO LA MANGA! ¿QUÉ VA A DECIR MI MAMÁ? ¡BUA, BUA!
YO SOLO QUERÍA AYUDAR...
¡CÁLLATE! ¡ESTÁS CASTIGADO! ¡TE QUEDARÁS AQUÍ ENCERRADO A COSER LA CAMISETA! ¡EL CONSERJE YA TE ABRIRÁ LA PUERTA!

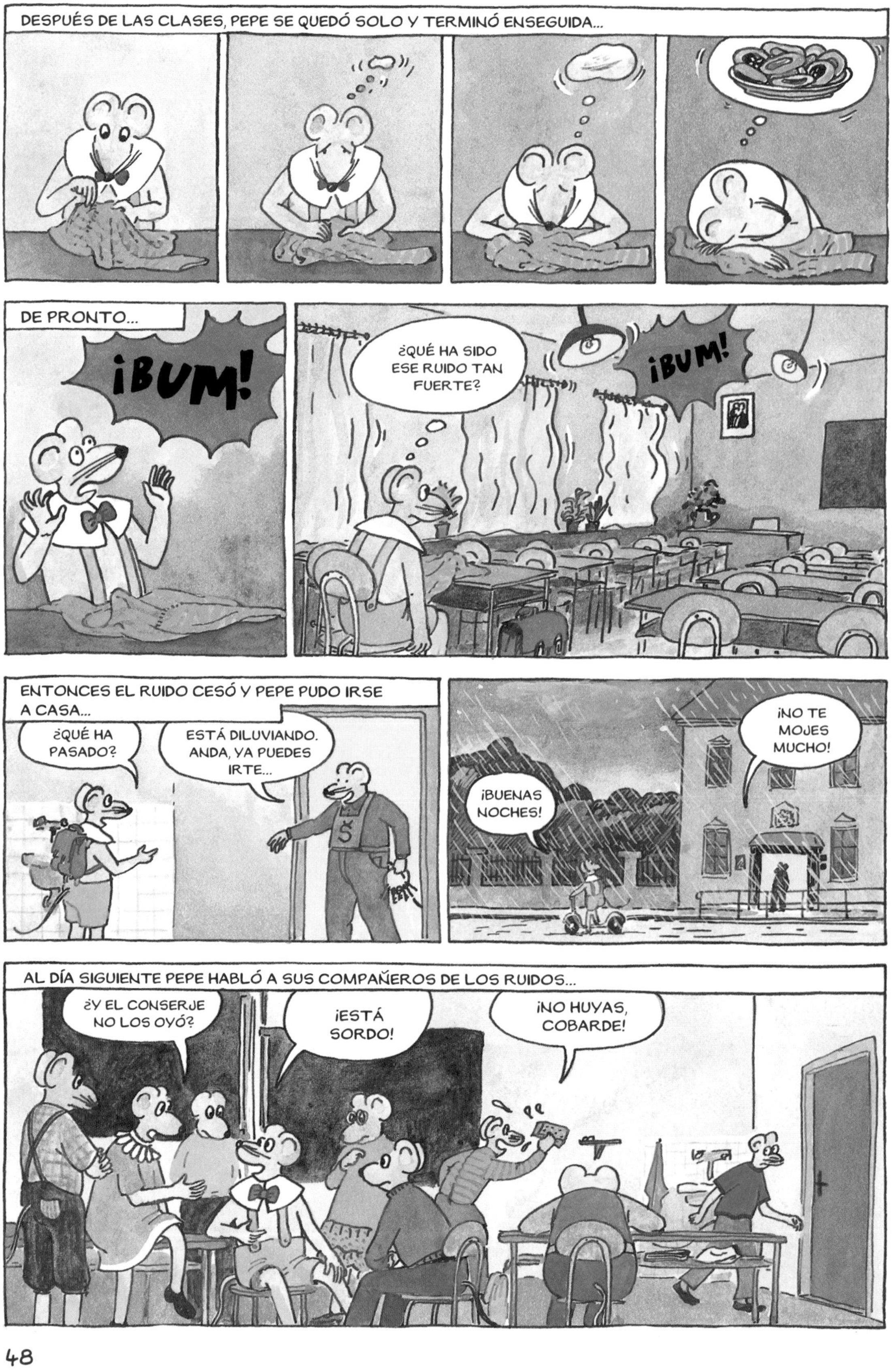
DESPUÉS DE LAS CLASES, PEPE SE QUEDÓ SOLO Y TERMINÓ ENSEGUIDA...
DE PRONTO...
¡BUM!
¿QUÉ HA SIDO ESE RUIDO TAN FUERTE?
¡BUM!
ENTONCES EL RUIDO CESÓ Y PEPE PUDO IRSE A CASA...
¿QUÉ HA PASADO?
ESTÁ DILUVIANDO. ANDA, YA PUEDES IRTE...
¡BUENAS NOCHES!
¡NO TE MOJES MUCHO!
AL DÍA SIGUIENTE PEPE HABLÓ A SUS COMPAÑEROS DE LOS RUIDOS...
¿Y EL CONSERJE NO LOS OYÓ?
¡ESTÁ SORDO!
¡NO HUYAS, COBARDE!

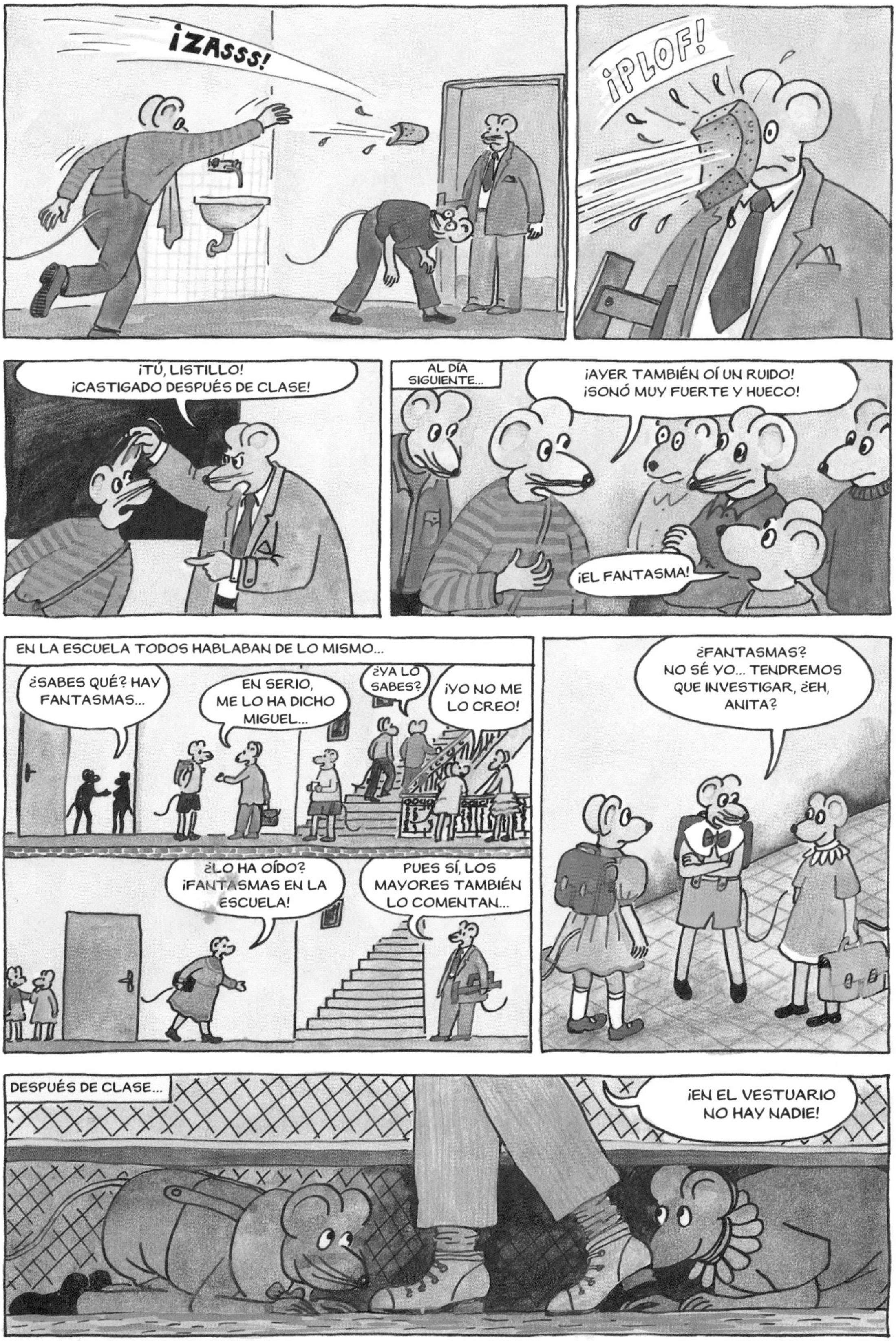
¡ZASSS!
¡PLOF!
¡TÚ, LISTILLO! ¡CASTIGADO DESPUÉS DE CLASE!
AL DÍA SIGUIENTE...
¡AYER TAMBIÉN OÍ UN RUIDO! ¡SONÓ MUY FUERTE Y HUECO!
¡EL FANTASMA!
EN LA ESCUELA TODOS HABLABAN DE LO MISMO...
¿SABES QUÉ? HAY FANTASMAS...
EN SERIO, ME LO HA DICHO MIGUEL...
¿YA LO SABES?
¡YO NO ME LO CREO!
¿LO HA OÍDO? ¡FANTASMAS EN LA ESCUELA!
PUES SÍ, LOS MAYORES TAMBIÉN LO COMENTAN...
¿FANTASMAS? NO SÉ YO... TENDREMOS QUE INVESTIGAR, ¿EH, ANITA?
DESPUÉS DE CLASE...
¡EN EL VESTUARIO NO HAY NADIE!

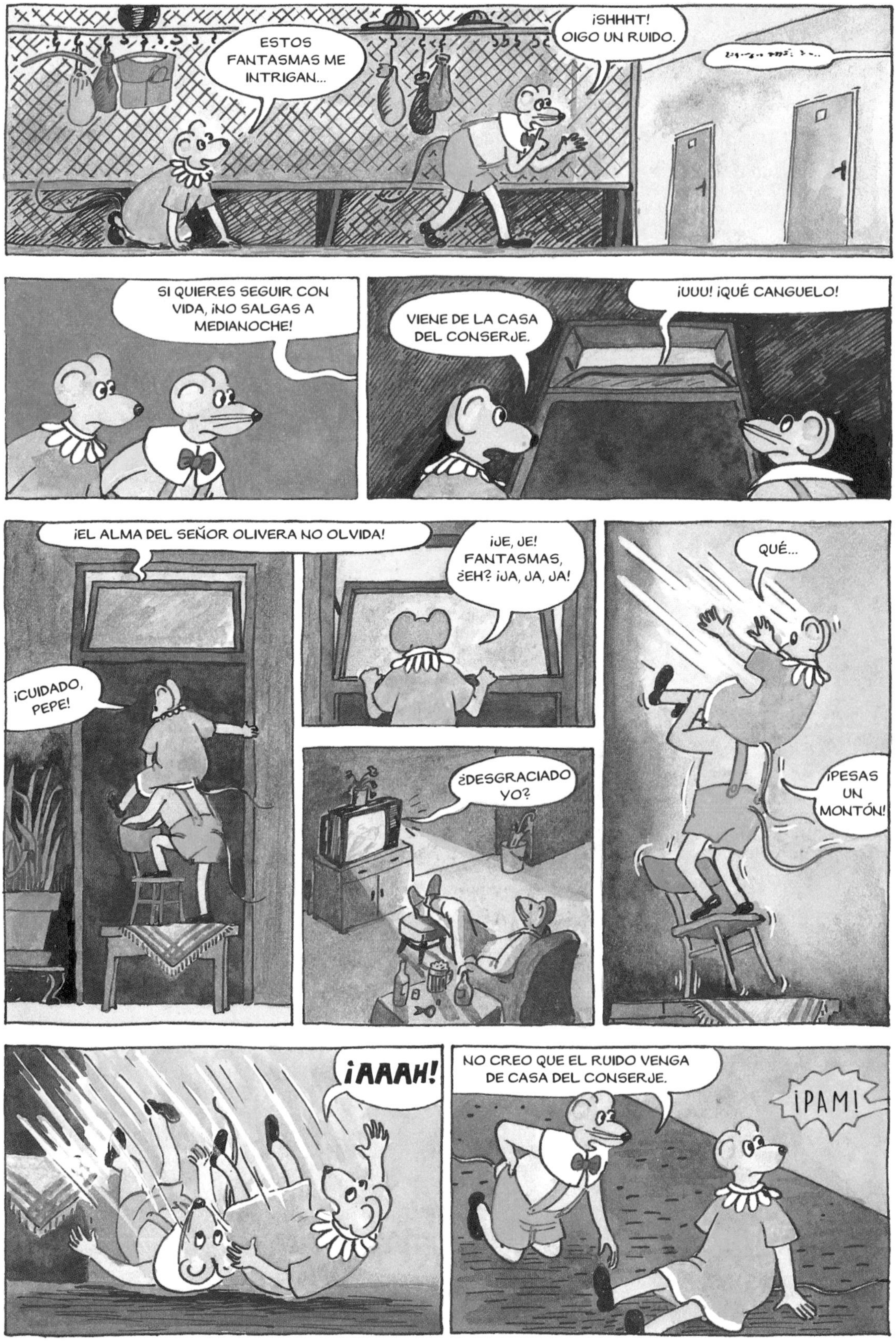
ESTOS FANTASMAS ME INTRIGAN...
¡SHHHT! OIGO UN RUIDO.
SI QUIERES SEGUIR CON VIDA, ¡NO SALGAS A MEDIANOCHE!
VIENE DE LA CASA DEL CONSERJE.
¡UUU! ¡QUÉ CANGUELO!
¡EL ALMA DEL SEÑOR OLIVERA NO OLVIDA!
¡CUIDADO, PEPE!
¡JE, JE! FANTASMAS, ¿EH? ¡JA, JA, JA!
¿DESGRACIADO YO?
QUÉ...
¡PESAS UN MONTÓN!
¡AAAH!
NO CREO QUE EL RUIDO VENGA DE CASA DEL CONSERJE.
¡PAM!

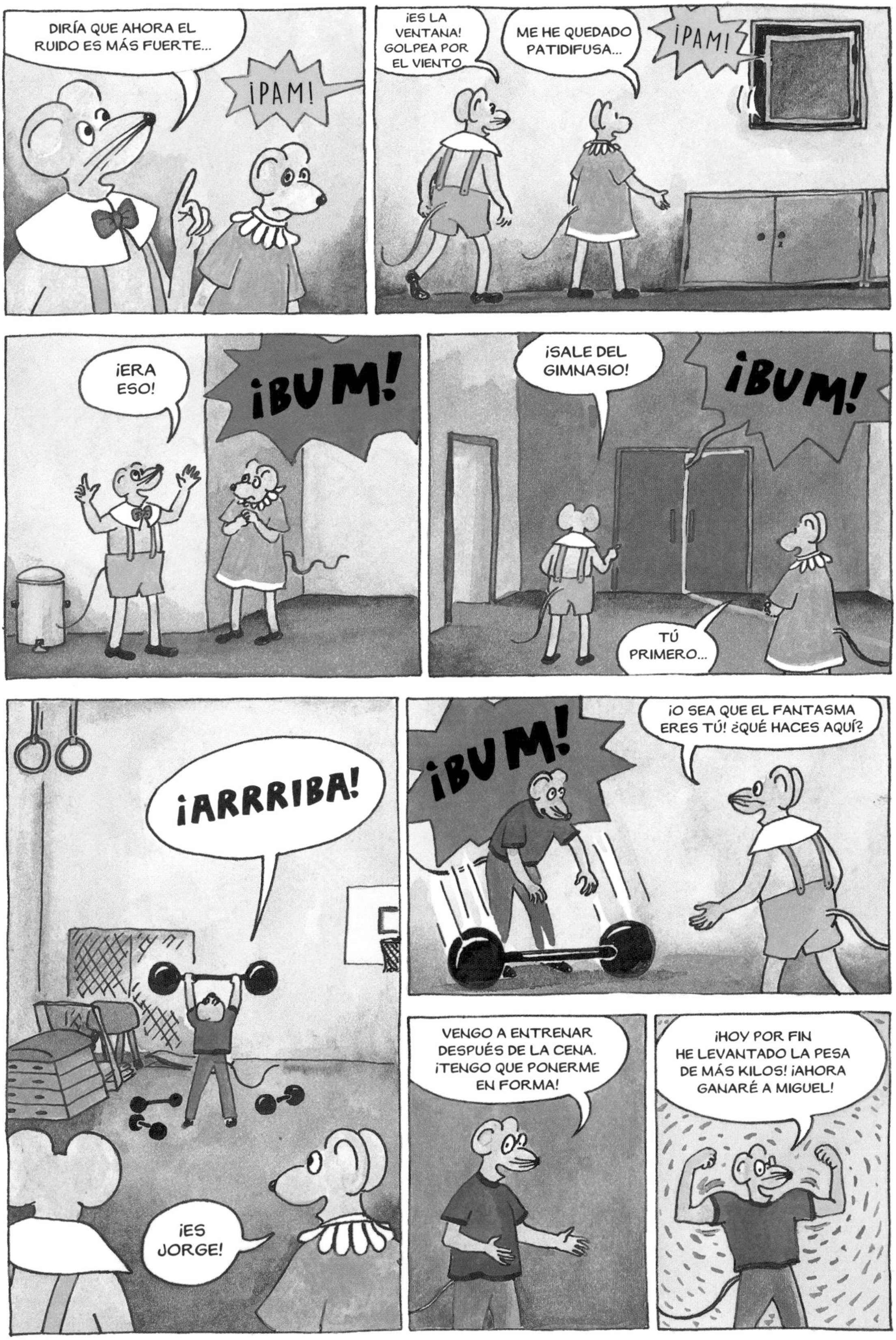
DIRÍA QUE AHORA EL RUIDO ES MÁS FUERTE...
¡PAM!
¡ES LA VENTANA! GOLPEA POR EL VIENTO.
ME HE QUEDADO PATIDIFUSA...
¡PAM!
¡ERA ESO!
¡BUM!
¡SALE DEL GIMNASIO!
¡BUM!
TÚ PRIMERO...
¡ARRRIBA!
¡ES JORGE!
¡BUM!
¡O SEA QUE EL FANTASMA ERES TÚ! ¿QUÉ HACES AQUÍ?
VENGO A ENTRENAR DESPUÉS DE LA CENA. ¡TENGO QUE PONERME EN FORMA!
¡HOY POR FIN HE LEVANTADO LA PESA DE MÁS KILOS! ¡AHORA GANARÉ A MIGUEL!

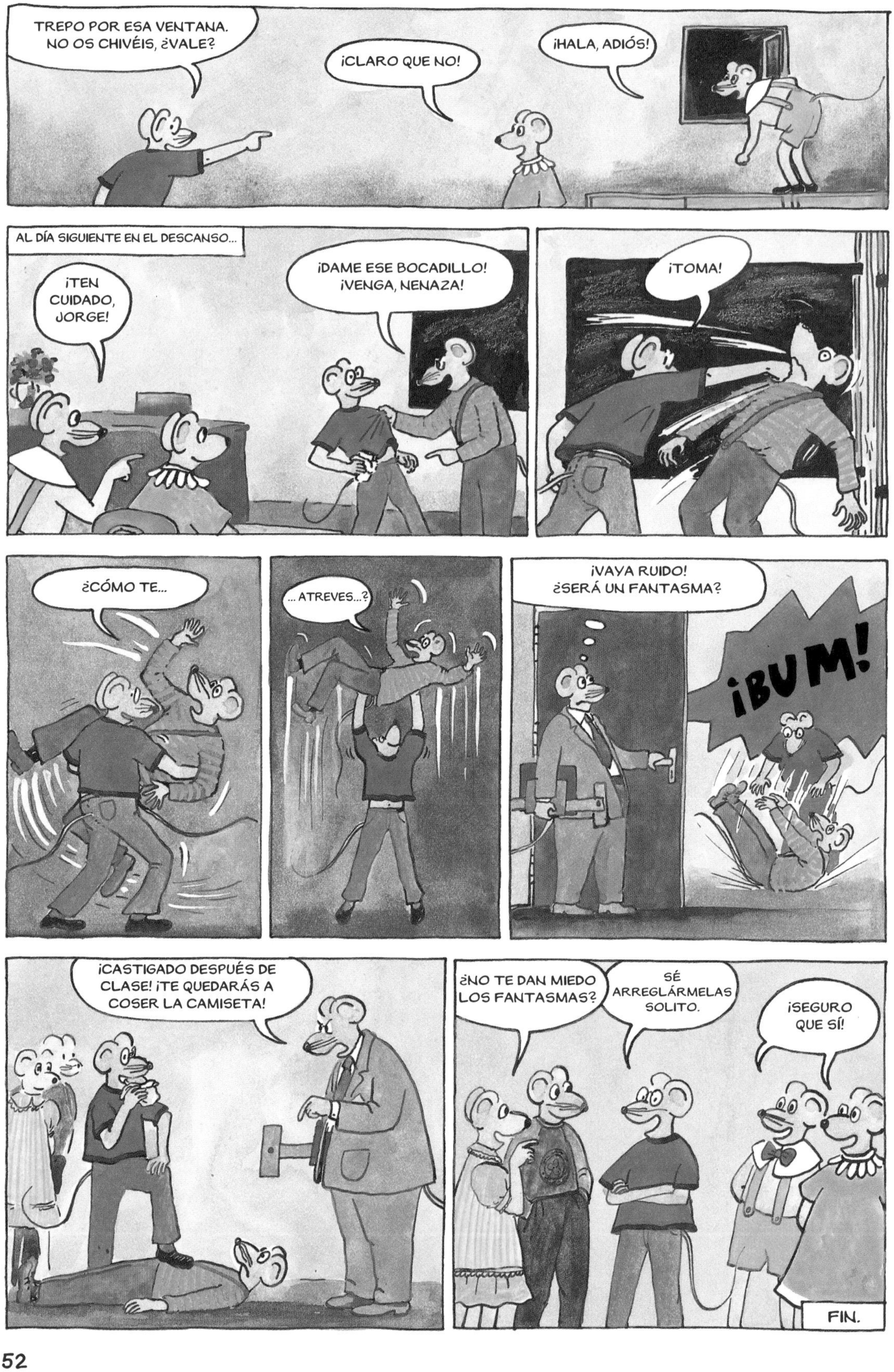
TREPO POR ESA VENTANA. NO OS CHIVÉIS, ¿VALE?
¡CLARO QUE NO!
¡HALA, ADIÓS!
AL DÍA SIGUIENTE EN EL DESCANSO...
¡TEN CUIDADO, JORGE!
¡DAME ESE BOCADILLO! ¡VENGA, NENAZA!
¡TOMA!
¿CÓMO TE...
... ATREVES...?
¡VAYA RUIDO! ¿SERÁ UN FANTASMA?
¡BUM!
¡CASTIGADO DESPUÉS DE CLASE! ¡TE QUEDARÁS A COSER LA CAMISETA!
¿NO TE DAN MIEDO LOS FANTASMAS?
SÉ ARREGLÁRMELAS SOLITO.
¡SEGURO QUE SÍ!
FIN.

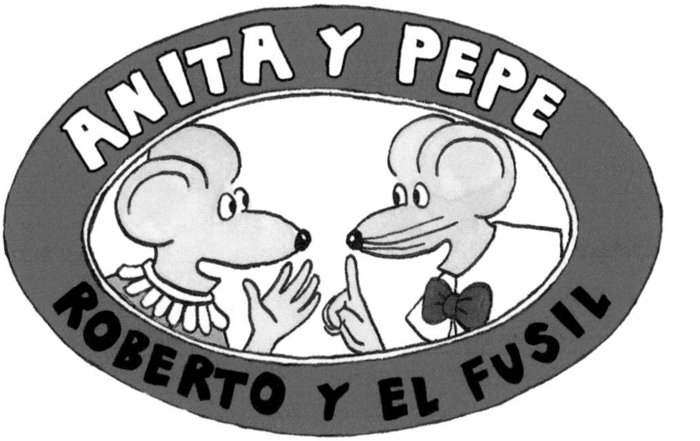
ANITA Y PEPE
ROBERTO Y EL FUSIL

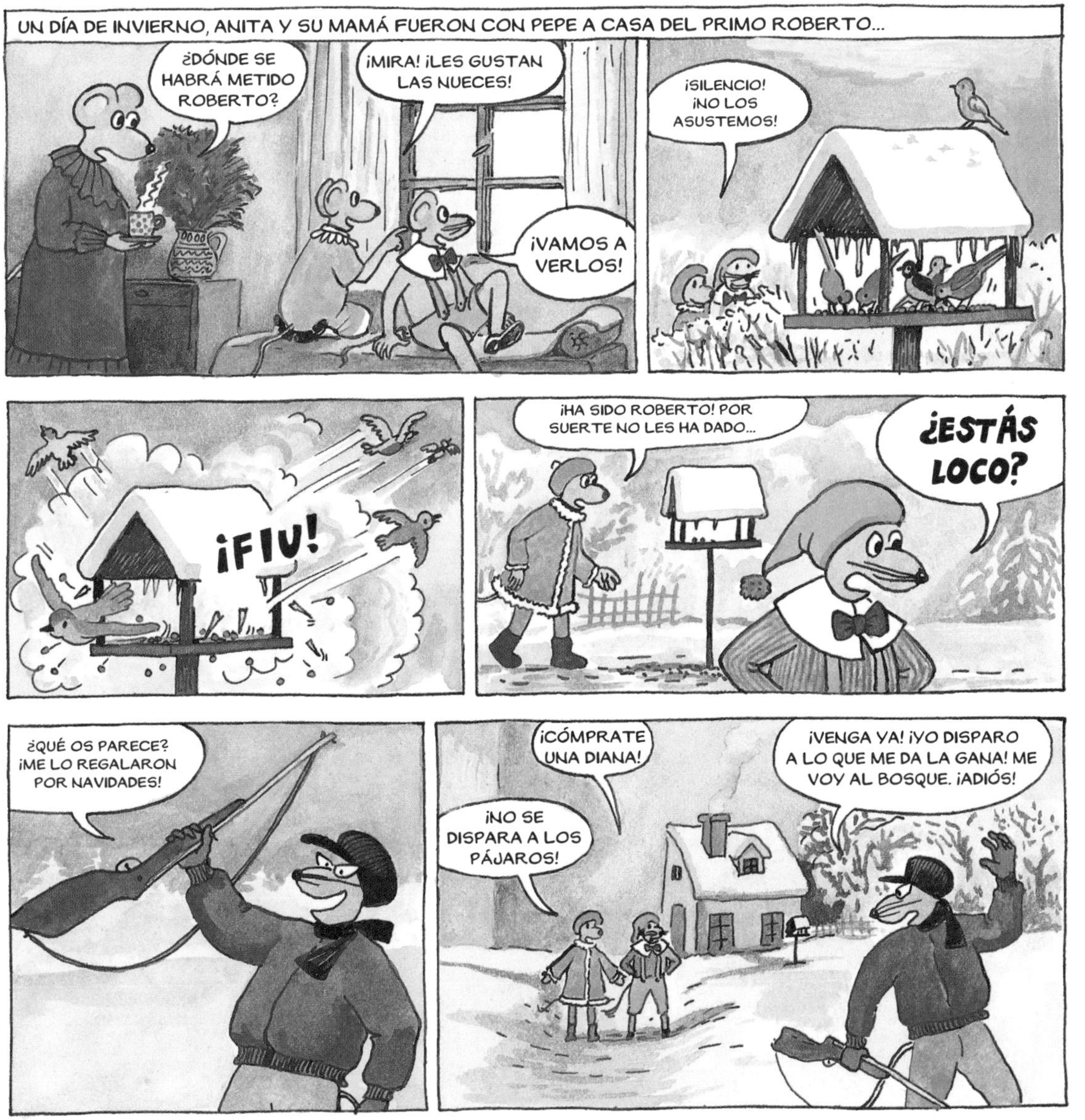
UN DÍA DE INVIERNO, ANITA Y SU MAMÁ FUERON CON PEPE A CASA DEL PRIMO ROBERTO...
¿DÓNDE SE HABRÁ METIDO ROBERTO?
¡MIRA! ¡LES GUSTAN LAS NUECES!
¡VAMOS A VERLOS!
¡SILENCIO! ¡NO LOS ASUSTEMOS!
¡FIU!
¡HA SIDO ROBERTO! POR SUERTE NO LES HA DADO...
¿ESTÁS LOCO?
¿QUÉ OS PARECE? ¡ME LO REGALARON POR NAVIDADES!
¡CÓMPRATE UNA DIANA!
¡NO SE DISPARA A LOS PÁJAROS!
¡VENGA YA! ¡YO DISPARO A LO QUE ME DA LA GANA! ME VOY AL BOSQUE. ¡ADIÓS!

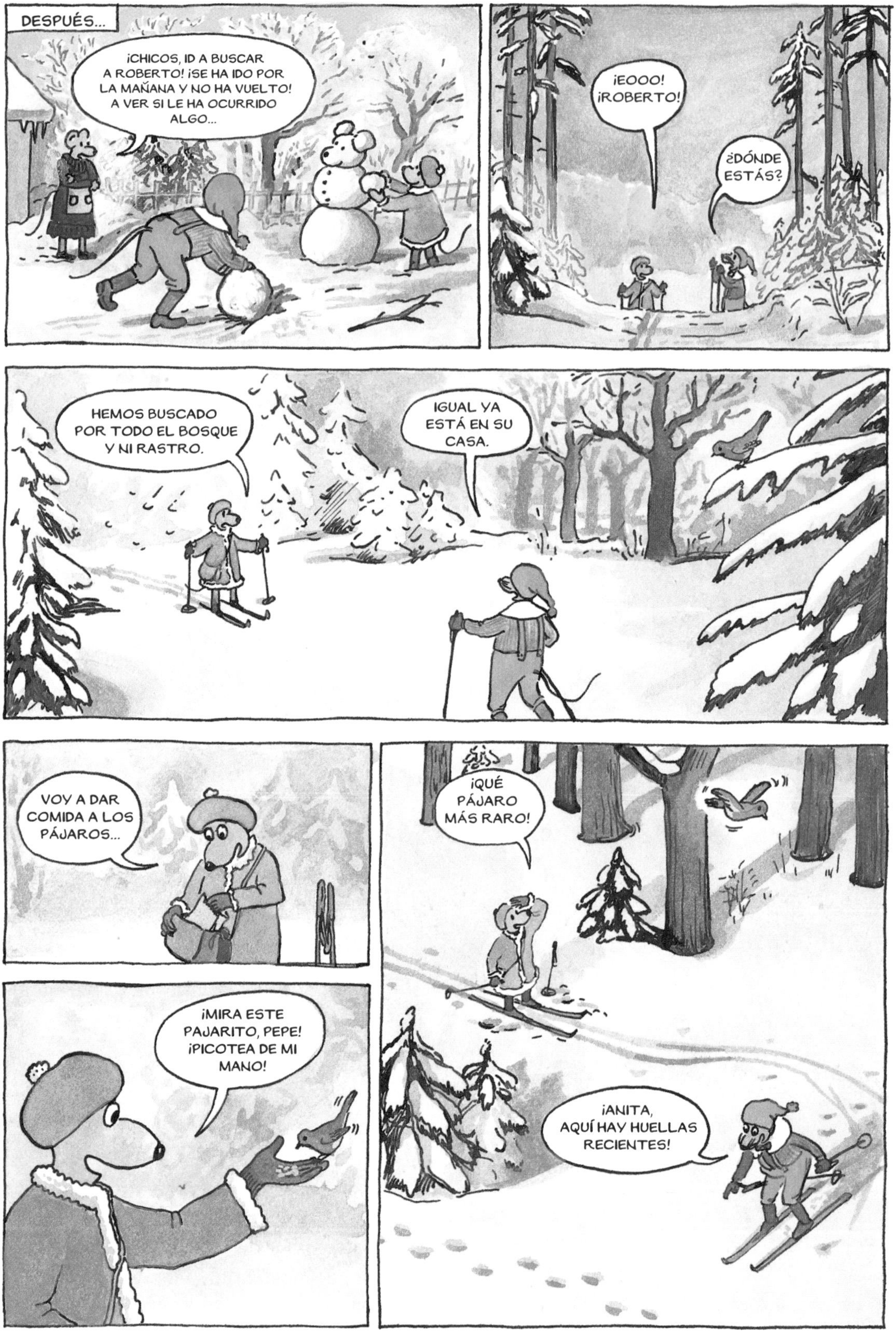
DESPUÉS...
¡CHICOS, ID A BUSCAR A ROBERTO! ¡SE HA IDO POR LA MAÑANA Y NO HA VUELTO! A VER SI LE HA OCURRIDO ALGO...
¡EOOO! ¡ROBERTO!
¿DÓNDE ESTÁS?
HEMOS BUSCADO POR TODO EL BOSQUE Y NI RASTRO.
IGUAL YA ESTÁ EN SU CASA.
VOY A DAR COMIDA A LOS PÁJAROS...
¡MIRA ESTE PAJARITO, PEPE! ¡PICOTEA DE MI MANO!
¡QUÉ PÁJARO MÁS RARO!
¡ANITA, AQUÍ HAY HUELLAS RECIENTES!

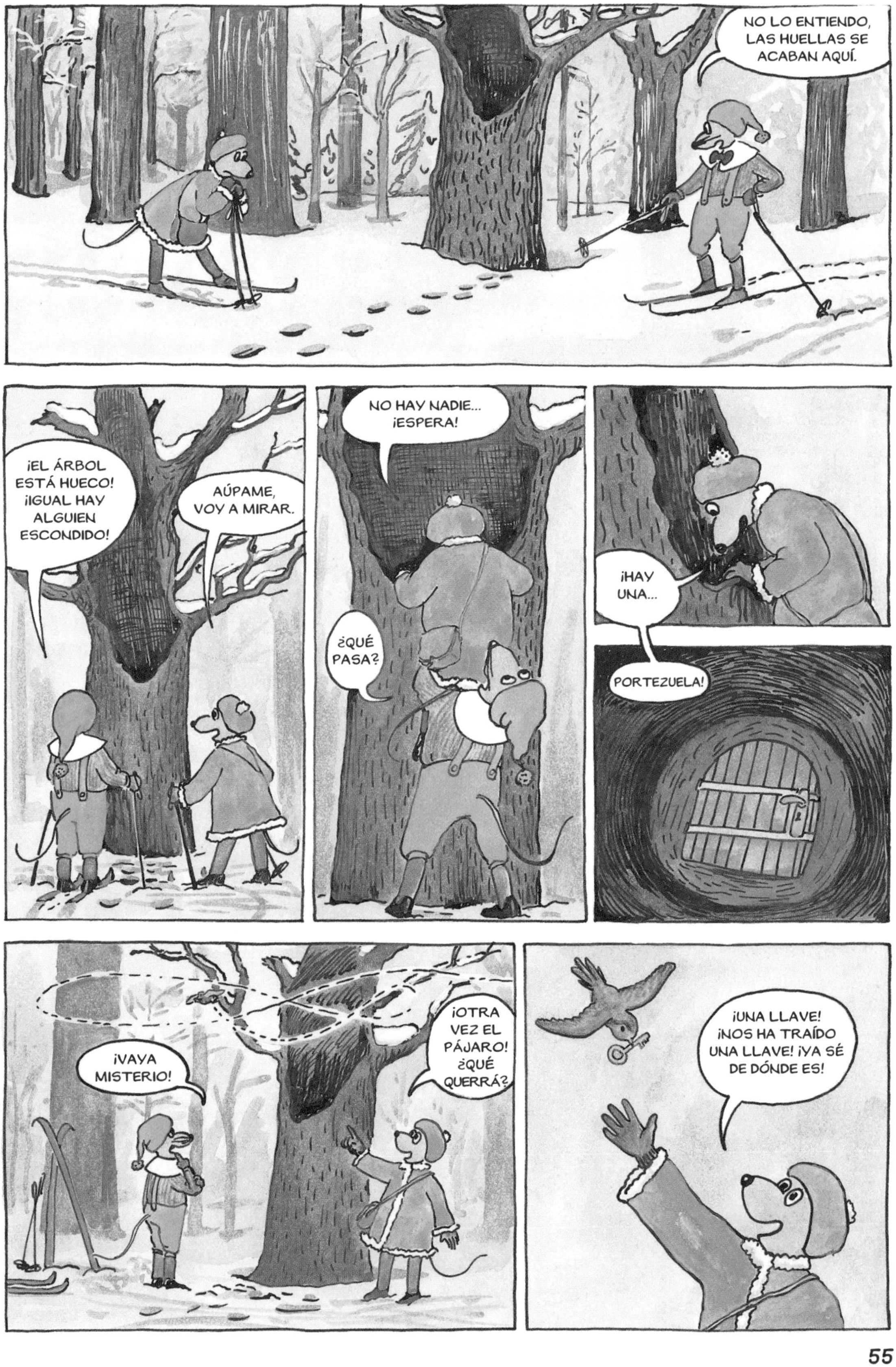
NO LO ENTIENDO, LAS HUELLAS SE ACABAN AQUÍ.
¡EL ÁRBOL ESTÁ HUECO! ¡IGUAL HAY ALGUIEN ESCONDIDO!
AÚPAME, VOY A MIRAR.
NO HAY NADIE... ¡ESPERA!
¿QUÉ PASA?
¡HAY UNA...
PORTEZUELA!
¡OTRA VEZ EL PÁJARO! ¿QUÉ QUERRÁ?
¡VAYA MISTERIO!
¡UNA LLAVE! ¡NOS HA TRAÍDO UNA LLAVE! ¡YA SÉ DE DÓNDE ES!

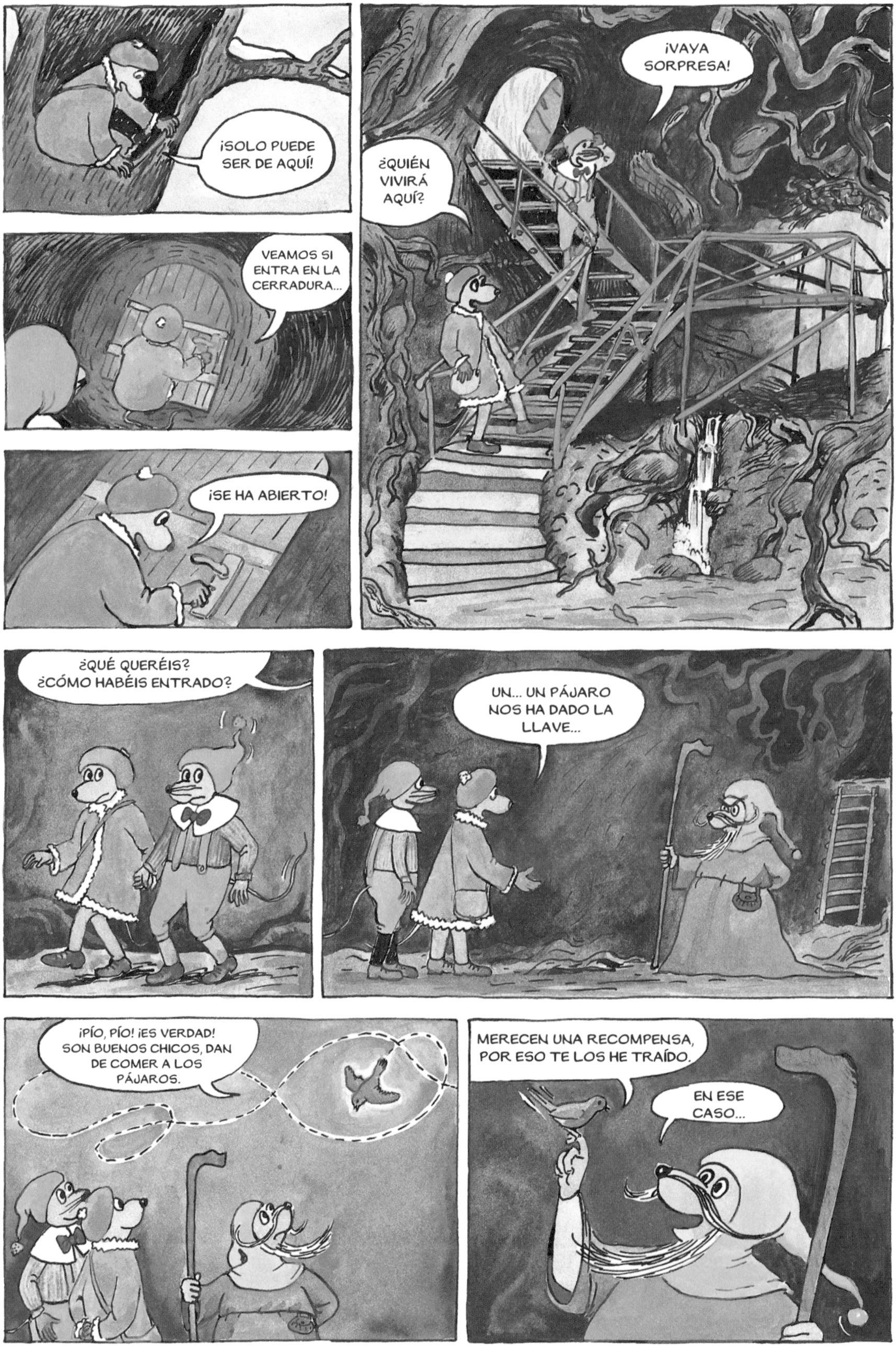
¡SOLO PUEDE SER DE AQUÍ!
VEAMOS SI ENTRA EN LA CERRADURA...
¡SE HA ABIERTO!
¡VAYA SORPRESA!
¿QUIÉN VIVIRÁ AQUÍ?
¿QUÉ QUERÉIS? ¿CÓMO HABÉIS ENTRADO?
UN... UN PÁJARO NOS HA DADO LA LLAVE...
¡PÍO, PÍO! ¡ES VERDAD! SON BUENOS CHICOS, DAN DE COMER A LOS PÁJAROS.
MERECEN UNA RECOMPENSA, POR ESO TE LOS HE TRAÍDO.
EN ESE CASO...

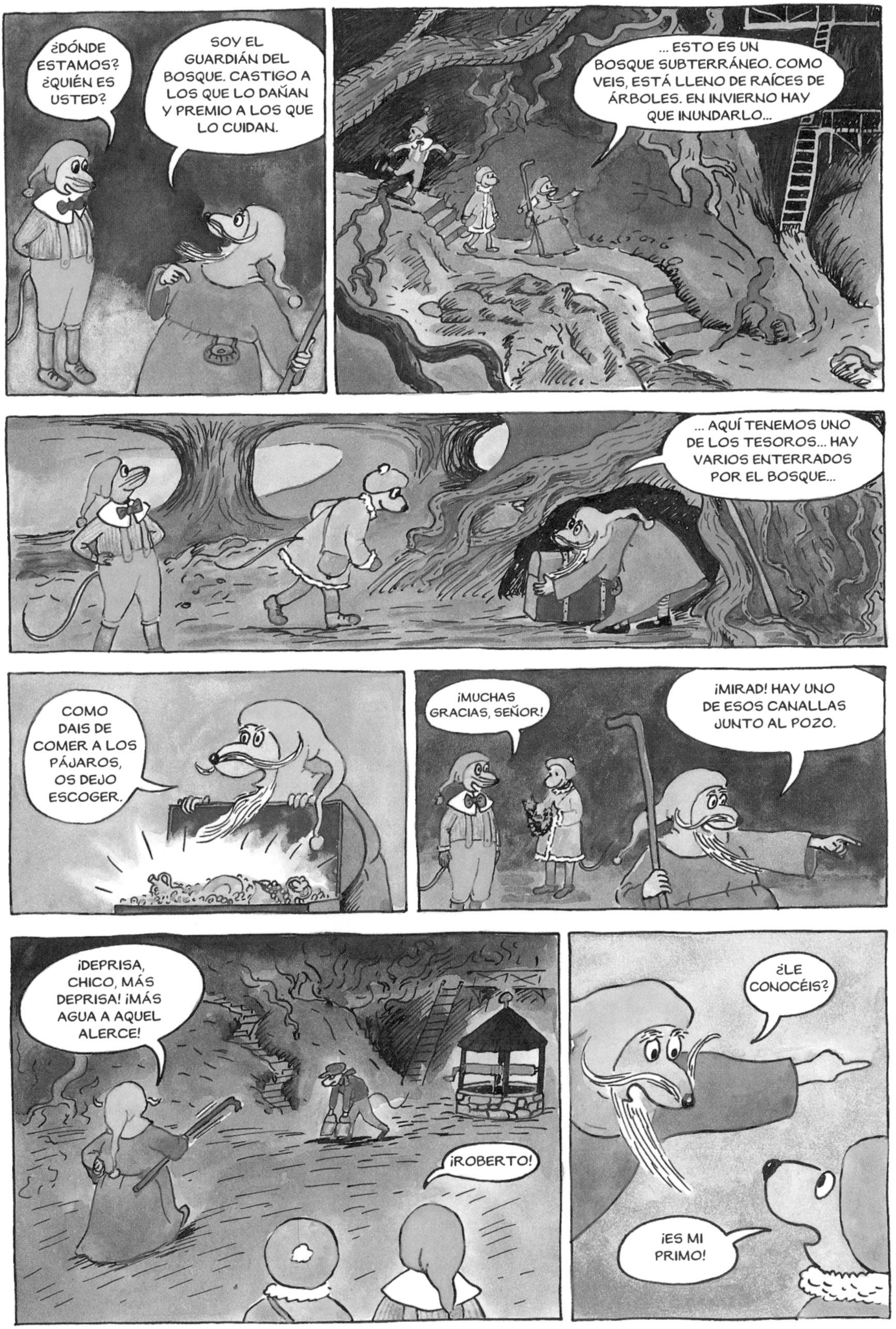
¿DÓNDE ESTAMOS? ¿QUIÉN ES USTED?
SOY EL GUARDIÁN DEL BOSQUE. CASTIGO A LOS QUE LO DAÑAN Y PREMIO A LOS QUE LO CUIDAN.
... ESTO ES UN BOSQUE SUBTERRÁNEO. COMO VEIS, ESTÁ LLENO DE RAÍCES DE ÁRBOLES. EN INVIERNO HAY QUE INUNDARLO...
... AQUÍ TENEMOS UNO DE LOS TESOROS... HAY VARIOS ENTERRADOS POR EL BOSQUE...
COMO DAIS DE COMER A LOS PÁJAROS, OS DEJO ESCOGER.
¡MUCHAS GRACIAS, SEÑOR!
¡MIRAD! HAY UNO DE ESOS CANALLAS JUNTO AL POZO.
¡DEPRISA, CHICO, MÁS DEPRISA! ¡MÁS AGUA A AQUEL ALERCE!
¡ROBERTO!
¿LE CONOCÉIS?
¡ES MI PRIMO!

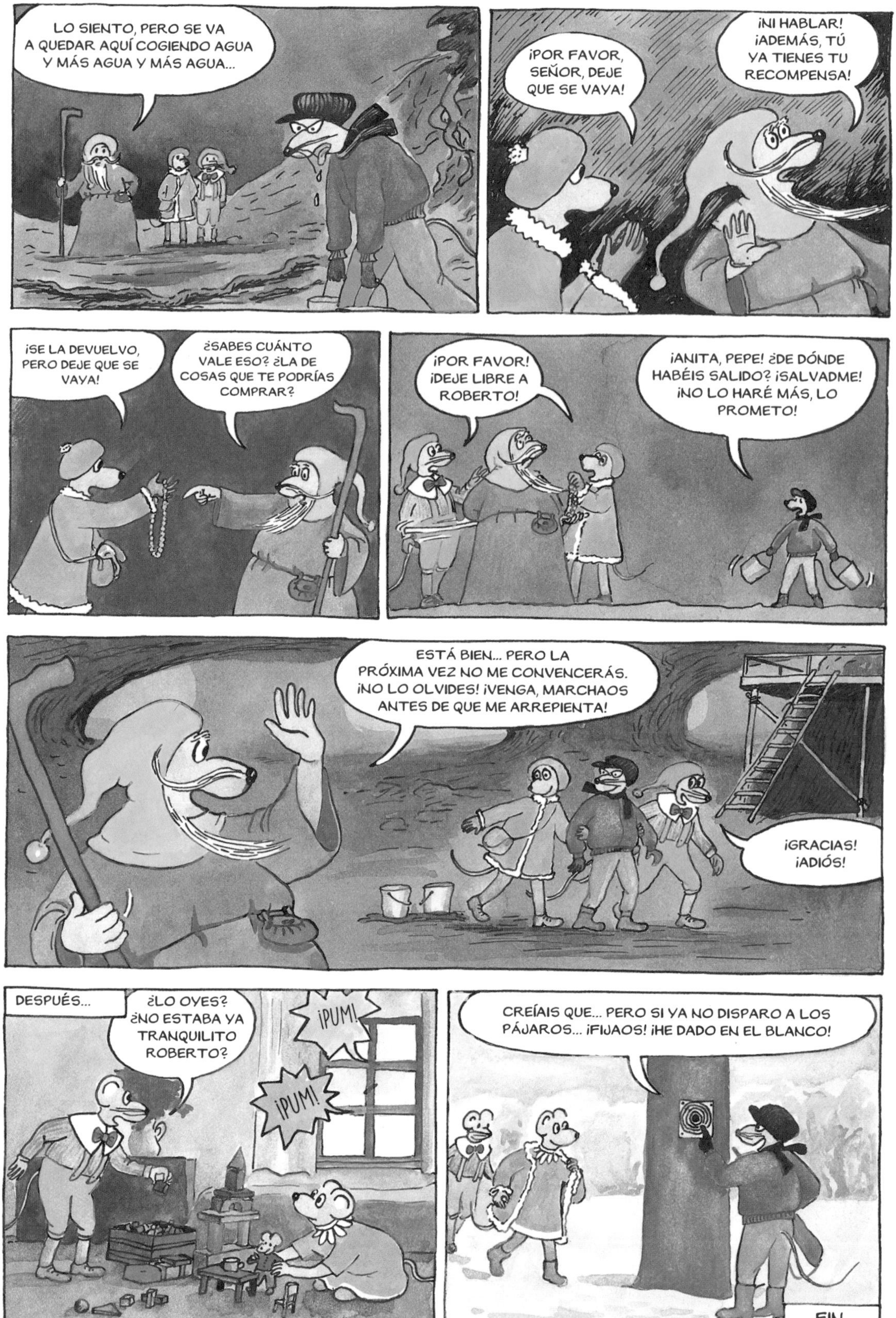
LO SIENTO, PERO SE VA A QUEDAR AQUÍ COGIENDO AGUA Y MÁS AGUA Y MÁS AGUA...
¡POR FAVOR, SEÑOR, DEJE QUE SE VAYA!
¡NI HABLAR! ¡ADEMÁS, TÚ YA TIENES TU RECOMPENSA!
¡SE LA DEVUELVO, PERO DEJE QUE SE VAYA!
¿SABES CUÁNTO VALE ESO? ¿LA DE COSAS QUE TE PODRÍAS COMPRAR?
¡POR FAVOR! ¡DEJE LIBRE A ROBERTO!
¡ANITA, PEPE! ¿DE DÓNDE HABÉIS SALIDO? ¡SALVADME! ¡NO LO HARÉ MÁS, LO PROMETO!
ESTÁ BIEN... PERO LA PRÓXIMA VEZ NO ME CONVENCERÁS. ¡NO LO OLVIDES! ¡VENGA, MARCHAOS ANTES DE QUE ME ARREPIENTA!
¡GRACIAS! ¡ADIÓS!
DESPUÉS...
¿LO OYES? ¿NO ESTABA YA TRANQUILITO ROBERTO?
¡PUM!
¡PUM!
CREÍAIS QUE... PERO SI YA NO DISPARO A LOS PÁJAROS... ¡FIJAOS! ¡HE DADO EN EL BLANCO!
FIN.

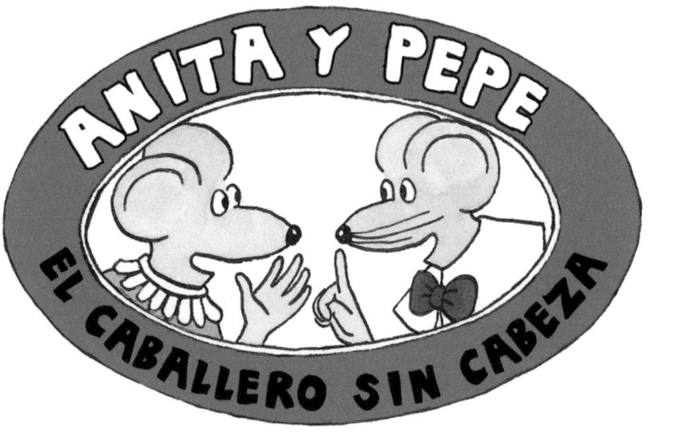
ANITA Y PEPE
EL CABALLERO SIN CABEZA

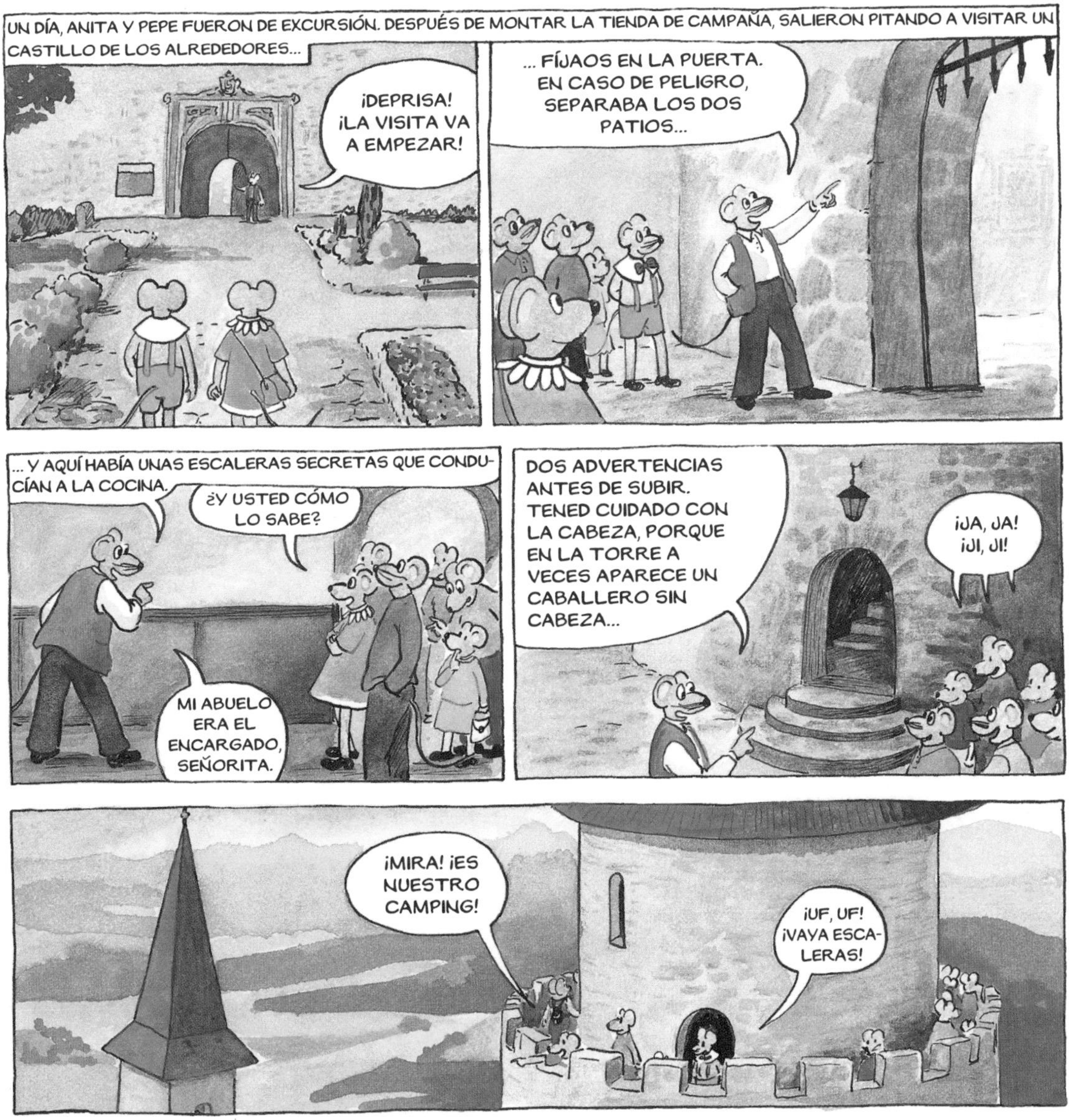
UN DÍA, ANITA Y PEPE FUERON DE EXCURSIÓN. DESPUÉS DE MONTAR LA TIENDA DE CAMPAÑA, SALIERON PITANDO A VISITAR UN CASTILLO DE LOS ALREDEDORES...
¡DEPRISA! ¡LA VISITA VA A EMPEZAR!
... FÍJAOS EN LA PUERTA. EN CASO DE PELIGRO, SEPARABA LOS DOS PATIOS...
... Y AQUÍ HABÍA UNAS ESCALERAS SECRETAS QUE CONDUCÍAN A LA COCINA.
¿Y USTED CÓMO LO SABE?
MI ABUELO ERA EL ENCARGADO, SEÑORITA.
DOS ADVERTENCIAS ANTES DE SUBIR. TENED CUIDADO CON LA CABEZA, PORQUE EN LA TORRE A VECES APARECE UN CABALLERO SIN CABEZA...
¡JA, JA! ¡JI, JI!
¡MIRA! ¡ES NUESTRO CAMPING!
¡UF, UF! ¡VAYA ESCALERAS!

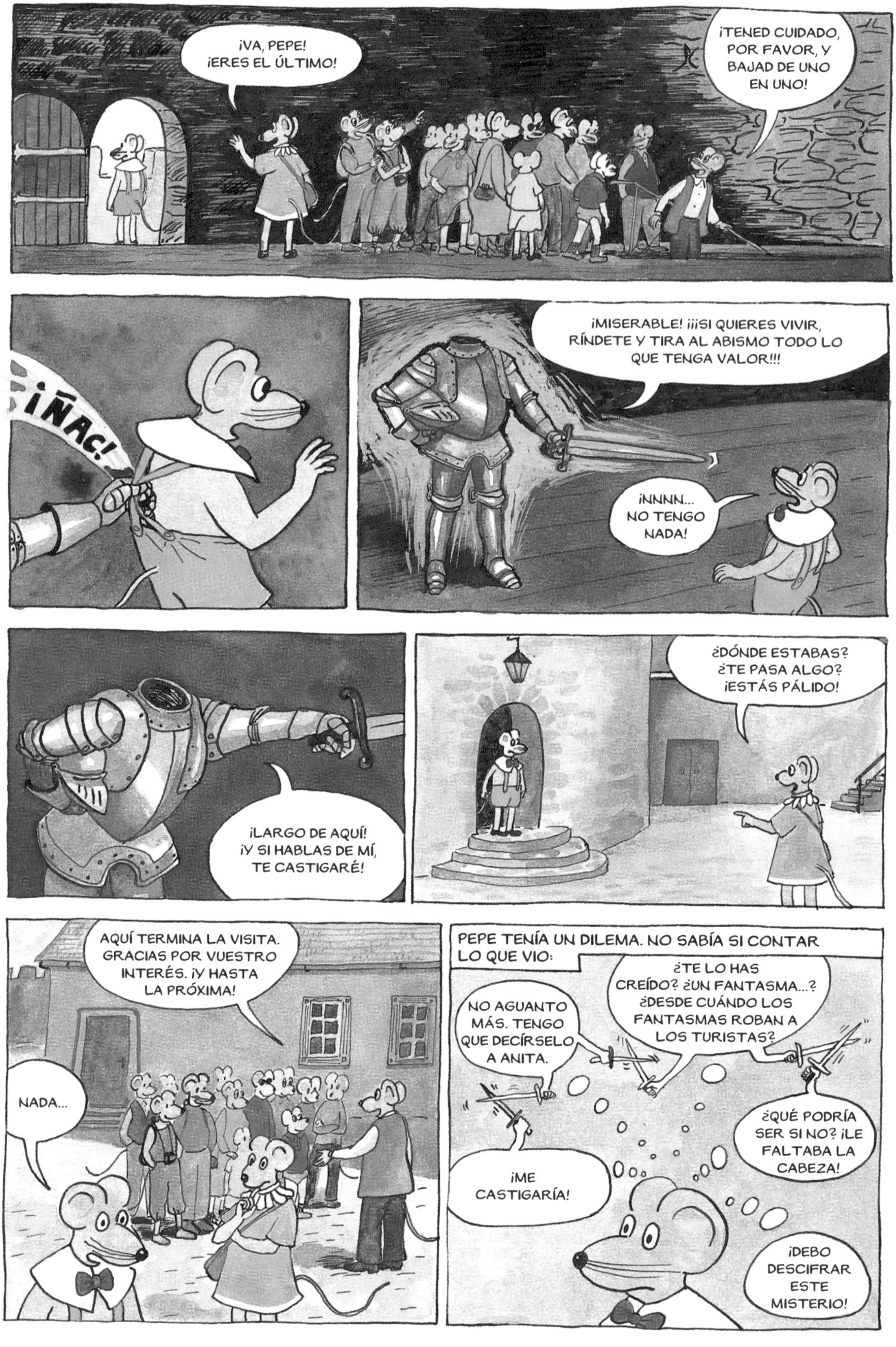
¡VA, PEPE!
¡ERES EL ÚLTIMO!
¡TENED CUIDADO, POR FAVOR, Y BAJAD DE UNO EN UNO!
¡ÑAC!
¡MISERABLE! ¡¡¡SI QUIERES VIVIR, RÍNDETE Y TIRA AL ABISMO TODO LO QUE TENGA VALOR!!!
¡NNNN... NO TENGO NADA!
¡LARGO DE AQUÍ! ¡Y SI HABLAS DE MÍ, TE CASTIGARÉ!
¿DÓNDE ESTABAS? ¿TE PASA ALGO? ¡ESTÁS PÁLIDO!
AQUÍ TERMINA LA VISITA. GRACIAS POR VUESTRO INTERÉS. ¡Y HASTA LA PRÓXIMA!
NADA...
PEPE TENÍA UN DILEMA. NO SABÍA SI CONTAR LO QUE VIO:
NO AGUANTO MÁS. TENGO QUE DECÍRSELO A ANITA.
¿TE LO HAS CREÍDO? ¿UN FANTASMA...? ¿DESDE CUÁNDO LOS FANTASMAS ROBAN A LOS TURISTAS?
¡ME CASTIGARÍA!
¿QUÉ PODRÍA SER SI NO? ¡LE FALTABA LA CABEZA!
¡DEBO DESCIFRAR ESTE MISTERIO!

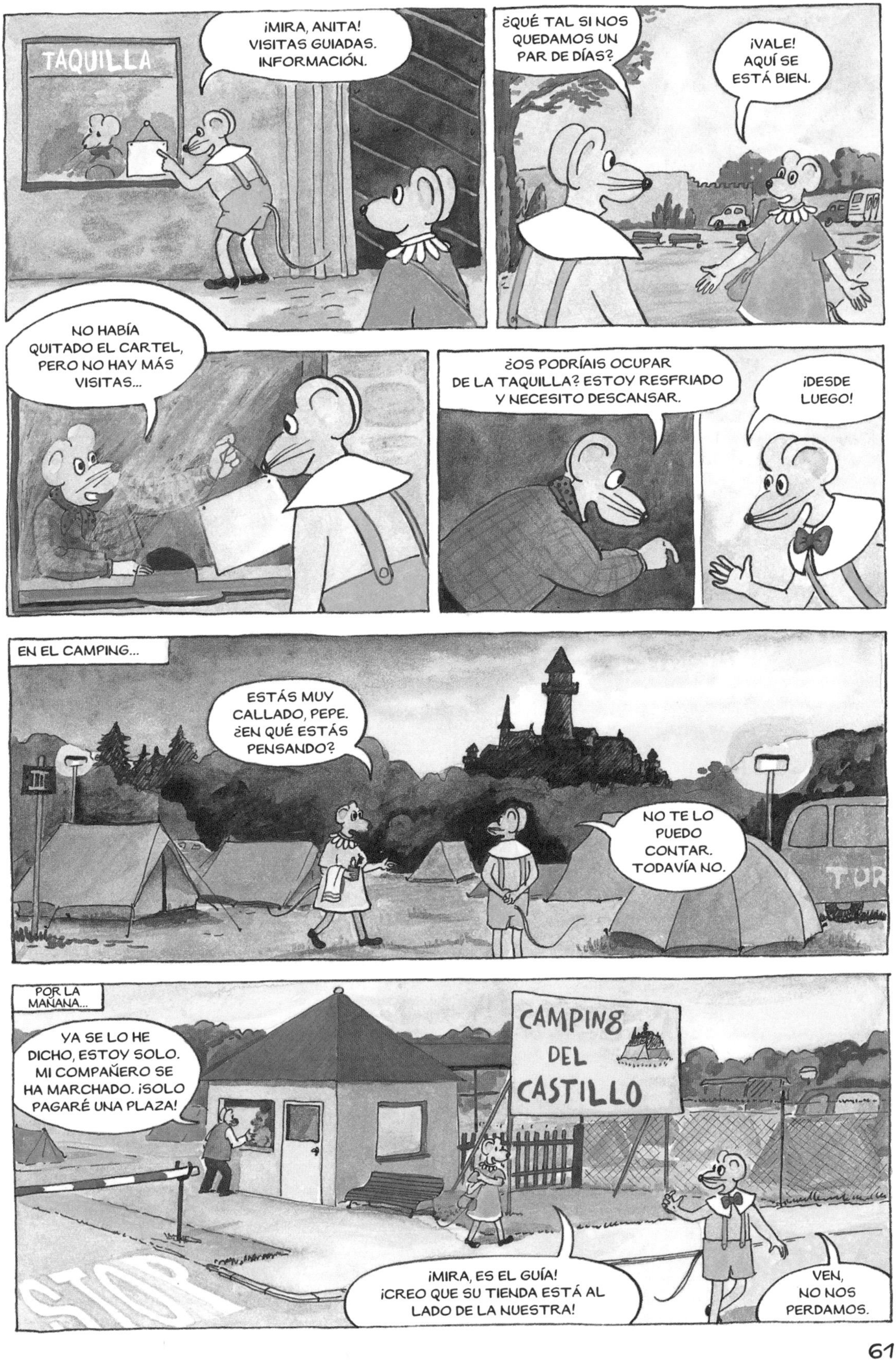
TAQUILLA
¡MIRA, ANITA! VISITAS GUIADAS. INFORMACIÓN.
¿QUÉ TAL SI NOS QUEDAMOS UN PAR DE DÍAS?
¡VALE! AQUÍ SE ESTÁ BIEN.
NO HABÍA QUITADO EL CARTEL, PERO NO HAY MÁS VISITAS...
¿OS PODRÍAIS OCUPAR DE LA TAQUILLA? ESTOY RESFRIADO Y NECESITO DESCANSAR.
¡DESDE LUEGO!
EN EL CAMPING...
ESTÁS MUY CALLADO, PEPE. ¿EN QUÉ ESTÁS PENSANDO?
NO TE LO PUEDO CONTAR. TODAVÍA NO.
POR LA MAÑANA...
YA SE LO HE DICHO, ESTOY SOLO. MI COMPAÑERO SE HA MARCHADO. ¡SOLO PAGARÉ UNA PLAZA!
CAMPING DEL CASTILLO
STOP
¡MIRA, ES EL GUÍA! ¡CREO QUE SU TIENDA ESTÁ AL LADO DE LA NUESTRA!
VEN, NO NOS PERDAMOS.

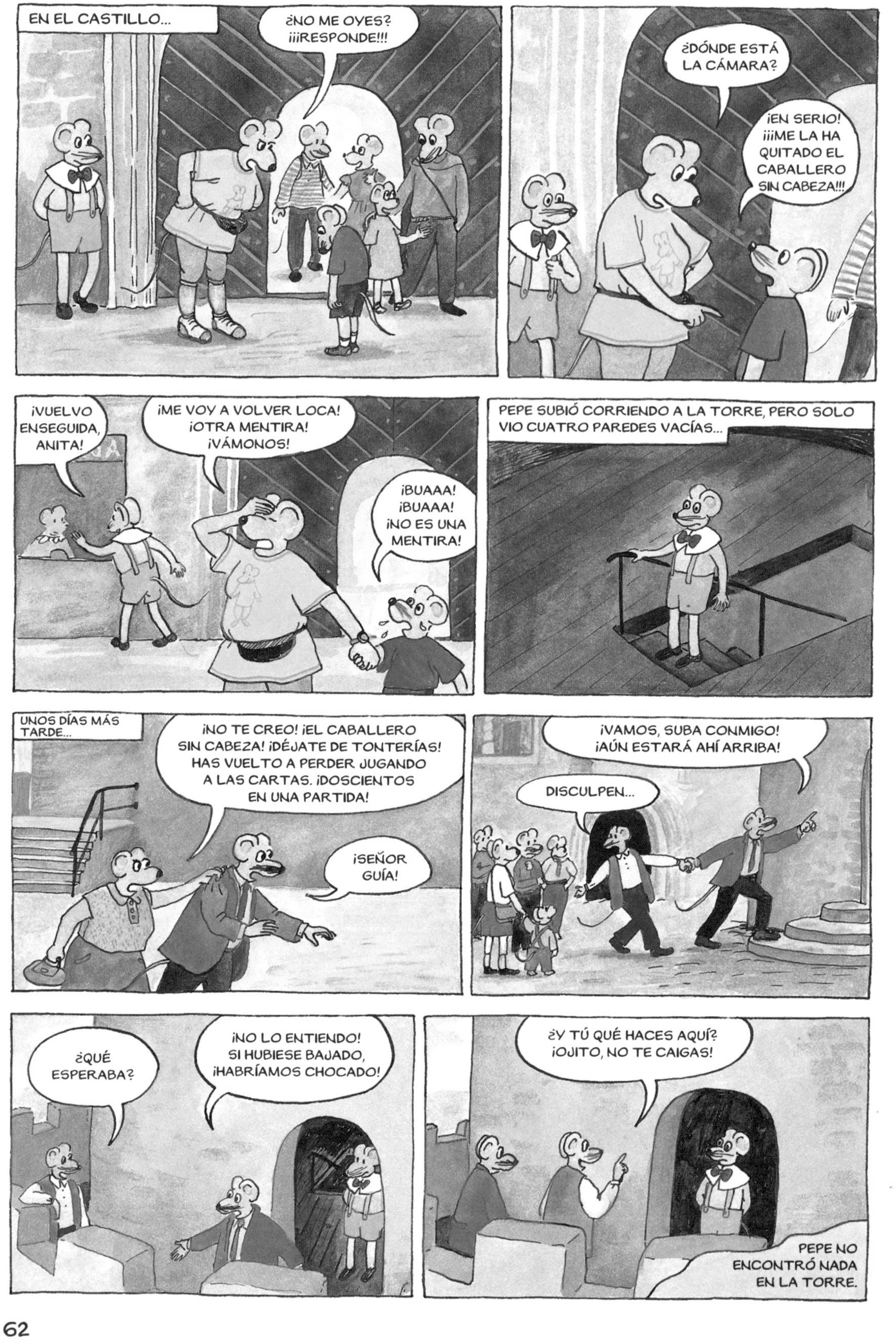
EN EL CASTILLO...
¿NO ME OYES?
¡¡¡RESPONDE!!!
¿DÓNDE ESTÁ LA CÁMARA?
¡EN SERIO! ¡¡¡ME LA HA QUITADO EL CABALLERO SIN CABEZA!!!
¡VUELVO ENSEGUIDA, ANITA!
¡ME VOY A VOLVER LOCA! ¡OTRA MENTIRA! ¡VÁMONOS!
¡BUAAA! ¡BUAAA! ¡NO ES UNA MENTIRA!
PEPE SUBIÓ CORRIENDO A LA TORRE, PERO SOLO VIO CUATRO PAREDES VACÍAS...
UNOS DÍAS MÁS TARDE...
¡NO TE CREO! ¡EL CABALLERO SIN CABEZA! ¡DÉJATE DE TONTERÍAS! HAS VUELTO A PERDER JUGANDO A LAS CARTAS. ¡DOSCIENTOS EN UNA PARTIDA!
¡SEÑOR GUÍA!
¡VAMOS, SUBA CONMIGO! ¡AÚN ESTARÁ AHÍ ARRIBA!
DISCULPEN...
¿QUÉ ESPERABA?
¡NO LO ENTIENDO! SI HUBIESE BAJADO, ¡HABRÍAMOS CHOCADO!
¿Y TÚ QUÉ HACES AQUÍ? ¡OJITO, NO TE CAIGAS!
PEPE NO ENCONTRÓ NADA EN LA TORRE.

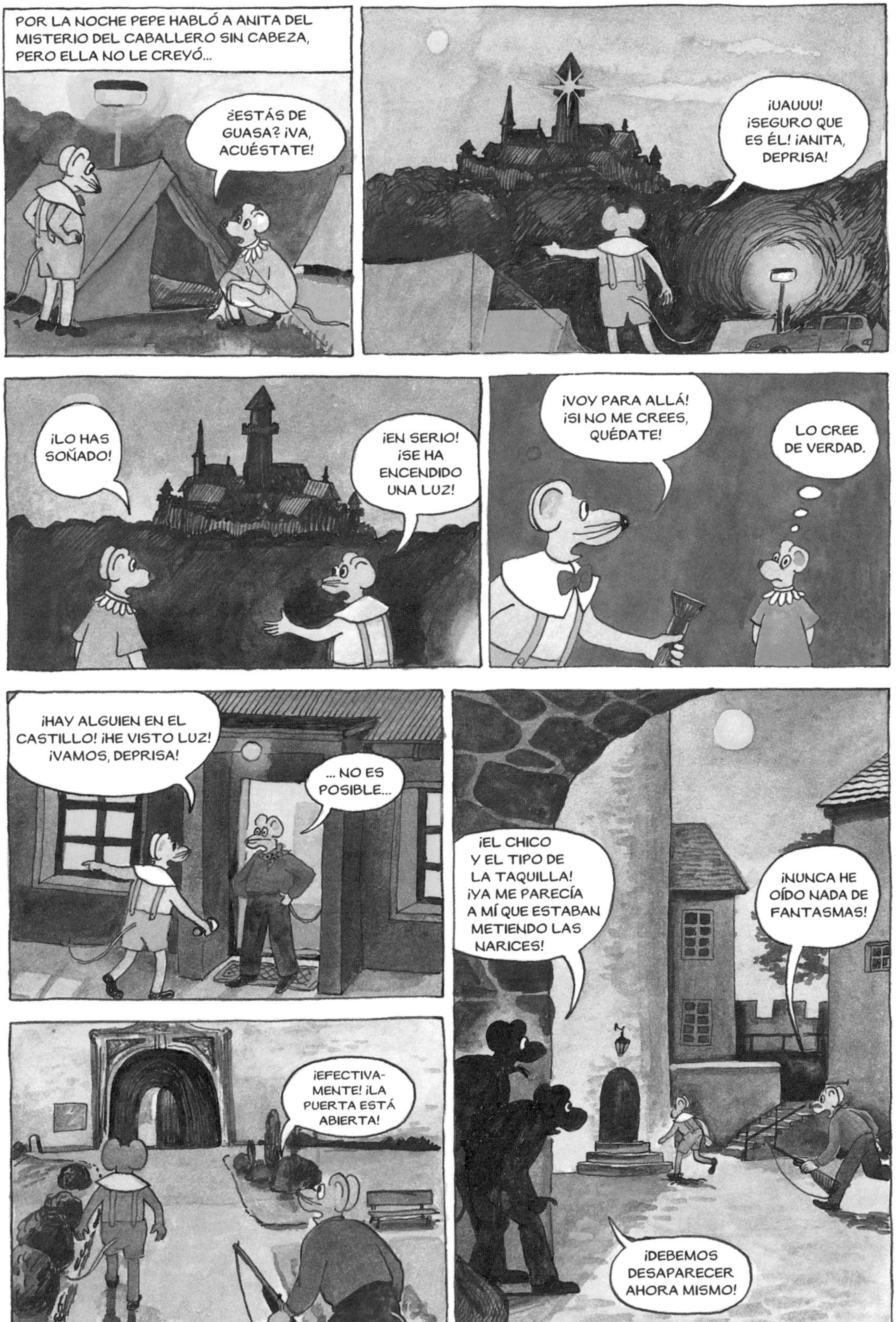
POR LA NOCHE PEPE HABLÓ A ANITA DEL MISTERIO DEL CABALLERO SIN CABEZA, PERO ELLA NO LE CREYÓ...
¿ESTÁS DE GUASA? ¡VA, ACUÉSTATE!
¡UAUUU! ¡SEGURO QUE ES ÉL! ¡ANITA, DEPRISA!
¡LO HAS SOÑADO!
¡EN SERIO! ¡SE HA ENCENDIDO UNA LUZ!
¡VOY PARA ALLÁ! ¡SI NO ME CREES, QUÉDATE!
LO CREE DE VERDAD.
¡HAY ALGUIEN EN EL CASTILLO! ¡HE VISTO LUZ! ¡VAMOS, DEPRISA!
... NO ES POSIBLE...
¡EFECTIVA-MENTE! ¡LA PUERTA ESTÁ ABIERTA!
¡EL CHICO Y EL TIPO DE LA TAQUILLA! ¡YA ME PARECÍA A MÍ QUE ESTABAN METIENDO LAS NARICES!
¡NUNCA HE OÍDO NADA DE FANTASMAS!
¡DEBEMOS DESAPARECER AHORA MISMO!

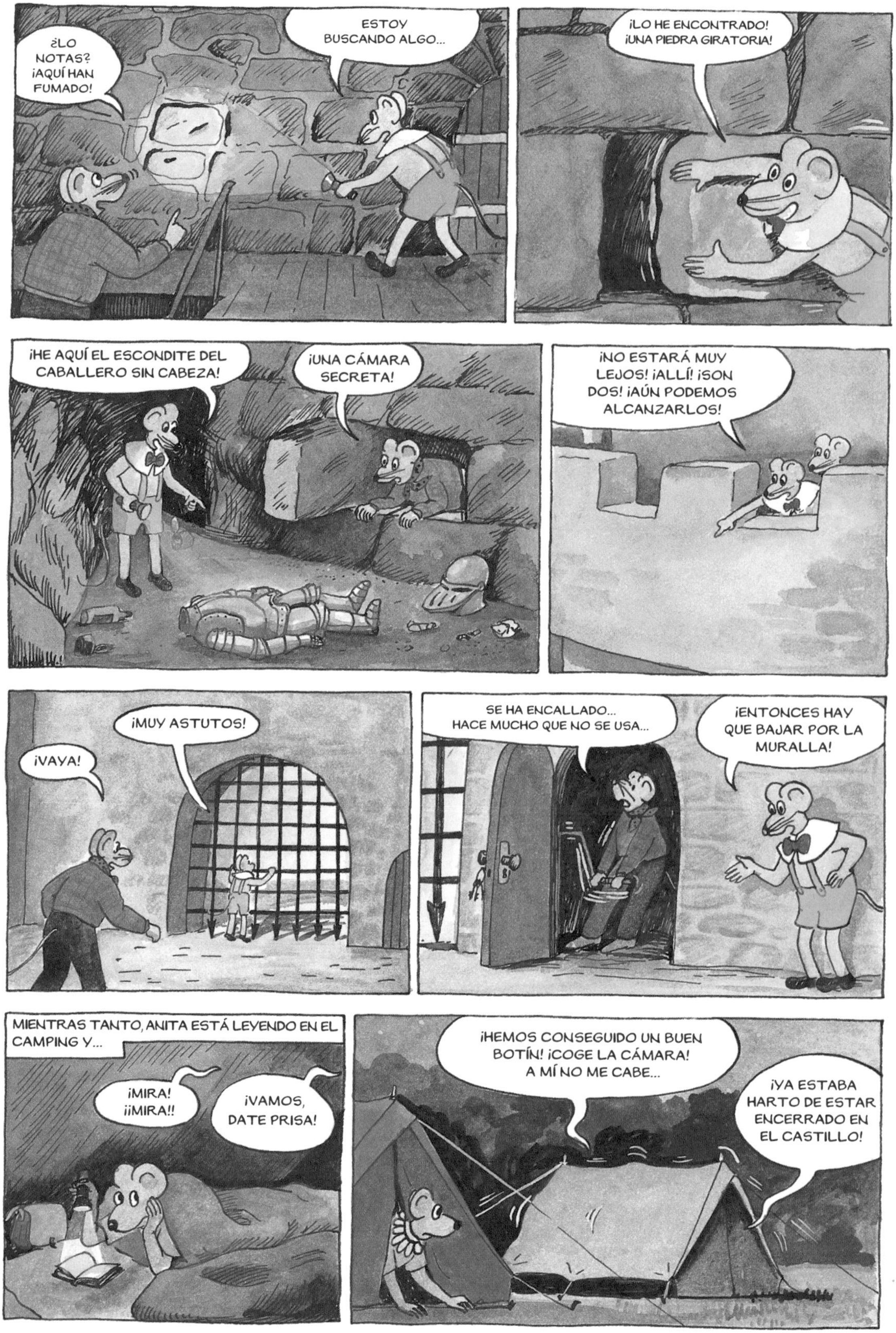
¿LO NOTAS? ¡AQUÍ HAN FUMADO!
ESTOY BUSCANDO ALGO...
¡LO HE ENCONTRADO! ¡UNA PIEDRA GIRATORIA!
¡HE AQUÍ EL ESCONDITE DEL CABALLERO SIN CABEZA!
¡UNA CÁMARA SECRETA!
¡NO ESTARÁ MUY LEJOS! ¡ALLÍ! ¡SON DOS! ¡AÚN PODEMOS ALCANZARLOS!
¡VAYA!
¡MUY ASTUTOS!
SE HA ENCALLADO... HACE MUCHO QUE NO SE USA...
¡ENTONCES HAY QUE BAJAR POR LA MURALLA!
MIENTRAS TANTO, ANITA ESTÁ LEYENDO EN EL CAMPING Y...
¡MIRA! ¡¡MIRA!!
¡VAMOS, DATE PRISA!
¡HEMOS CONSEGUIDO UN BUEN BOTÍN! ¡COGE LA CÁMARA! A MÍ NO ME CABE...
¡YA ESTABA HARTO DE ESTAR ENCERRADO EN EL CASTILLO!

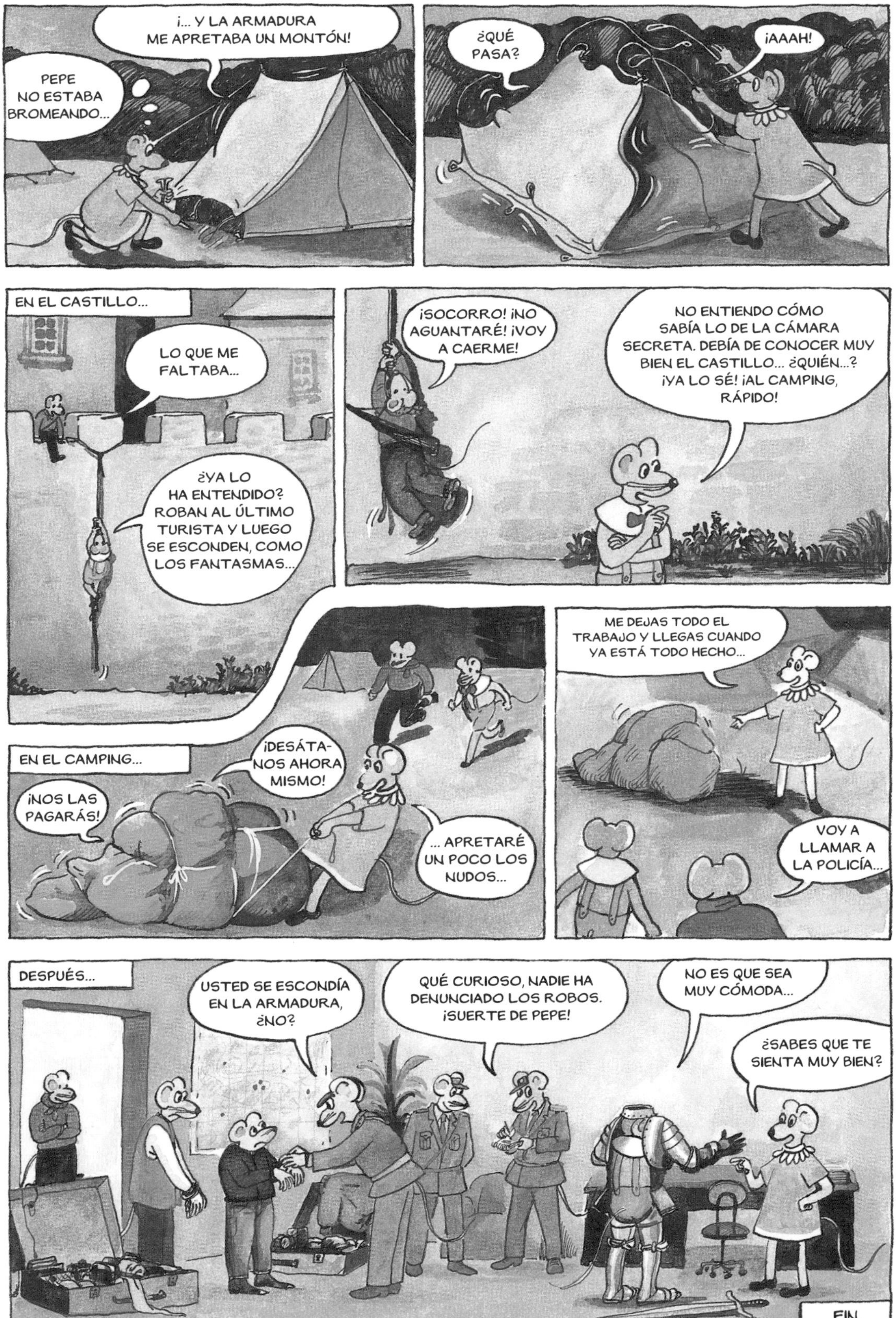
PEPE NO ESTABA BROMEANDO...
¡... Y LA ARMADURA ME APRETABA UN MONTÓN!
¿QUÉ PASA?
¡AAAH!
EN EL CASTILLO...
LO QUE ME FALTABA...
¿YA LO HA ENTENDIDO? ROBAN AL ÚLTIMO TURISTA Y LUEGO SE ESCONDEN, COMO LOS FANTASMAS...
¡SOCORRO! ¡NO AGUANTARÉ! ¡VOY A CAERME!
NO ENTIENDO CÓMO SABÍA LO DE LA CÁMARA SECRETA. DEBÍA DE CONOCER MUY BIEN EL CASTILLO... ¿QUIÉN...? ¡YA LO SÉ! ¡AL CAMPING, RÁPIDO!
EN EL CAMPING...
¡NOS LAS PAGARÁS!
¡DESÁTANOS AHORA MISMO!
... APRETARÉ UN POCO LOS NUDOS...
ME DEJAS TODO EL TRABAJO Y LLEGAS CUANDO YA ESTÁ TODO HECHO...
VOY A LLAMAR A LA POLICÍA...
DESPUÉS...
USTED SE ESCONDÍA EN LA ARMADURA, ¿NO?
QUÉ CURIOSO, NADIE HA DENUNCIADO LOS ROBOS. ¡SUERTE DE PEPE!
NO ES QUE SEA MUY CÓMODA...
¿SABES QUE TE SIENTA MUY BIEN?
FIN.

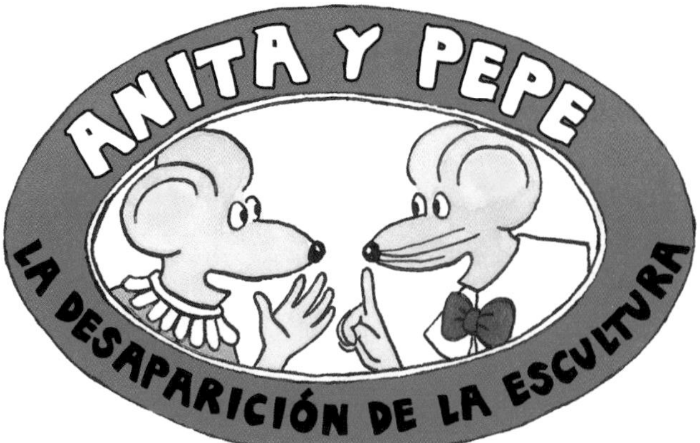
ANITA Y PEPE
LA DESAPARICIÓN DE LA ESCULTURA

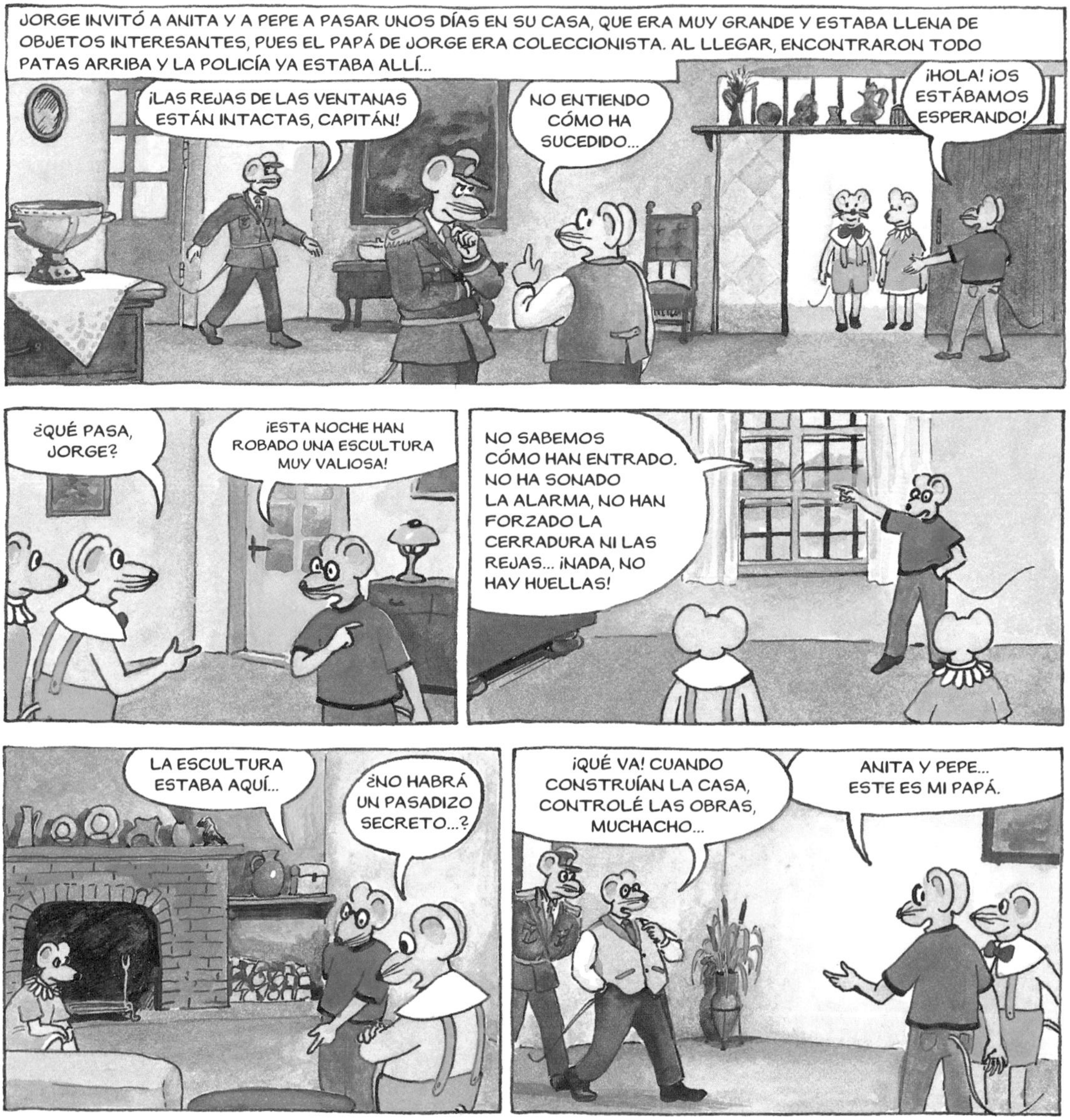
JORGE INVITÓ A ANITA Y A PEPE A PASAR UNOS DÍAS EN SU CASA, QUE ERA MUY GRANDE Y ESTABA LLENA DE OBJETOS INTERESANTES, PUES EL PAPÁ DE JORGE ERA COLECCIONISTA. AL LLEGAR, ENCONTRARON TODO PATAS ARRIBA Y LA POLICÍA YA ESTABA ALLÍ...
¡LAS REJAS DE LAS VENTANAS ESTÁN INTACTAS, CAPITÁN!
NO ENTIENDO CÓMO HA SUCEDIDO...
¡HOLA! ¡OS ESTÁBAMOS ESPERANDO!
¿QUÉ PASA, JORGE?
¡ESTA NOCHE HAN ROBADO UNA ESCULTURA MUY VALIOSA!
NO SABEMOS CÓMO HAN ENTRADO. NO HA SONADO LA ALARMA, NO HAN FORZADO LA CERRADURA NI LAS REJAS... ¡NADA, NO HAY HUELLAS!
LA ESCULTURA ESTABA AQUÍ...
¿NO HABRÁ UN PASADIZO SECRETO...?
¡QUÉ VA! CUANDO CONSTRUÍAN LA CASA, CONTROLÉ LAS OBRAS, MUCHACHO...
ANITA Y PEPE... ESTE ES MI PAPÁ.

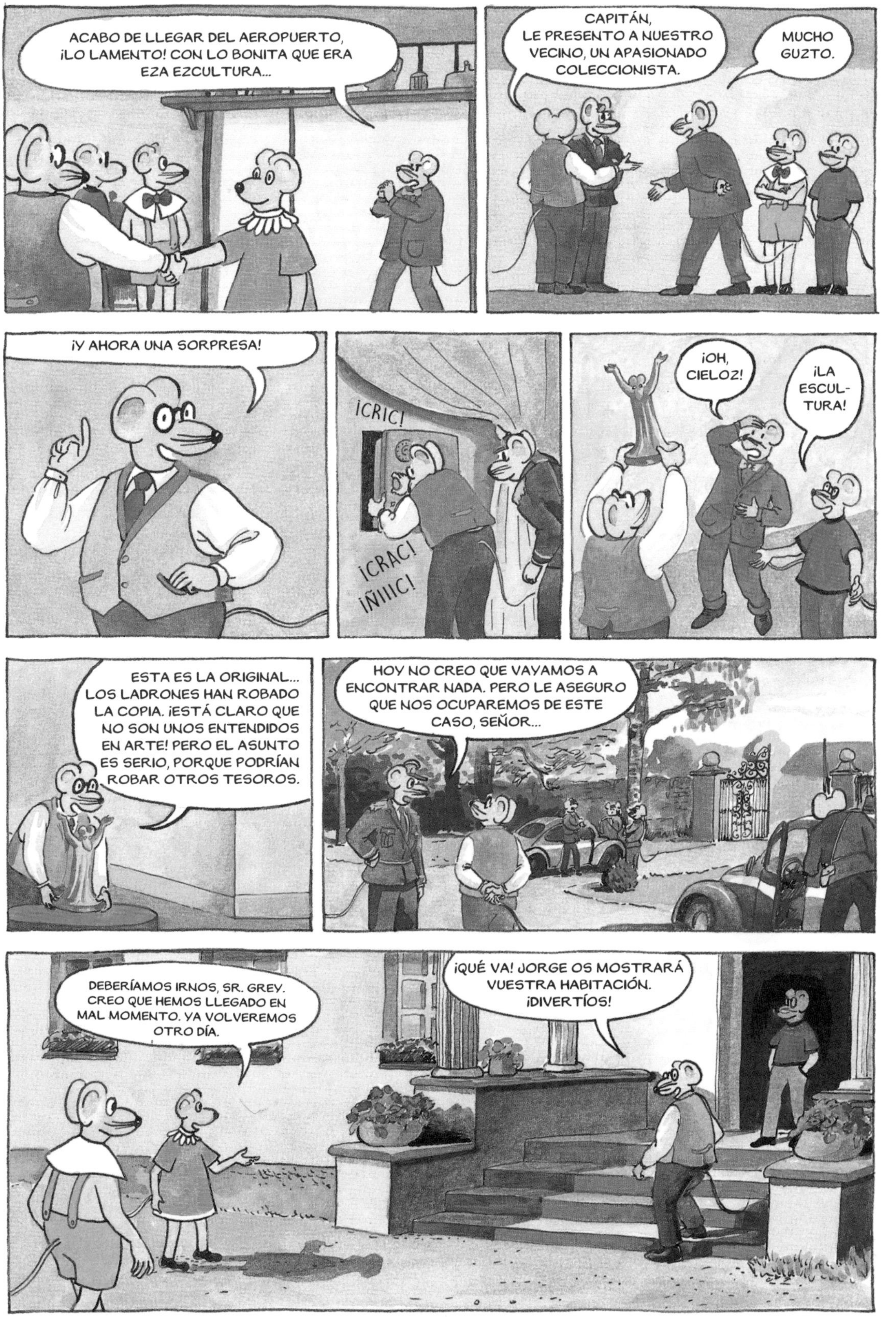
ACABO DE LLEGAR DEL AEROPUERTO, ¡LO LAMENTO! CON LO BONITA QUE ERA EZA EZCULTURA...
CAPITÁN, LE PRESENTO A NUESTRO VECINO, UN APASIONADO COLECCIONISTA.
MUCHO GUZTO.
¡Y AHORA UNA SORPRESA!
¡CRIC!
¡CRAC!
¡ÑIIIIC!
¡OH, CIELOZ!
¡LA ESCUL-TURA!
ESTA ES LA ORIGINAL... LOS LADRONES HAN ROBADO LA COPIA. ¡ESTÁ CLARO QUE NO SON UNOS ENTENDIDOS EN ARTE! PERO EL ASUNTO ES SERIO, PORQUE PODRÍAN ROBAR OTROS TESOROS.
HOY NO CREO QUE VAYAMOS A ENCONTRAR NADA. PERO LE ASEGURO QUE NOS OCUPAREMOS DE ESTE CASO, SEÑOR...
DEBERÍAMOS IRNOS, SR. GREY. CREO QUE HEMOS LLEGADO EN MAL MOMENTO. YA VOLVEREMOS OTRO DÍA.
¡QUÉ VA! JORGE OS MOSTRARÁ VUESTRA HABITACIÓN. ¡DIVERTÍOS!

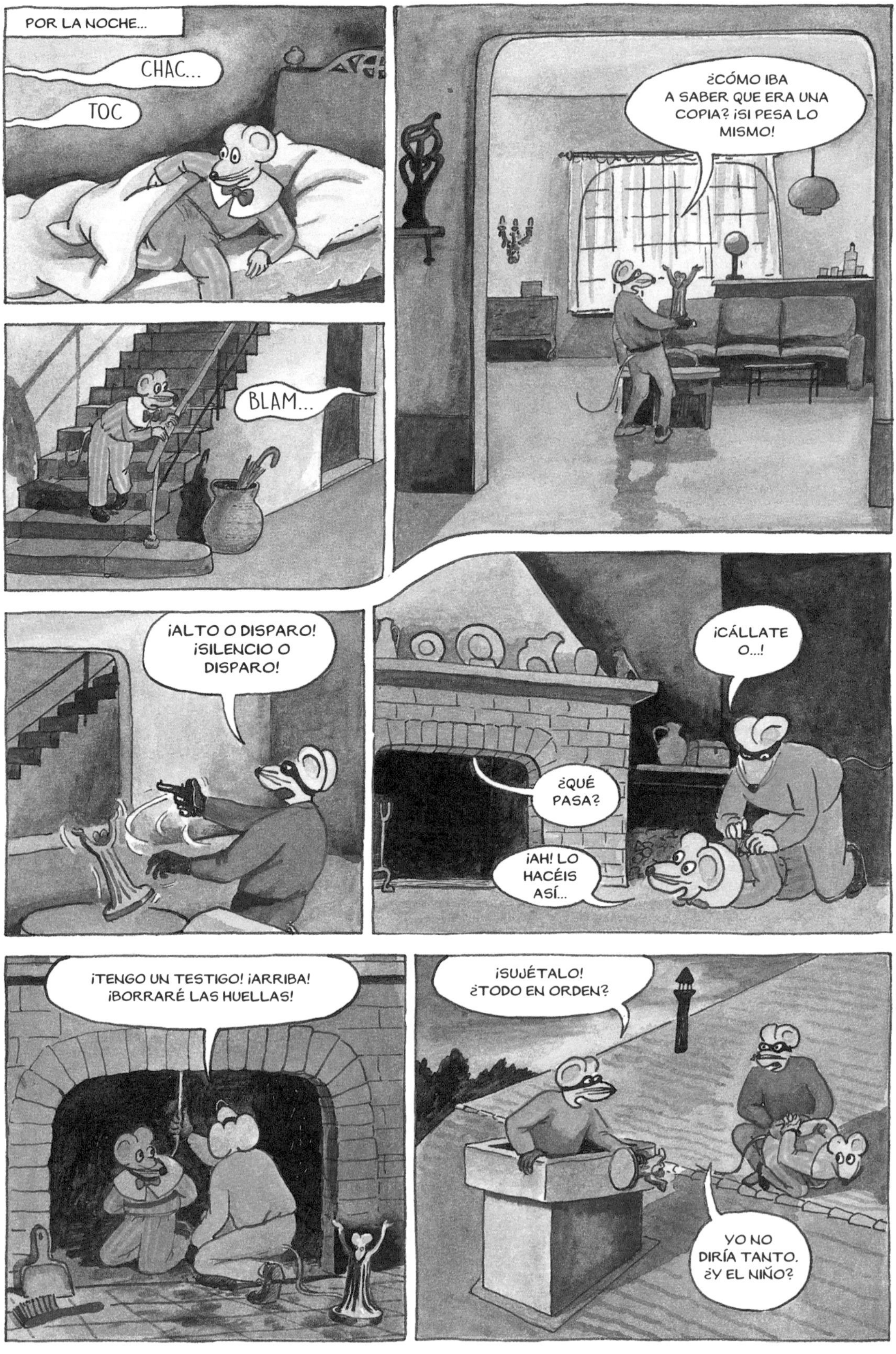
POR LA NOCHE...
CHAC...
TOC
¿CÓMO IBA A SABER QUE ERA UNA COPIA? ¡SI PESA LO MISMO!
BLAM...
¡ALTO O DISPARO! ¡SILENCIO O DISPARO!
¡CÁLLATE O...!
¿QUÉ PASA?
¡AH! LO HACÉIS ASÍ...
¡TENGO UN TESTIGO! ¡ARRIBA! ¡BORRARÉ LAS HUELLAS!
¡SUJÉTALO! ¿TODO EN ORDEN?
YO NO DIRÍA TANTO. ¿Y EL NIÑO?

HABRÍA ARMADO UN ESCÁNDALO. ES LO ÚNICO QUE SE ME HA OCURRIDO...

¿QUÉ DIRÁ EL JEFE? SIEMPRE TRAES PROBLEMAS...

AL RATO, EN UN LUGAR LEJANO...

¡YA SÉ QUÉ HAREMOS CON EL CHICO! ¡ES EL HIJO DE ESE RICACHÓN!

¡NOS VAMOS A FORRAR!

¡NO ENCUENTRO LA Ñ MAYÚSCULA!

AL DÍA SIGUIENTE...

¡NOOO!

¡GRACIAS A DIOS!

¿QUÉ PASA, PAPÁ?

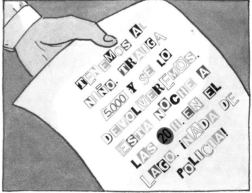

TENEMOS AL NIÑO. TRAIGA 5.000 Y SE LO DEVOLVEREMOS. ESTA NOCHE EN EL LAGO. ¡NADA DE POLICÍA! A LAS 20 H.

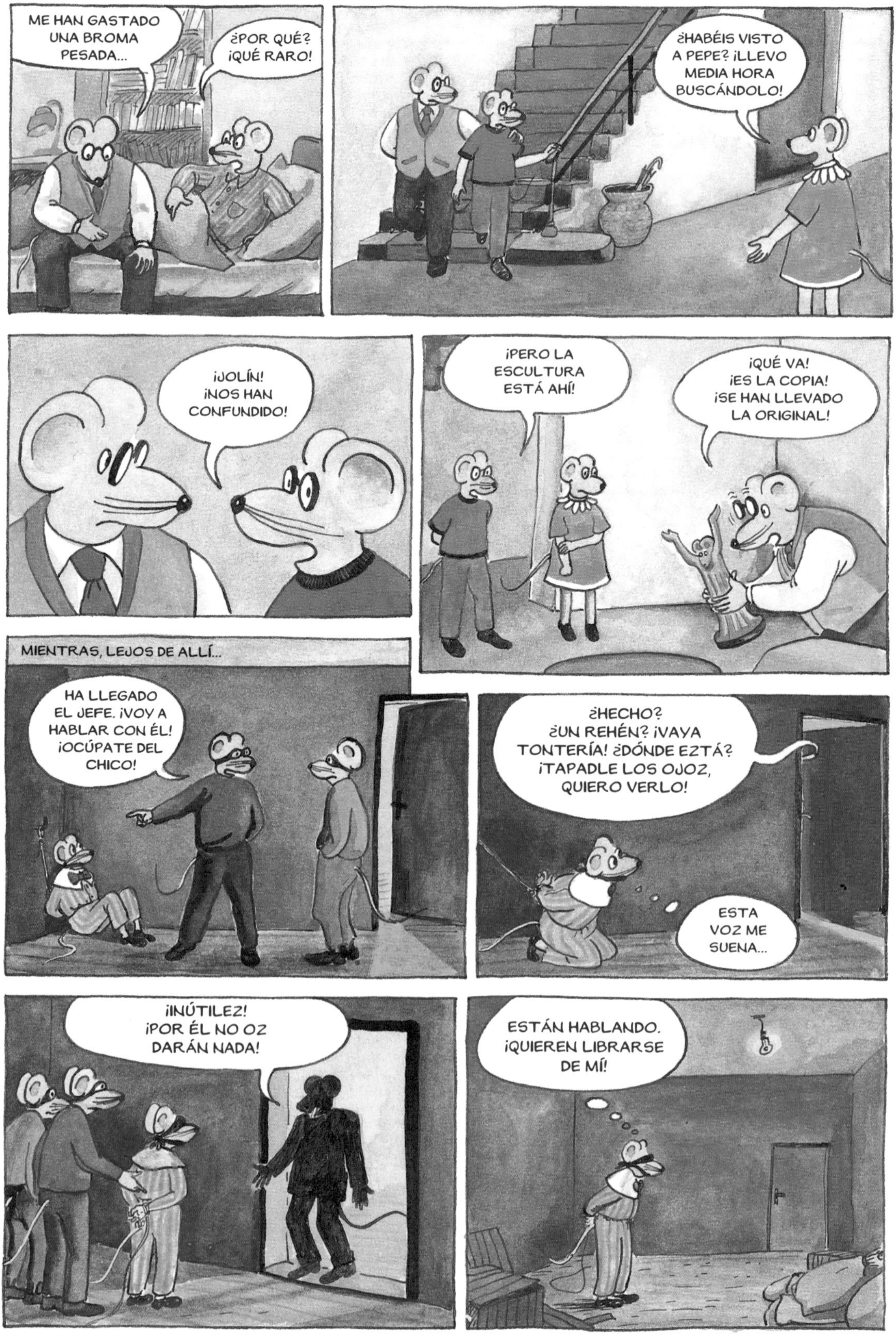
ME HAN GASTADO UNA BROMA PESADA...
¿POR QUÉ? ¡QUÉ RARO!
¿HABÉIS VISTO A PEPE? ¡LLEVO MEDIA HORA BUSCÁNDOLO!
¡JOLÍN! ¡NOS HAN CONFUNDIDO!
¡PERO LA ESCULTURA ESTÁ AHÍ!
¡QUÉ VA! ¡ES LA COPIA! ¡SE HAN LLEVADO LA ORIGINAL!
MIENTRAS, LEJOS DE ALLÍ...
HA LLEGADO EL JEFE. ¡VOY A HABLAR CON ÉL! ¡OCÚPATE DEL CHICO!
¿HECHO? ¿UN REHÉN? ¡VAYA TONTERÍA! ¿DÓNDE EZTÁ? ¡TAPADLE LOS OJOZ, QUIERO VERLO!
ESTA VOZ ME SUENA...
¡INÚTILEZ! ¡POR ÉL NO OZ DARÁN NADA!
ESTÁN HABLANDO. ¡QUIEREN LIBRARSE DE MÍ!

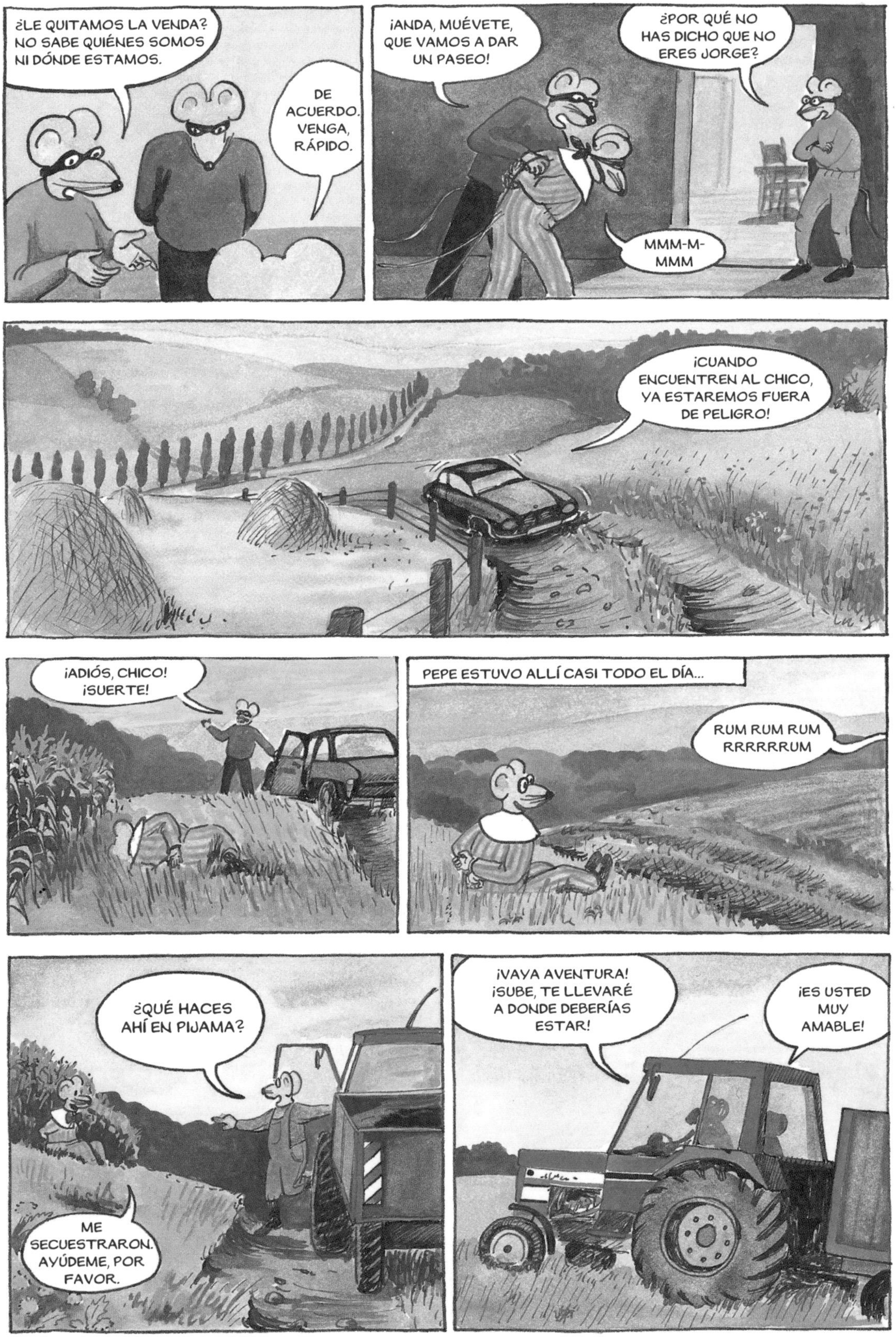
¿LE QUITAMOS LA VENDA? NO SABE QUIÉNES SOMOS NI DÓNDE ESTAMOS.
DE ACUERDO. VENGA, RÁPIDO.
¡ANDA, MUÉVETE, QUE VAMOS A DAR UN PASEO!
¿POR QUÉ NO HAS DICHO QUE NO ERES JORGE?
MMM-M-MMM
¡CUANDO ENCUENTREN AL CHICO, YA ESTAREMOS FUERA DE PELIGRO!
¡ADIÓS, CHICO! ¡SUERTE!
PEPE ESTUVO ALLÍ CASI TODO EL DÍA...
RUM RUM RUM RRRRRRUM
¿QUÉ HACES AHÍ EN PIJAMA?
ME SECUESTRARON. AYÚDEME, POR FAVOR.
¡VAYA AVENTURA! ¡SUBE, TE LLEVARÉ A DONDE DEBERÍAS ESTAR!
¡ES USTED MUY AMABLE!

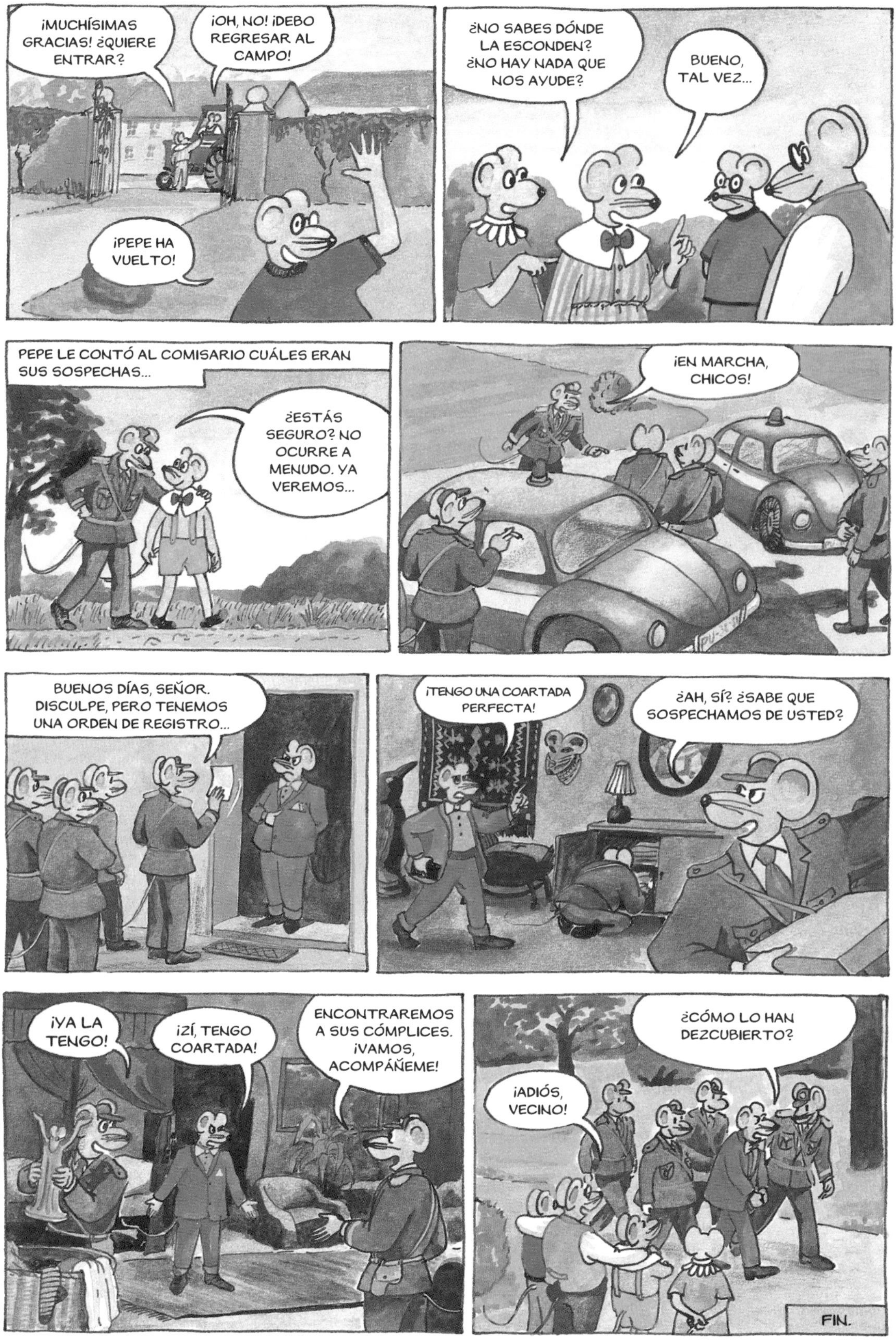
¡MUCHÍSIMAS GRACIAS! ¿QUIERE ENTRAR?
¡OH, NO! ¡DEBO REGRESAR AL CAMPO!
¡PEPE HA VUELTO!
¿NO SABES DÓNDE LA ESCONDEN? ¿NO HAY NADA QUE NOS AYUDE?
BUENO, TAL VEZ...
PEPE LE CONTÓ AL COMISARIO CUÁLES ERAN SUS SOSPECHAS...
¿ESTÁS SEGURO? NO OCURRE A MENUDO. YA VEREMOS...
¡EN MARCHA, CHICOS!
BUENOS DÍAS, SEÑOR. DISCULPE, PERO TENEMOS UNA ORDEN DE REGISTRO...
¡TENGO UNA COARTADA PERFECTA!
¿AH, SÍ? ¿SABE QUE SOSPECHAMOS DE USTED?
¡YA LA TENGO!
¡ZÍ, TENGO COARTADA!
ENCONTRAREMOS A SUS CÓMPLICES. ¡VAMOS, ACOMPÁÑEME!
¿CÓMO LO HAN DEZCUBIERTO?
¡ADIÓS, VECINO!
FIN.

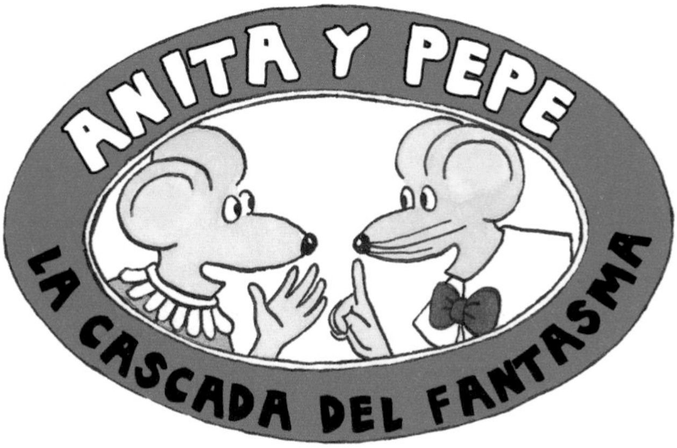

ANITA Y PEPE
LA CASCADA DEL FANTASMA

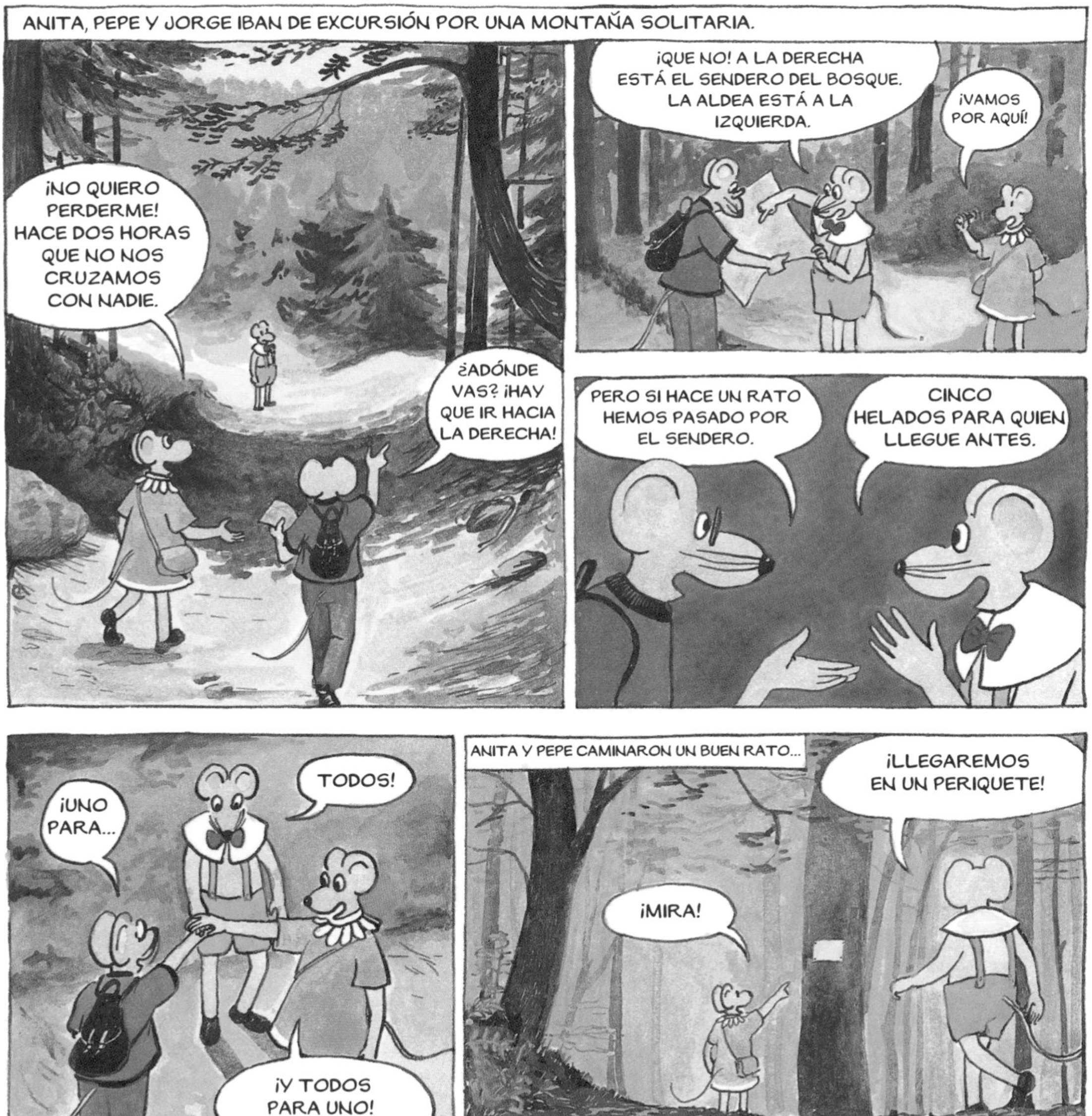

ANITA, PEPE Y JORGE IBAN DE EXCURSIÓN POR UNA MONTAÑA SOLITARIA.
¡NO QUIERO PERDERME! HACE DOS HORAS QUE NO NOS CRUZAMOS CON NADIE.
¿ADÓNDE VAS? ¡HAY QUE IR HACIA LA DERECHA!
¡QUE NO! A LA DERECHA ESTÁ EL SENDERO DEL BOSQUE. LA ALDEA ESTÁ A LA IZQUIERDA.
¡VAMOS POR AQUÍ!
PERO SI HACE UN RATO HEMOS PASADO POR EL SENDERO.
CINCO HELADOS PARA QUIEN LLEGUE ANTES.
¡UNO PARA...
TODOS!
¡Y TODOS PARA UNO!
ANITA Y PEPE CAMINARON UN BUEN RATO...
¡LLEGAREMOS EN UN PERIQUETE!
¡MIRA!

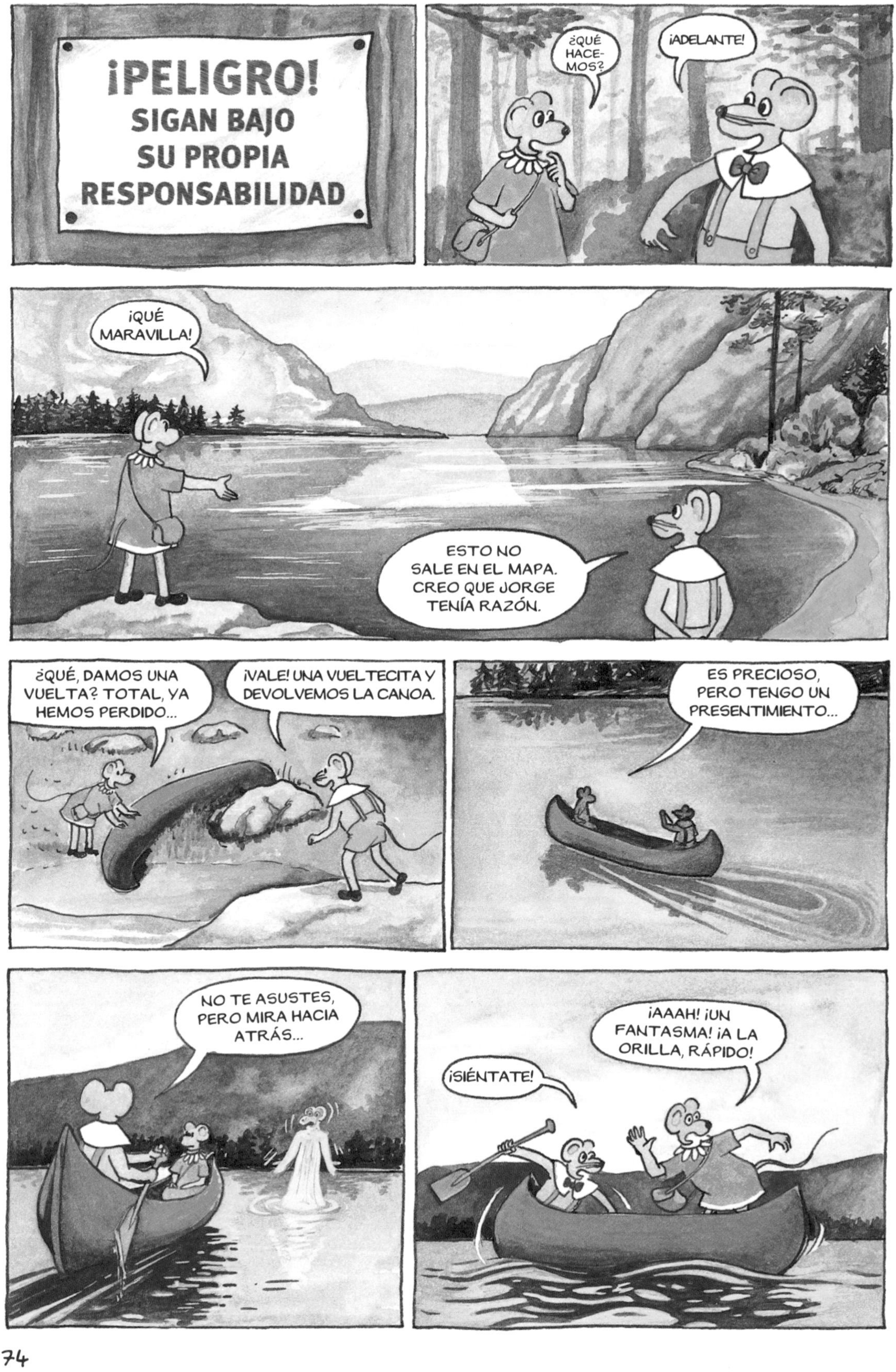
¡PELIGRO! SIGAN BAJO SU PROPIA RESPONSABILIDAD
¿QUÉ HACEMOS?
¡ADELANTE!
¡QUÉ MARAVILLA!
ESTO NO SALE EN EL MAPA. CREO QUE JORGE TENÍA RAZÓN.
¿QUÉ, DAMOS UNA VUELTA? TOTAL, YA HEMOS PERDIDO...
¡VALE! UNA VUELTECITA Y DEVOLVEMOS LA CANOA.
ES PRECIOSO, PERO TENGO UN PRESENTIMIENTO...
NO TE ASUSTES, PERO MIRA HACIA ATRÁS...
¡SIÉNTATE!
¡AAAH! ¡UN FANTASMA! ¡A LA ORILLA, RÁPIDO!

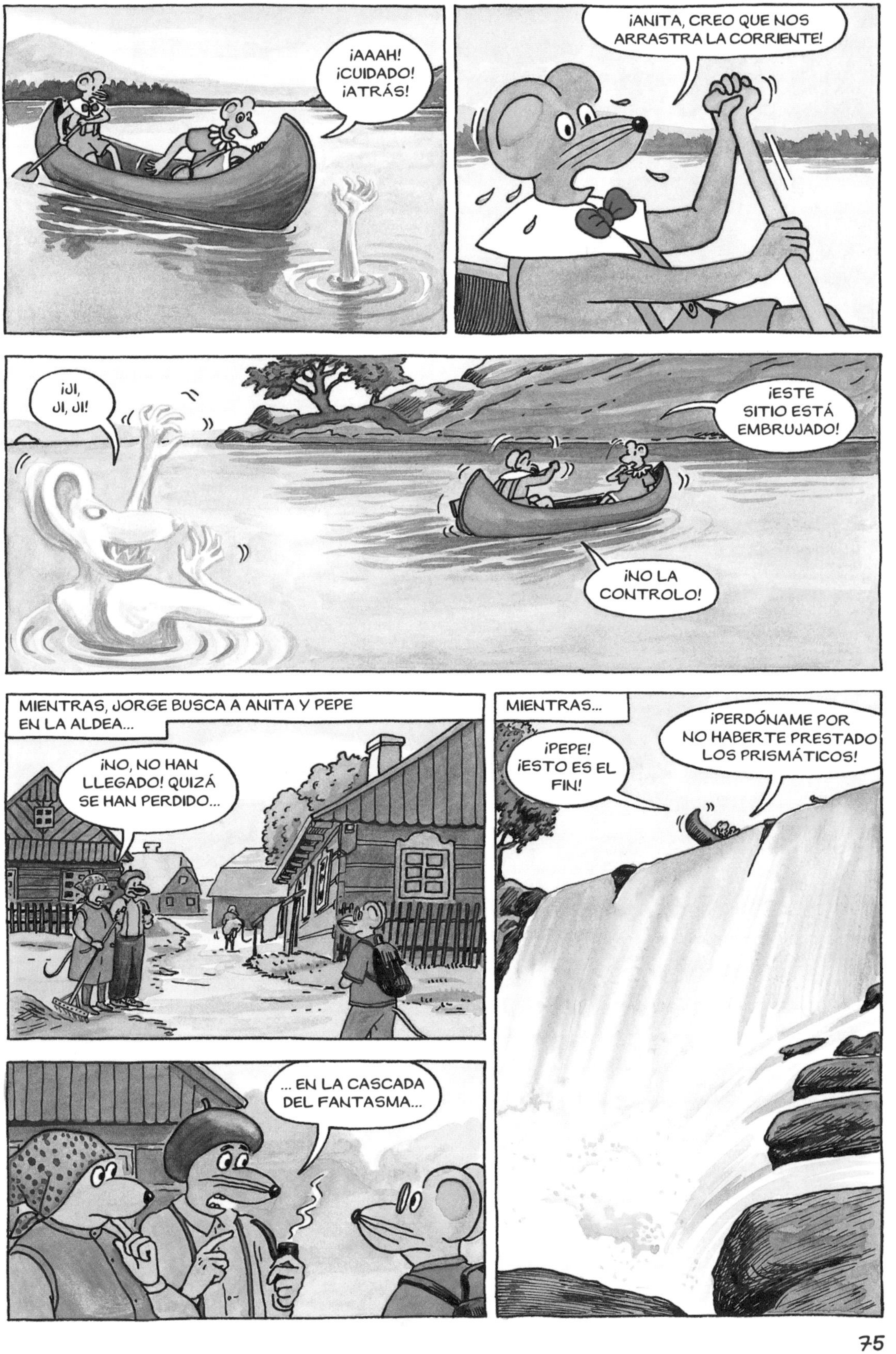

¡AAAH! ¡CUIDADO! ¡ATRÁS!
¡ANITA, CREO QUE NOS ARRASTRA LA CORRIENTE!
¡JI, JI, JI!
¡ESTE SITIO ESTÁ EMBRUJADO!
¡NO LA CONTROLO!
MIENTRAS, JORGE BUSCA A ANITA Y PEPE EN LA ALDEA...
¡NO, NO HAN LLEGADO! QUIZÁ SE HAN PERDIDO...
... EN LA CASCADA DEL FANTASMA...
MIENTRAS...
¡PEPE! ¡ESTO ES EL FIN!
¡PERDÓNAME POR NO HABERTE PRESTADO LOS PRISMÁTICOS!

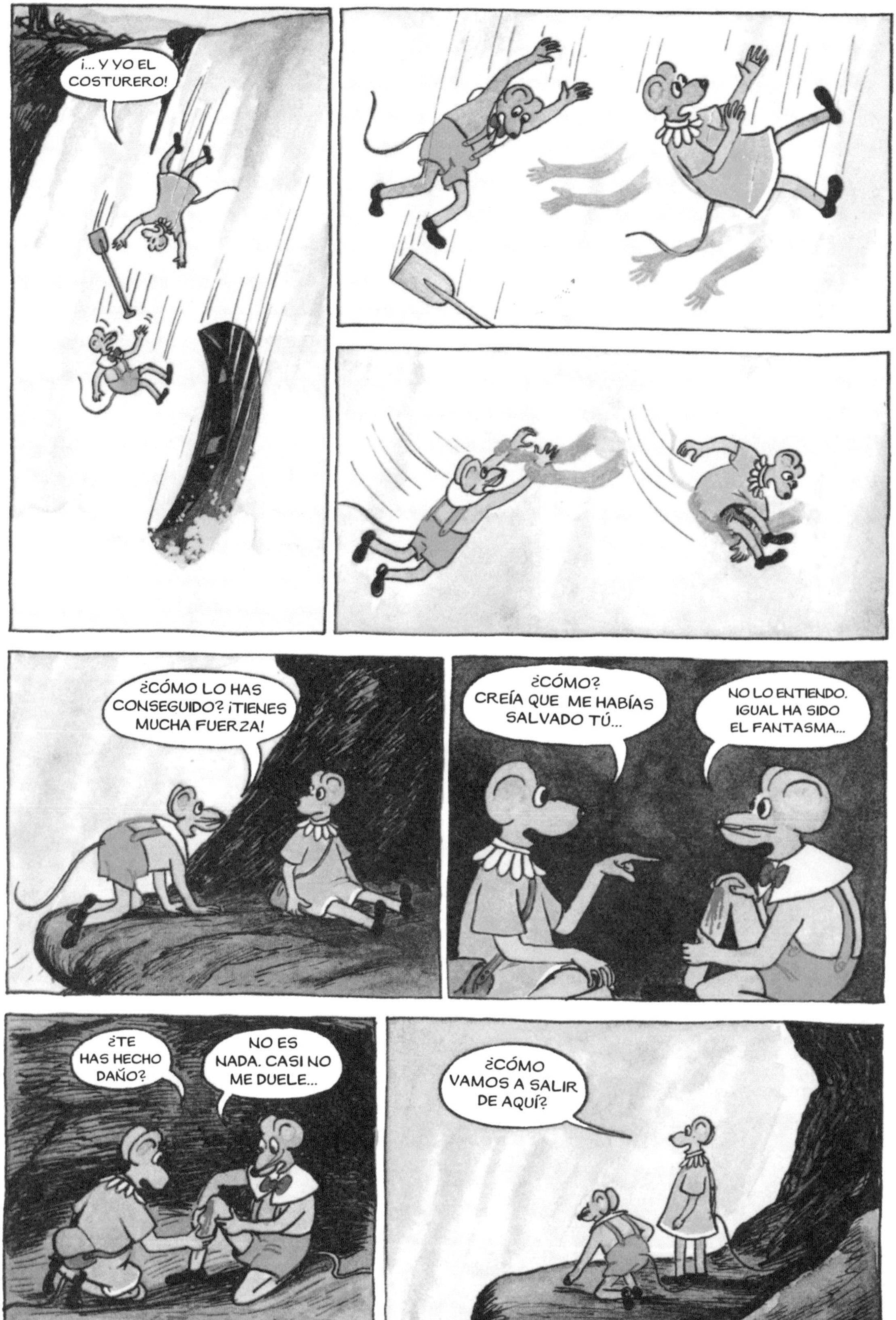
¡... Y YO EL COSTURERO!
¿CÓMO LO HAS CONSEGUIDO? ¡TIENES MUCHA FUERZA!
¿CÓMO? CREÍA QUE ME HABÍAS SALVADO TÚ...
NO LO ENTIENDO. IGUAL HA SIDO EL FANTASMA...
¿TE HAS HECHO DAÑO?
NO ES NADA. CASI NO ME DUELE...
¿CÓMO VAMOS A SALIR DE AQUÍ?

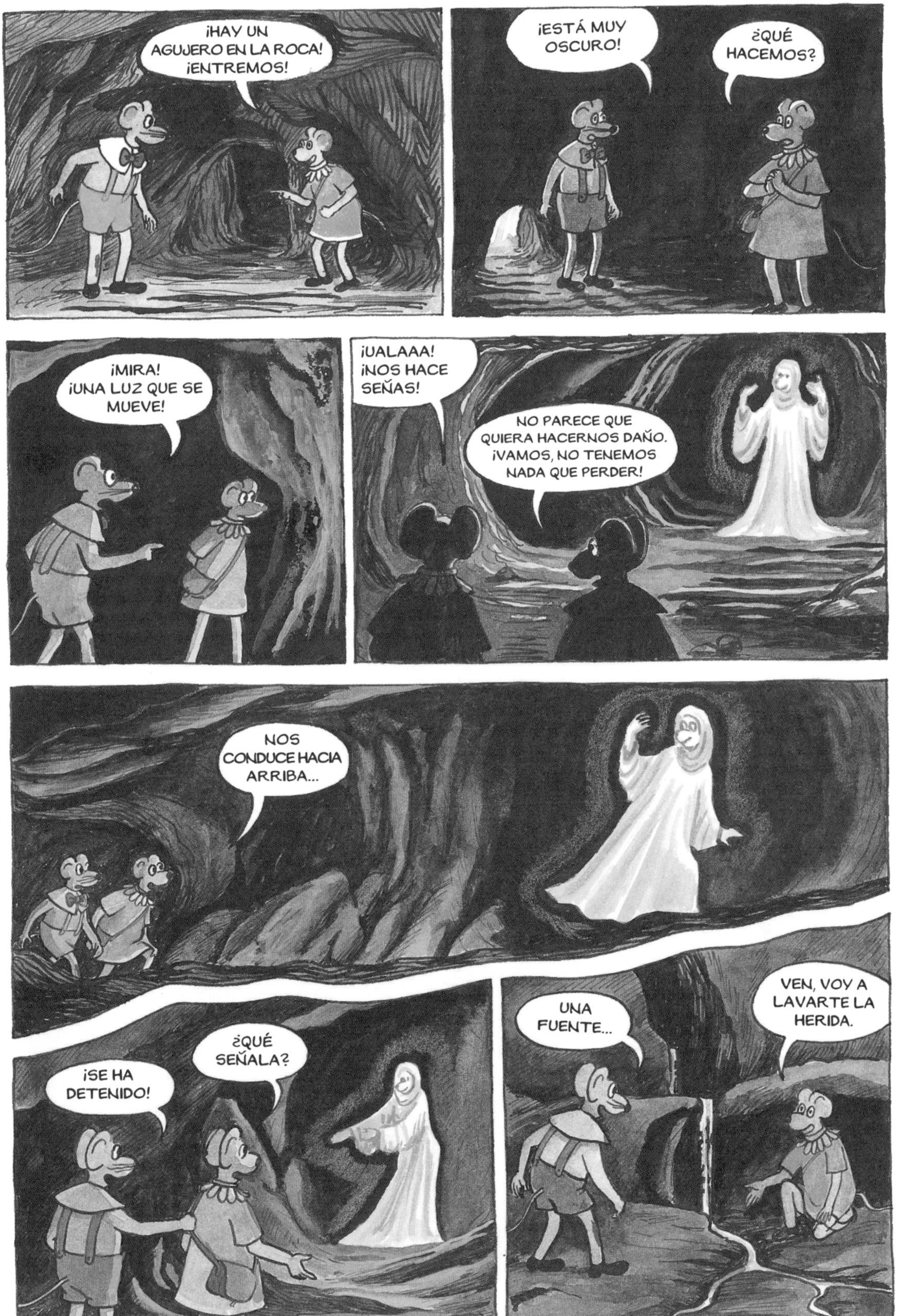
¡HAY UN AGUJERO EN LA ROCA! ¡ENTREMOS!
¡ESTÁ MUY OSCURO!
¿QUÉ HACEMOS?
¡MIRA! ¡UNA LUZ QUE SE MUEVE!
¡UALAAA! ¡NOS HACE SEÑAS!
NO PARECE QUE QUIERA HACERNOS DAÑO. ¡VAMOS, NO TENEMOS NADA QUE PERDER!
NOS CONDUCE HACIA ARRIBA...
¡SE HA DETENIDO!
¿QUÉ SEÑALA?
UNA FUENTE...
VEN, VOY A LAVARTE LA HERIDA.

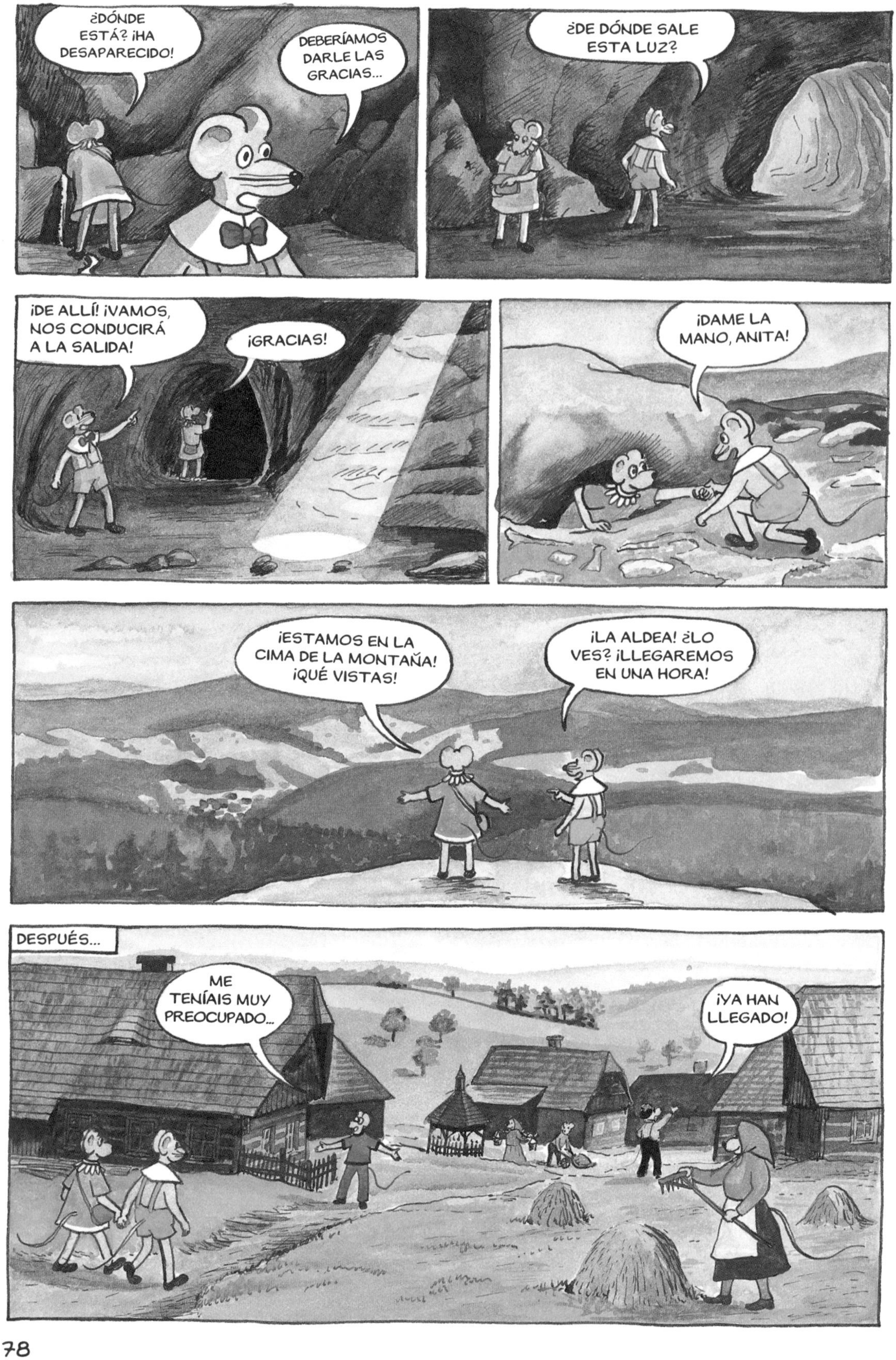
¿DÓNDE ESTÁ? ¡HA DESAPARECIDO!
DEBERÍAMOS DARLE LAS GRACIAS...
¿DE DÓNDE SALE ESTA LUZ?
¡DE ALLÍ! ¡VAMOS, NOS CONDUCIRÁ A LA SALIDA!
¡GRACIAS!
¡DAME LA MANO, ANITA!
¡ESTAMOS EN LA CIMA DE LA MONTAÑA! ¡QUÉ VISTAS!
¡LA ALDEA! ¿LO VES? ¡LLEGAREMOS EN UNA HORA!
DESPUÉS...
ME TENÍAIS MUY PREOCUPADO...
¡YA HAN LLEGADO!

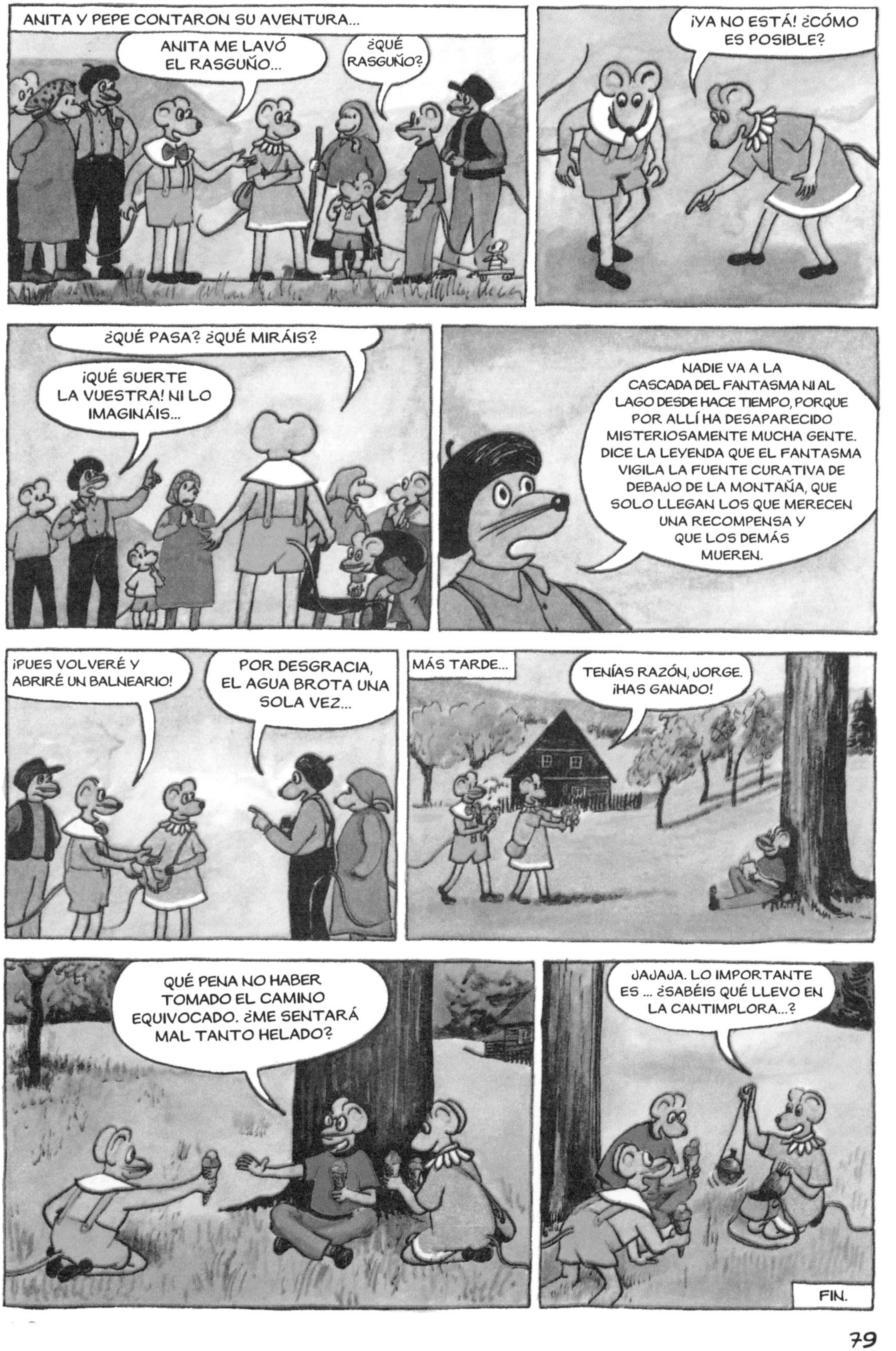
ANITA Y PEPE CONTARON SU AVENTURA...
ANITA ME LAVÓ EL RASGUÑO...
¿QUÉ RASGUÑO?
¡YA NO ESTÁ! ¿CÓMO ES POSIBLE?
¿QUÉ PASA? ¿QUÉ MIRÁIS?
¡QUÉ SUERTE LA VUESTRA! NI LO IMAGINÁIS...
NADIE VA A LA CASCADA DEL FANTASMA NI AL LAGO DESDE HACE TIEMPO, PORQUE POR ALLÍ HA DESAPARECIDO MISTERIOSAMENTE MUCHA GENTE. DICE LA LEYENDA QUE EL FANTASMA VIGILA LA FUENTE CURATIVA DE DEBAJO DE LA MONTAÑA, QUE SOLO LLEGAN LOS QUE MERECEN UNA RECOMPENSA Y QUE LOS DEMÁS MUEREN.
¡PUES VOLVERÉ Y ABRIRÉ UN BALNEARIO!
POR DESGRACIA, EL AGUA BROTA UNA SOLA VEZ...
MÁS TARDE...
TENÍAS RAZÓN, JORGE. ¡HAS GANADO!
QUÉ PENA NO HABER TOMADO EL CAMINO EQUIVOCADO. ¿ME SENTARÁ MAL TANTO HELADO?
JAJAJA. LO IMPORTANTE ES ... ¿SABÉIS QUÉ LLEVO EN LA CANTIMPLORA...?
FIN.

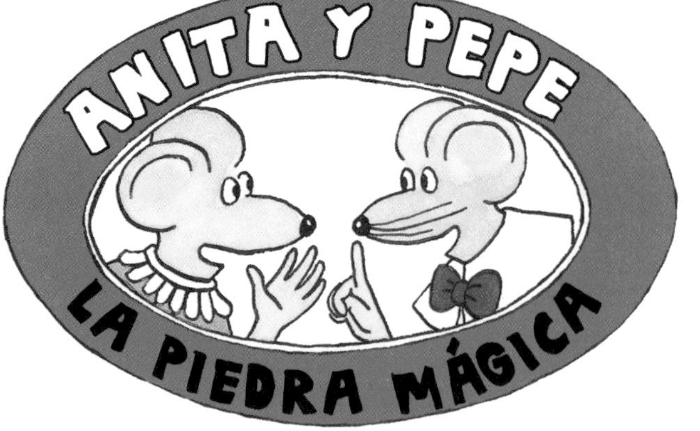
ANITA Y PEPE
LA PIEDRA MÁGICA

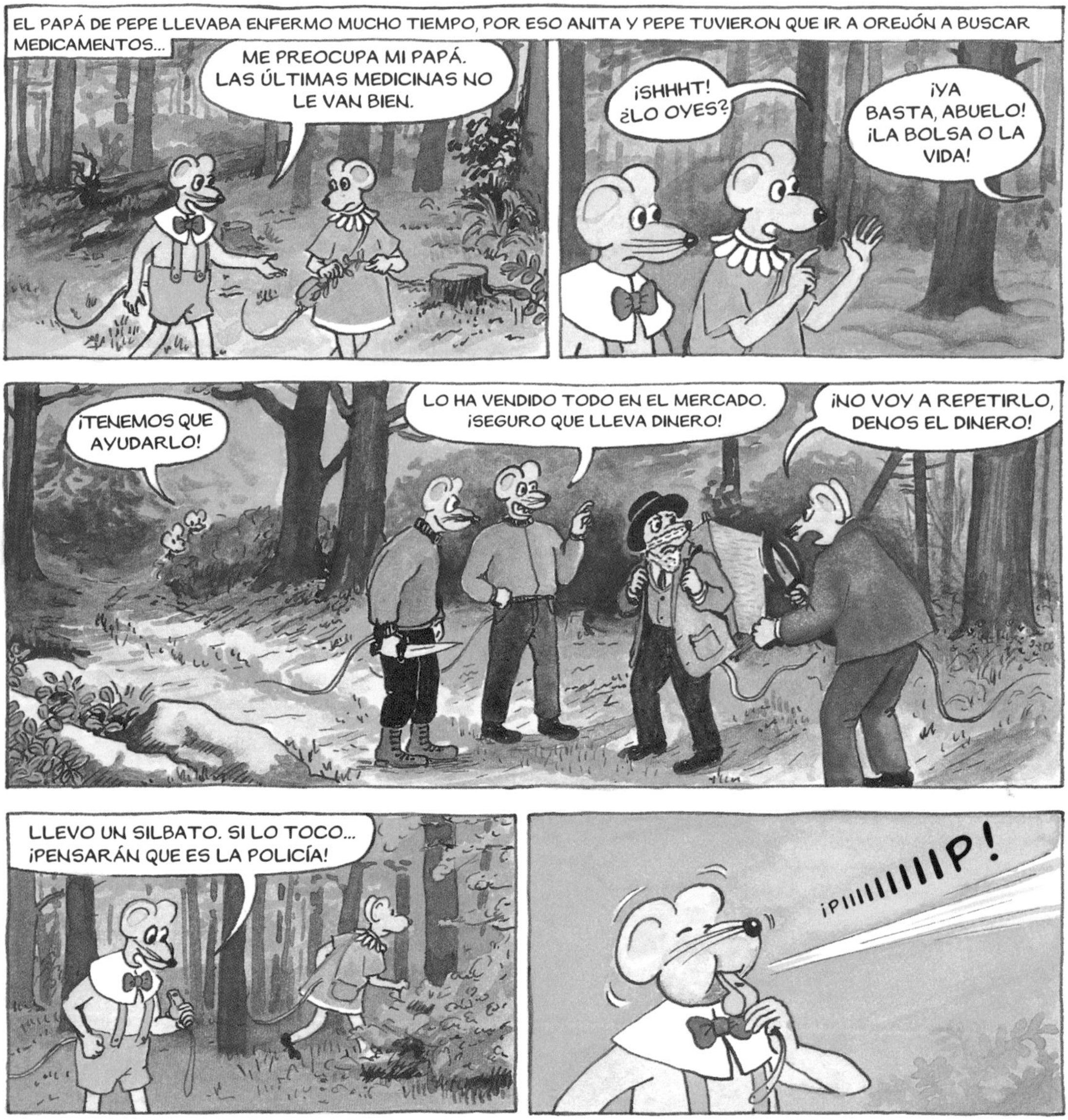
EL PAPÁ DE PEPE LLEVABA ENFERMO MUCHO TIEMPO, POR ESO ANITA Y PEPE TUVIERON QUE IR A OREJÓN A BUSCAR MEDICAMENTOS...
ME PREOCUPA MI PAPÁ. LAS ÚLTIMAS MEDICINAS NO LE VAN BIEN.
¡SHHHT! ¿LO OYES?
¡YA BASTA, ABUELO! ¡LA BOLSA O LA VIDA!
¡TENEMOS QUE AYUDARLO!
LO HA VENDIDO TODO EN EL MERCADO. ¡SEGURO QUE LLEVA DINERO!
¡NO VOY A REPETIRLO, DENOS EL DINERO!
LLEVO UN SILBATO. SI LO TOCO... ¡PENSARÁN QUE ES LA POLICÍA!
¡PIIIIIIIIIIP!

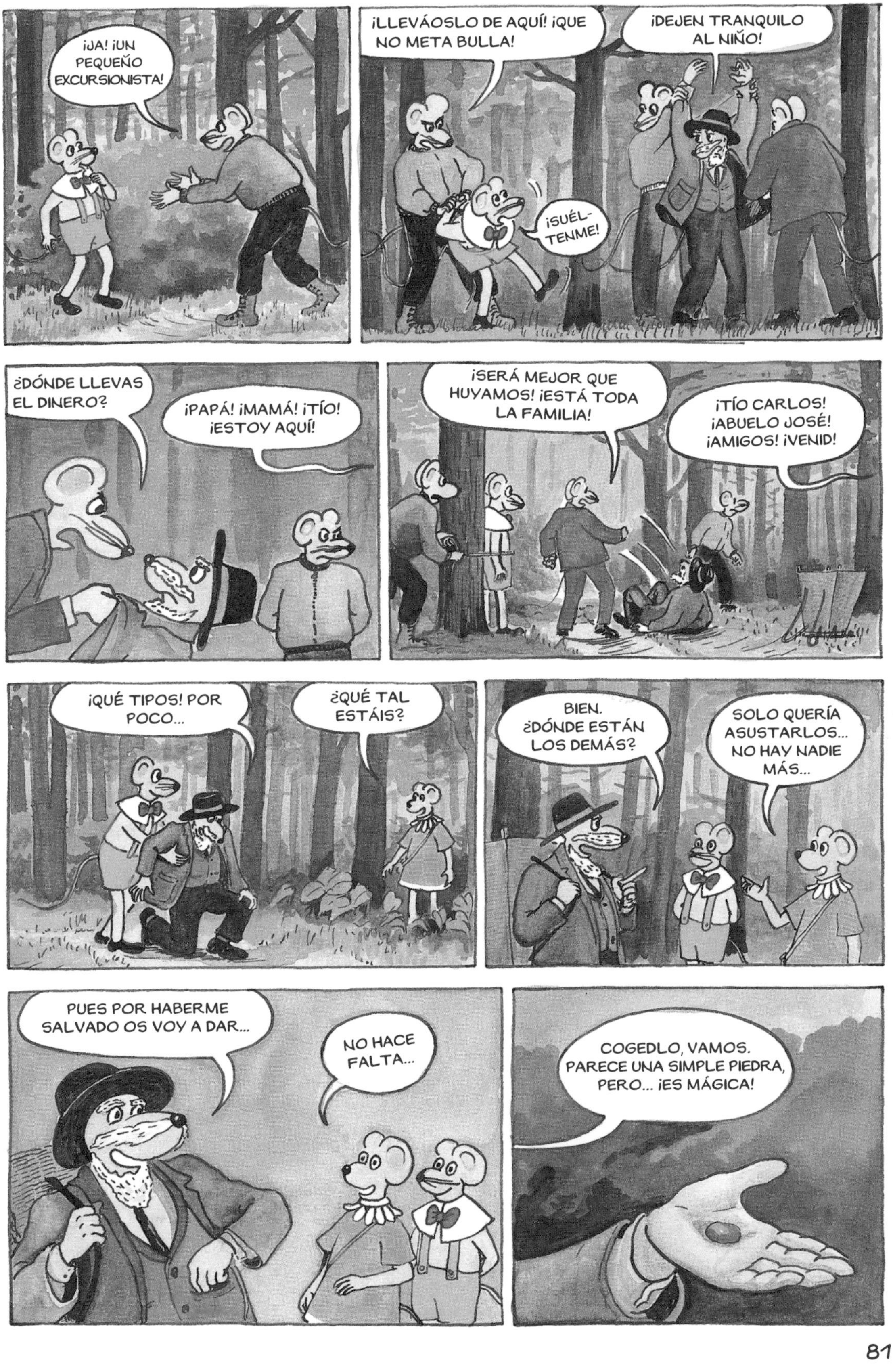
¡JA! ¡UN PEQUEÑO EXCURSIONISTA!
¡LLEVÁOSLO DE AQUÍ! ¡QUE NO META BULLA!
¡SUÉL-TENME!
¡DEJEN TRANQUILO AL NIÑO!
¿DÓNDE LLEVAS EL DINERO?
¡PAPÁ! ¡MAMÁ! ¡TÍO! ¡ESTOY AQUÍ!
¡SERÁ MEJOR QUE HUYAMOS! ¡ESTÁ TODA LA FAMILIA!
¡TÍO CARLOS! ¡ABUELO JOSÉ! ¡AMIGOS! ¡VENID!
¡QUÉ TIPOS! POR POCO...
¿QUÉ TAL ESTÁIS?
BIEN. ¿DÓNDE ESTÁN LOS DEMÁS?
SOLO QUERÍA ASUSTARLOS... NO HAY NADIE MÁS...
PUES POR HABERME SALVADO OS VOY A DAR...
NO HACE FALTA...
COGEDLO, VAMOS. PARECE UNA SIMPLE PIEDRA, PERO... ¡ES MÁGICA!

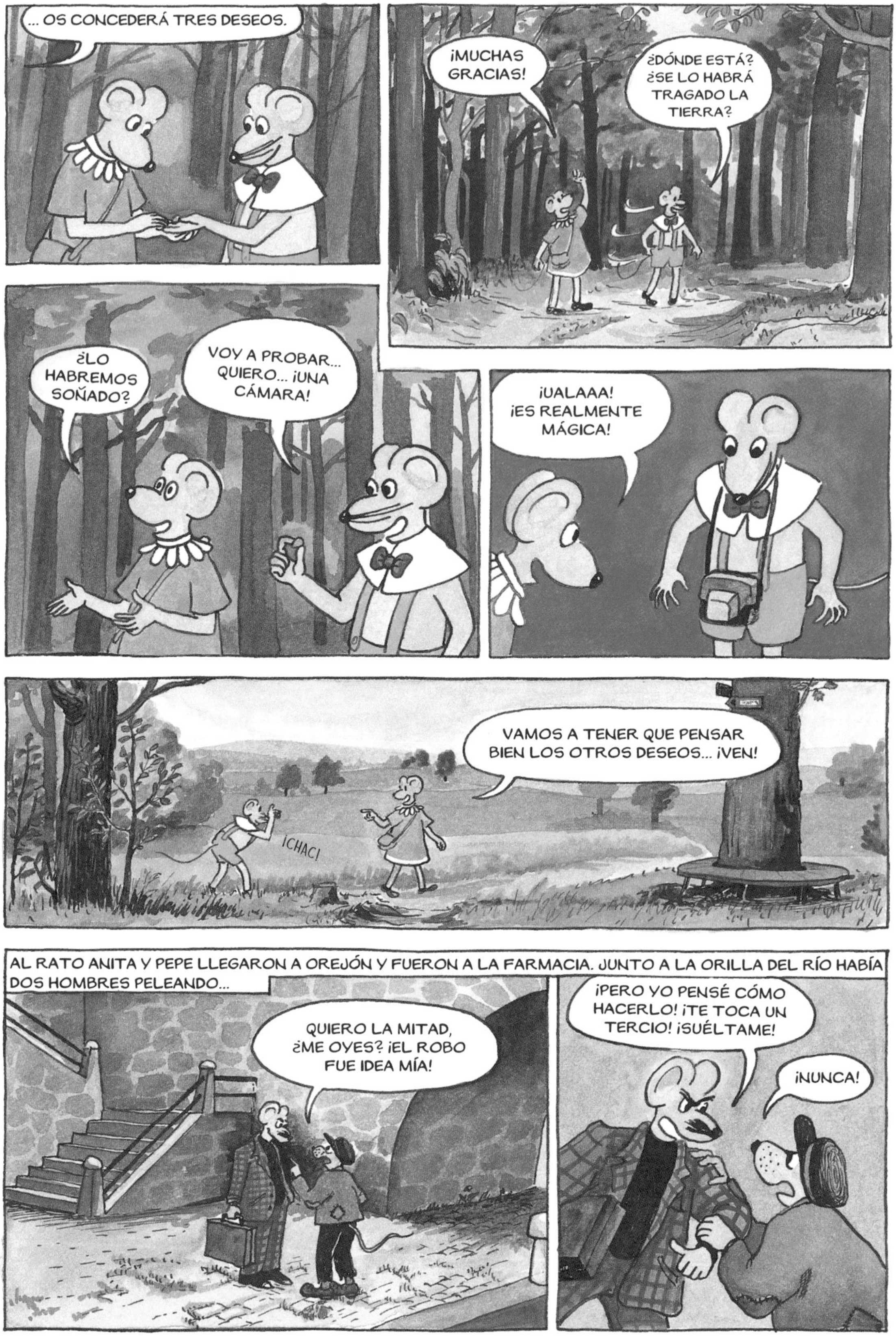
... OS CONCEDERÁ TRES DESEOS.
¡MUCHAS GRACIAS!
¿DÓNDE ESTÁ? ¿SE LO HABRÁ TRAGADO LA TIERRA?
¿LO HABREMOS SOÑADO?
VOY A PROBAR... QUIERO... ¡UNA CÁMARA!
¡UALAAA! ¡ES REALMENTE MÁGICA!
VAMOS A TENER QUE PENSAR BIEN LOS OTROS DESEOS... ¡VEN!
¡CHAC!
AL RATO ANITA Y PEPE LLEGARON A OREJÓN Y FUERON A LA FARMACIA. JUNTO A LA ORILLA DEL RÍO HABÍA DOS HOMBRES PELEANDO...
QUIERO LA MITAD, ¿ME OYES? ¡EL ROBO FUE IDEA MÍA!
¡PERO YO PENSÉ CÓMO HACERLO! ¡TE TOCA UN TERCIO! ¡SUÉLTAME!
¡NUNCA!

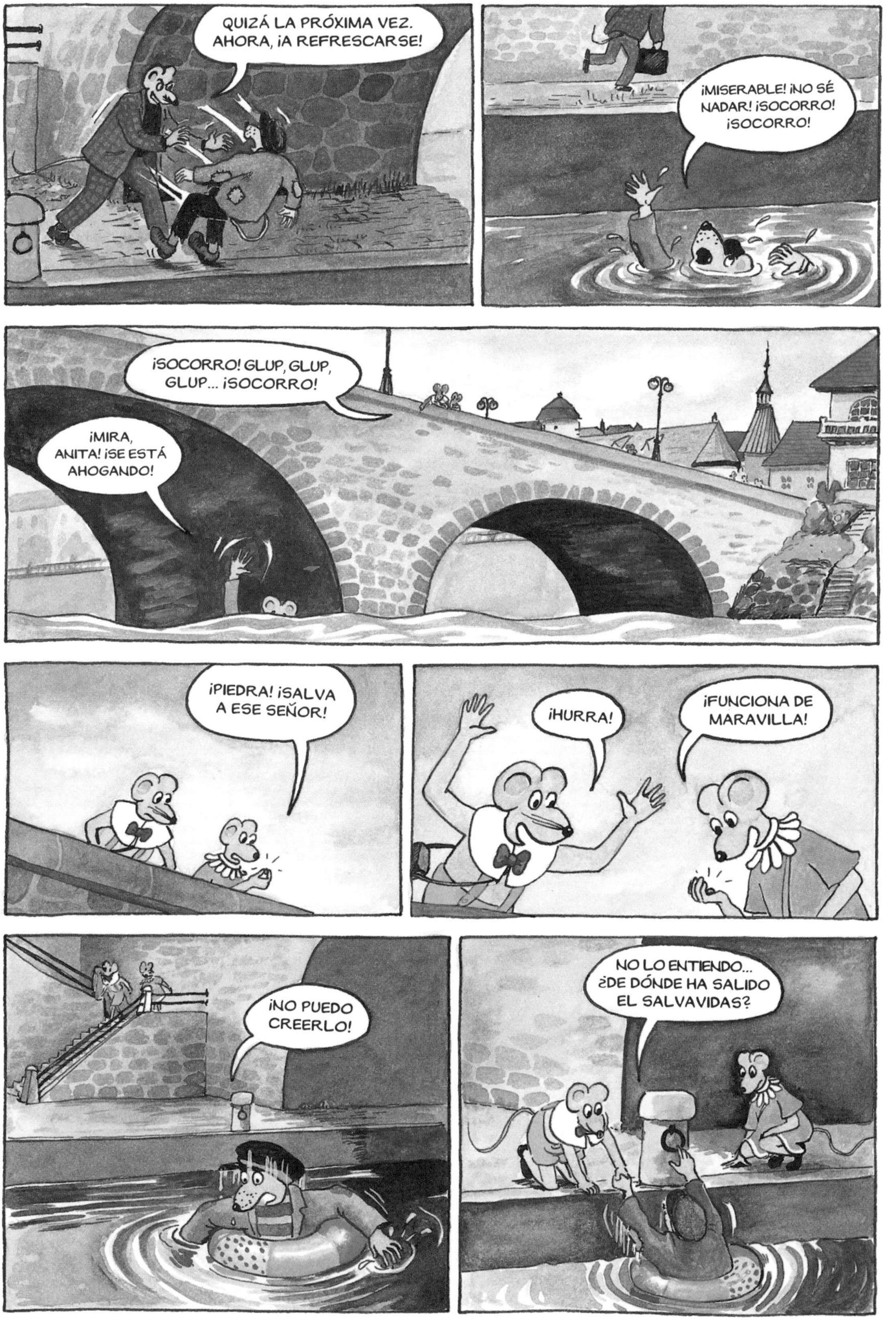
QUIZÁ LA PRÓXIMA VEZ. AHORA, ¡A REFRESCARSE!
¡MISERABLE! ¡NO SÉ NADAR! ¡SOCORRO! ¡SOCORRO!
¡SOCORRO! GLUP, GLUP, GLUP... ¡SOCORRO!
¡MIRA, ANITA! ¡SE ESTÁ AHOGANDO!
¡PIEDRA! ¡SALVA A ESE SEÑOR!
¡HURRA!
¡FUNCIONA DE MARAVILLA!
¡NO PUEDO CREERLO!
NO LO ENTIENDO... ¿DE DÓNDE HA SALIDO EL SALVAVIDAS?

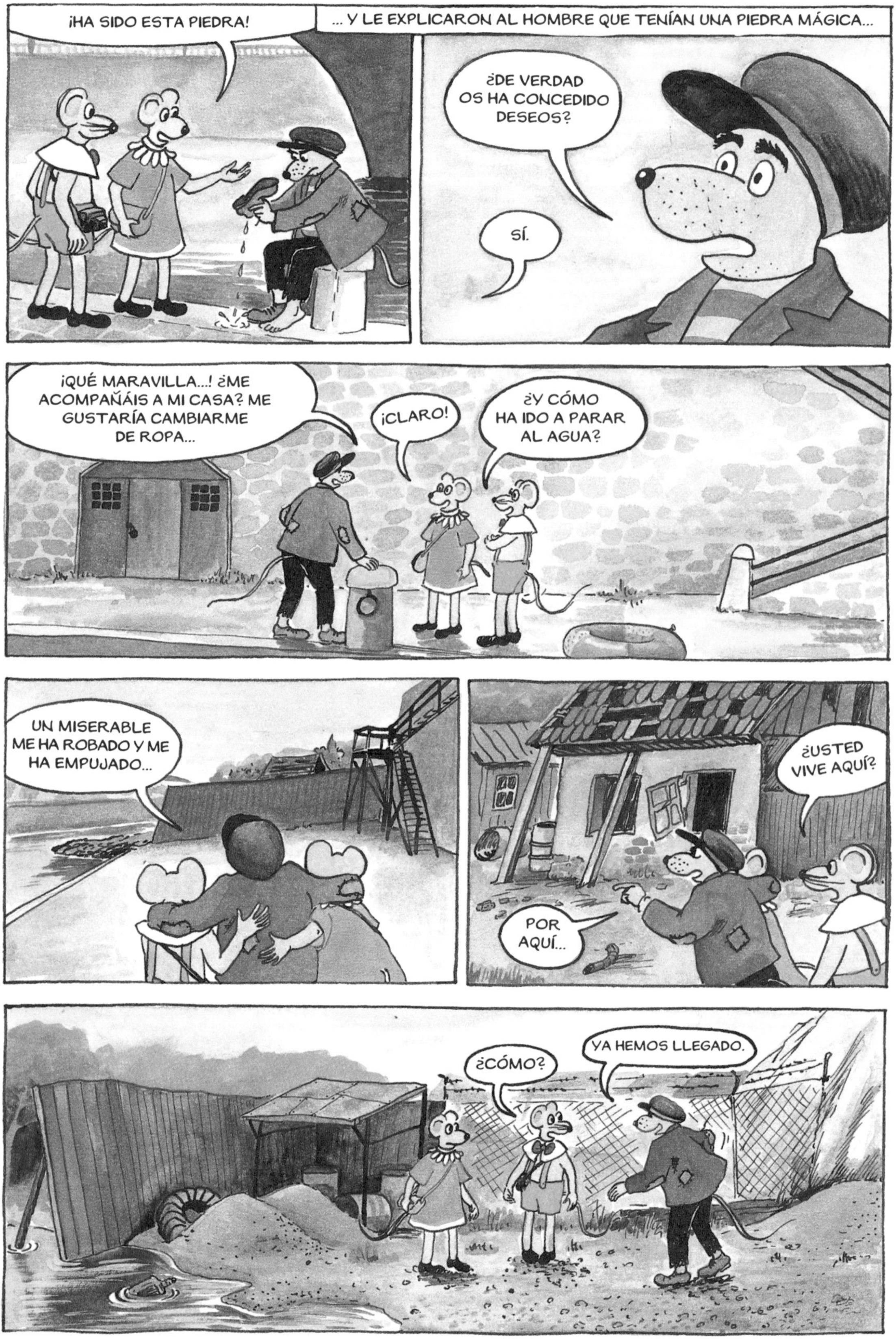
¡HA SIDO ESTA PIEDRA!
... Y LE EXPLICARON AL HOMBRE QUE TENÍAN UNA PIEDRA MÁGICA...
¿DE VERDAD OS HA CONCEDIDO DESEOS?
SÍ.
¡QUÉ MARAVILLA...! ¿ME ACOMPAÑÁIS A MI CASA? ME GUSTARÍA CAMBIARME DE ROPA...
¡CLARO!
¿Y CÓMO HA IDO A PARAR AL AGUA?
UN MISERABLE ME HA ROBADO Y ME HA EMPUJADO...
¿USTED VIVE AQUÍ?
POR AQUÍ...
YA HEMOS LLEGADO.
¿CÓMO?

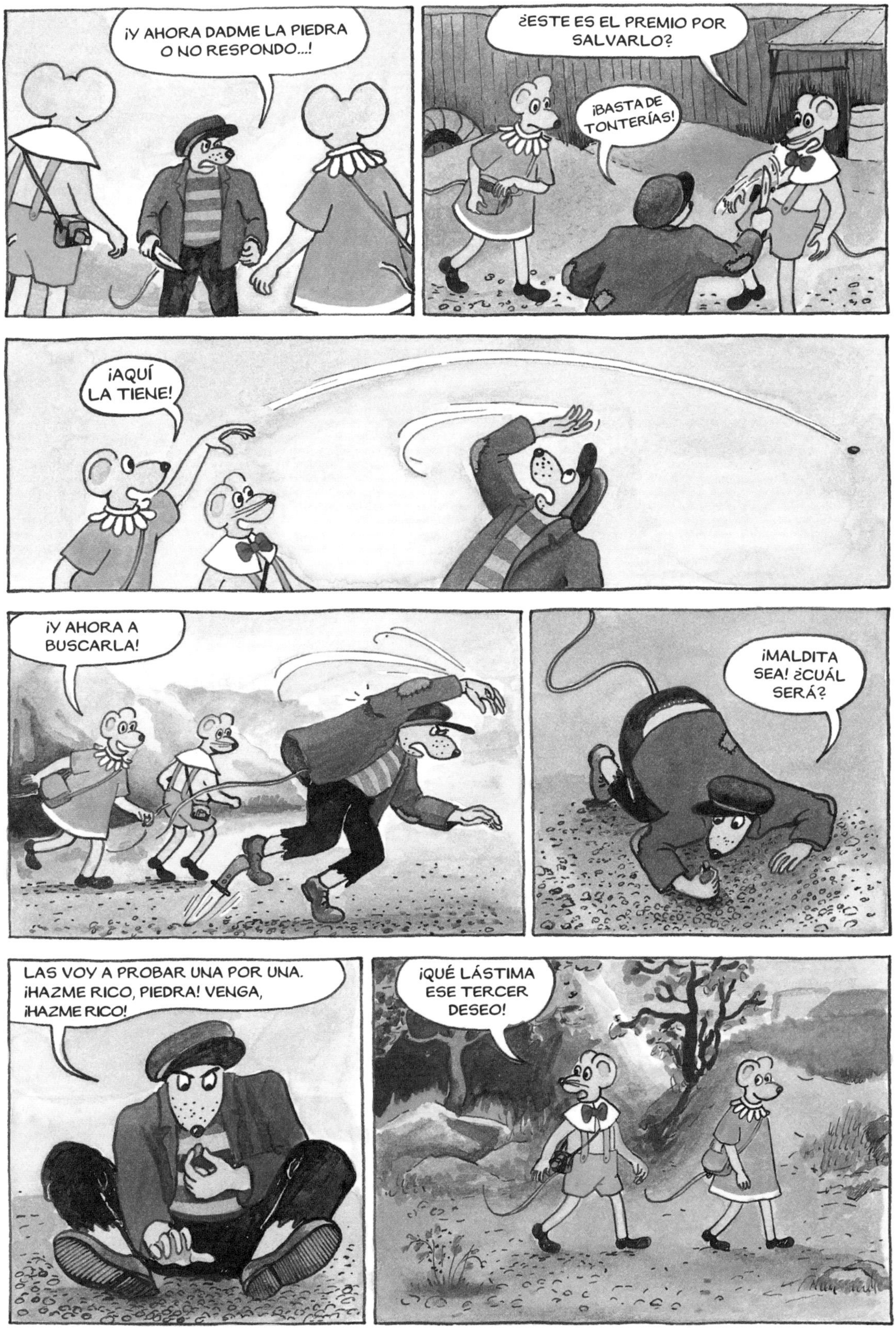
¡Y AHORA DADME LA PIEDRA
O NO RESPONDO...!
¿ESTE ES EL PREMIO POR
SALVARLO?
¡BASTA DE
TONTERÍAS!
¡AQUÍ
LA TIENE!
¡Y AHORA A
BUSCARLA!
¡MALDITA
SEA! ¿CUÁL
SERÁ?
LAS VOY A PROBAR UNA POR UNA.
¡HAZME RICO, PIEDRA! VENGA,
¡HAZME RICO!
¡QUÉ LÁSTIMA
ESE TERCER
DESEO!

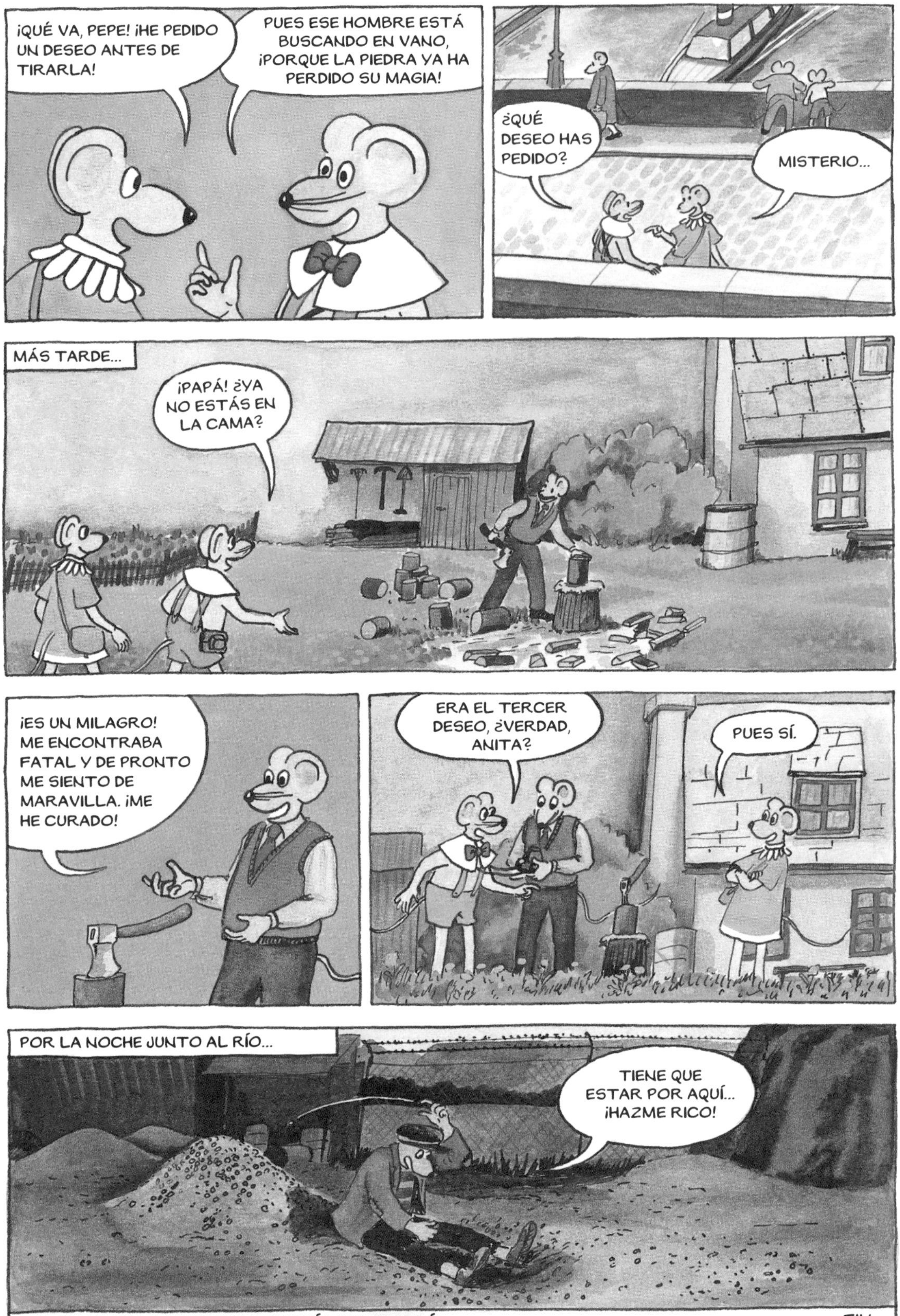
¡QUÉ VA, PEPE! ¡HE PEDIDO UN DESEO ANTES DE TIRARLA!
PUES ESE HOMBRE ESTÁ BUSCANDO EN VANO, ¡PORQUE LA PIEDRA YA HA PERDIDO SU MAGIA!
¿QUÉ DESEO HAS PEDIDO?
MISTERIO...
MÁS TARDE...
¡PAPÁ! ¿YA NO ESTÁS EN LA CAMA?
¡ES UN MILAGRO! ME ENCONTRABA FATAL Y DE PRONTO ME SIENTO DE MARAVILLA. ¡ME HE CURADO!
ERA EL TERCER DESEO, ¿VERDAD, ANITA?
PUES SÍ.
POR LA NOCHE JUNTO AL RÍO...
TIENE QUE ESTAR POR AQUÍ... ¡HAZME RICO!
... Y, SI NO SE HA MUERTO, TODAVÍA SIGUE ALLÍ...
FIN.

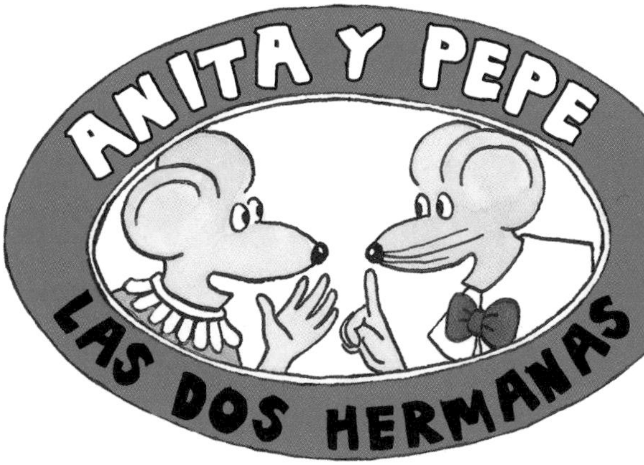
ANITA Y PEPE
LAS DOS HERMANAS

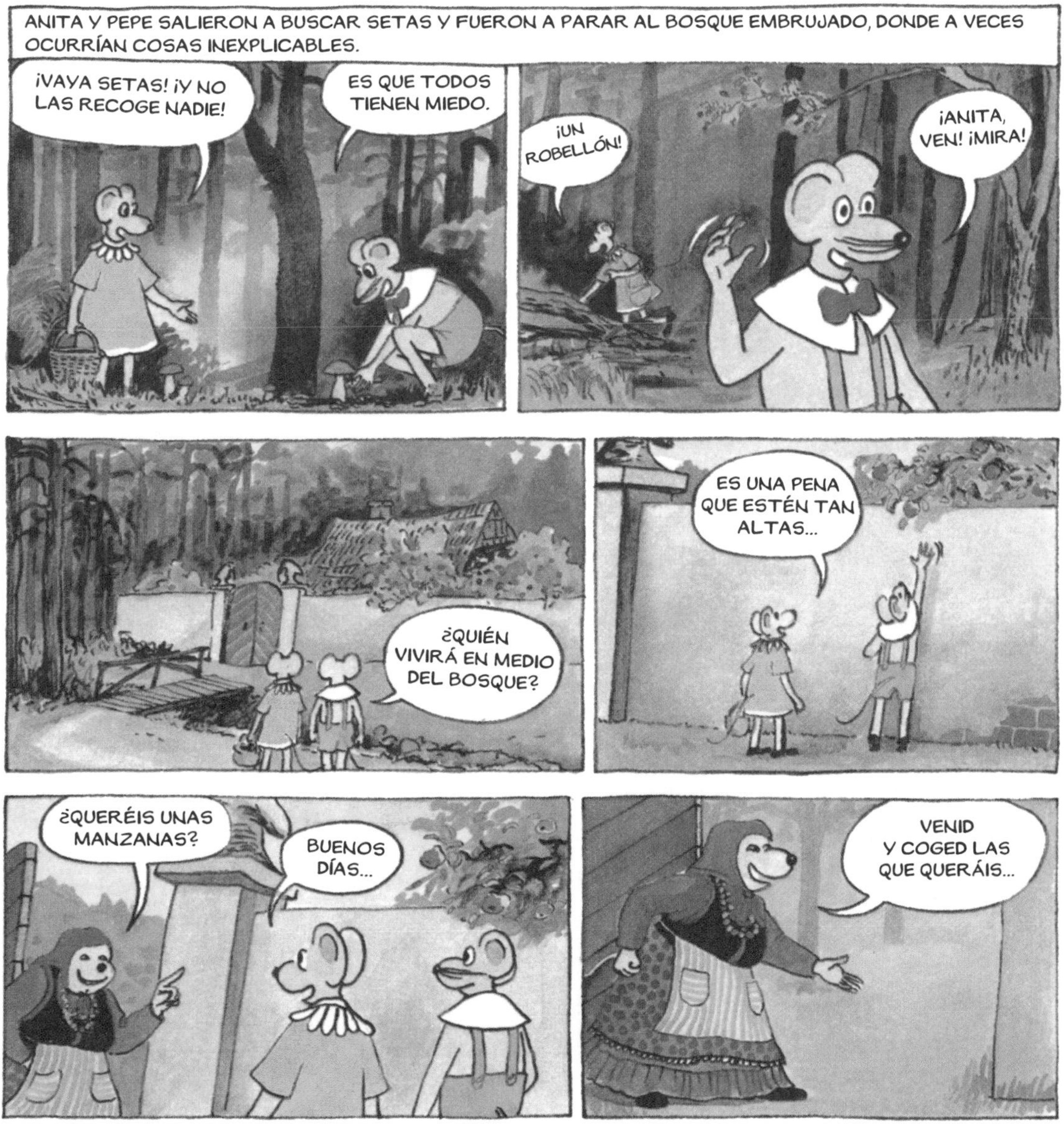
ANITA Y PEPE SALIERON A BUSCAR SETAS Y FUERON A PARAR AL BOSQUE EMBRUJADO, DONDE A VECES OCURRÍAN COSAS INEXPLICABLES.
¡VAYA SETAS! ¡Y NO LAS RECOGE NADIE!
ES QUE TODOS TIENEN MIEDO.
¡UN ROBELLÓN!
¡ANITA, VEN! ¡MIRA!
¿QUIÉN VIVIRÁ EN MEDIO DEL BOSQUE?
ES UNA PENA QUE ESTÉN TAN ALTAS...
¿QUERÉIS UNAS MANZANAS?
BUENOS DÍAS...
VENID Y COGED LAS QUE QUERÁIS...

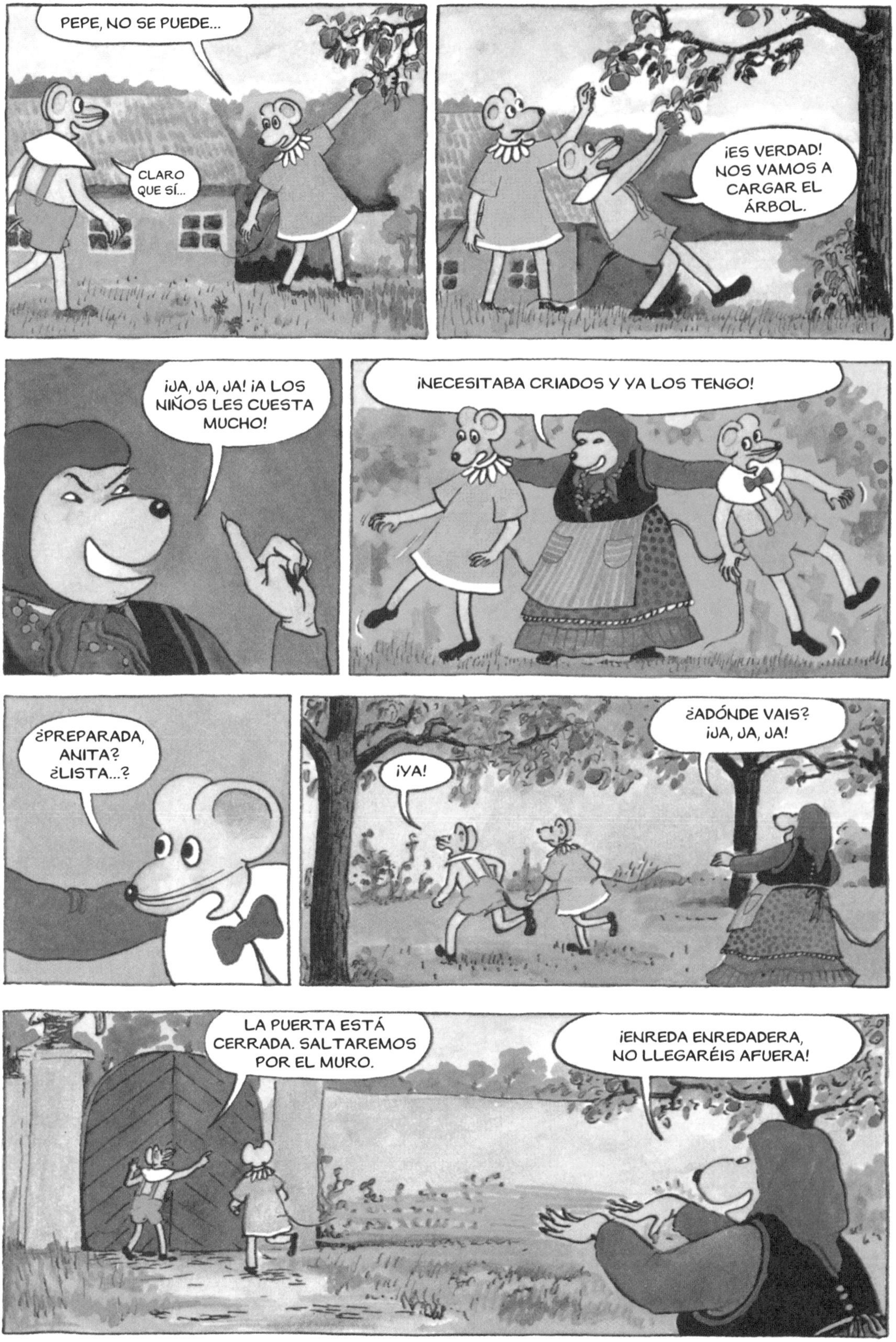
PEPE, NO SE PUEDE...
CLARO QUE SÍ...
¡ES VERDAD! NOS VAMOS A CARGAR EL ÁRBOL.
¡JA, JA, JA! ¡A LOS NIÑOS LES CUESTA MUCHO!
¡NECESITABA CRIADOS Y YA LOS TENGO!
¿PREPARADA, ANITA? ¿LISTA...?
¡YA!
¿ADÓNDE VAIS? ¡JA, JA, JA!
LA PUERTA ESTÁ CERRADA. SALTAREMOS POR EL MURO.
¡ENREDA ENREDADERA, NO LLEGARÉIS AFUERA!

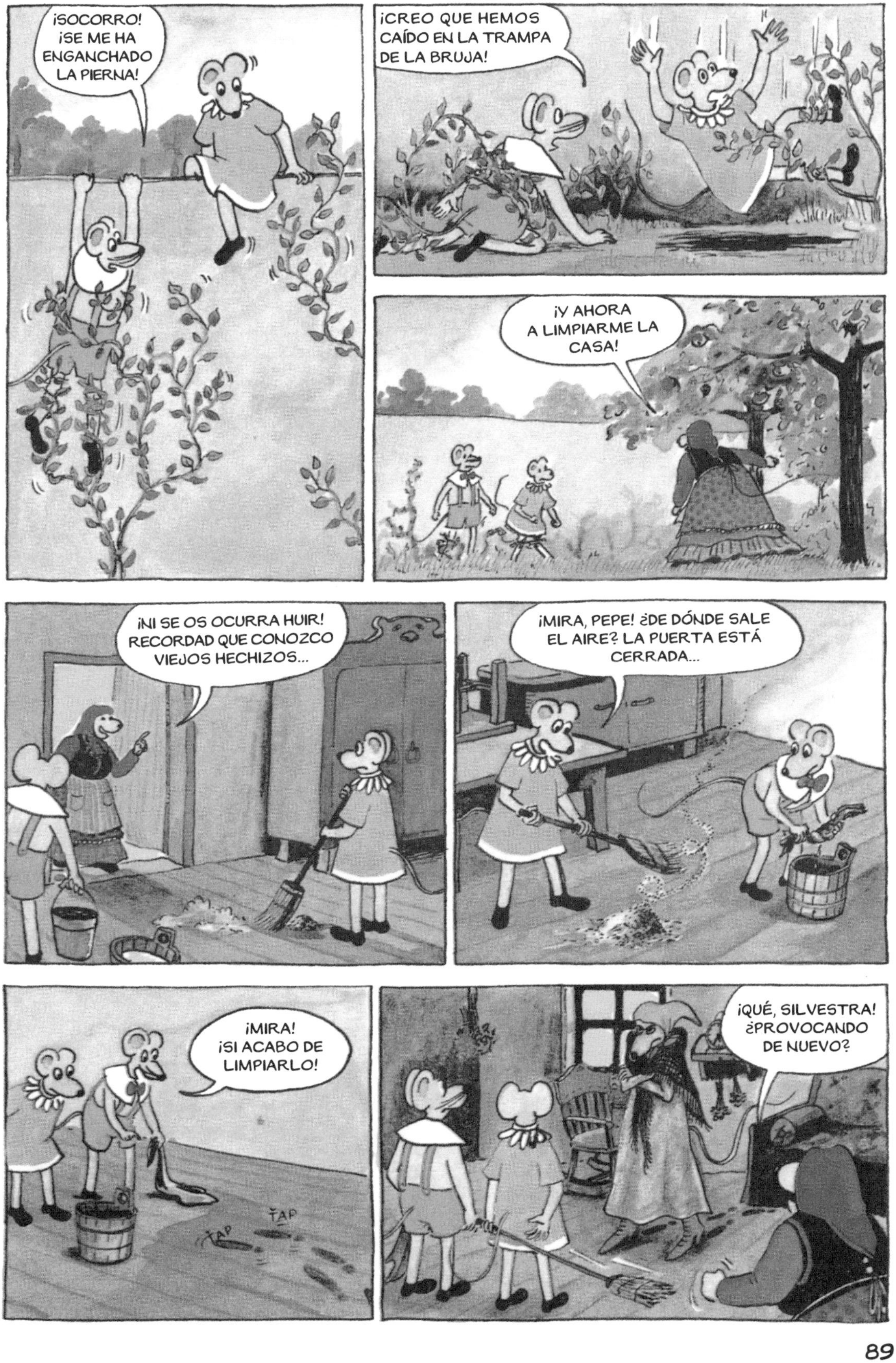
¡SOCORRO! ¡SE ME HA ENGANCHADO LA PIERNA!
¡CREO QUE HEMOS CAÍDO EN LA TRAMPA DE LA BRUJA!
¡Y AHORA A LIMPIARME LA CASA!
¡NI SE OS OCURRA HUIR! RECORDAD QUE CONOZCO VIEJOS HECHIZOS...
¡MIRA, PEPE! ¿DE DÓNDE SALE EL AIRE? LA PUERTA ESTÁ CERRADA...
¡MIRA! ¡SI ACABO DE LIMPIARLO!
TAP
TAP
¡QUÉ, SILVESTRA! ¿PROVOCANDO DE NUEVO?

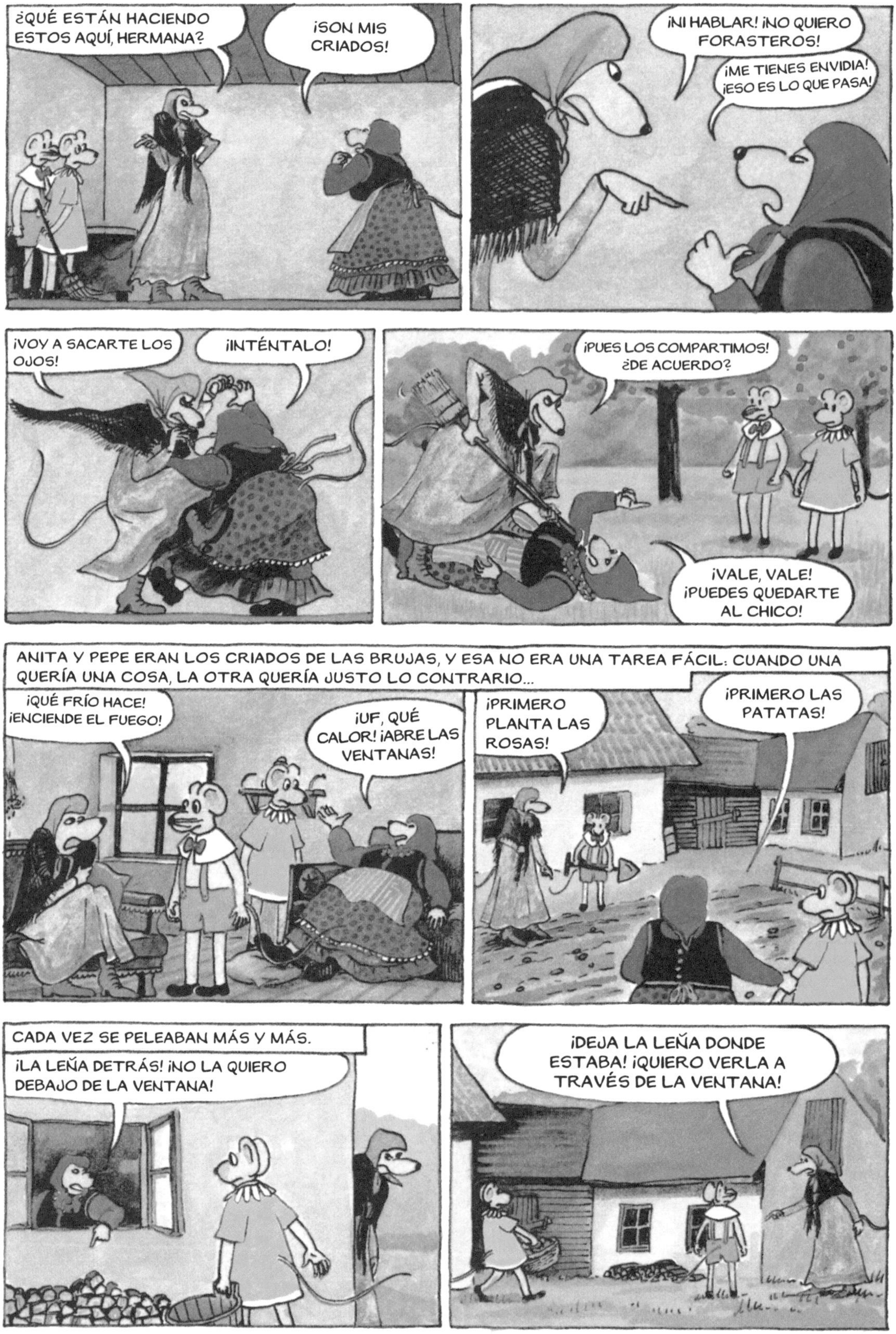
¿QUÉ ESTÁN HACIENDO ESTOS AQUÍ, HERMANA?
¡SON MIS CRIADOS!
¡NI HABLAR! ¡NO QUIERO FORASTEROS!
¡ME TIENES ENVIDIA! ¡ESO ES LO QUE PASA!
¡VOY A SACARTE LOS OJOS!
¡INTÉNTALO!
¡PUES LOS COMPARTIMOS! ¿DE ACUERDO?
¡VALE, VALE! ¡PUEDES QUEDARTE AL CHICO!
ANITA Y PEPE ERAN LOS CRIADOS DE LAS BRUJAS, Y ESA NO ERA UNA TAREA FÁCIL: CUANDO UNA QUERÍA UNA COSA, LA OTRA QUERÍA JUSTO LO CONTRARIO...
¡QUÉ FRÍO HACE! ¡ENCIENDE EL FUEGO!
¡UF, QUÉ CALOR! ¡ABRE LAS VENTANAS!
¡PRIMERO PLANTA LAS ROSAS!
¡PRIMERO LAS PATATAS!
CADA VEZ SE PELEABAN MÁS Y MÁS.
¡LA LEÑA DETRÁS! ¡NO LA QUIERO DEBAJO DE LA VENTANA!
¡DEJA LA LEÑA DONDE ESTABA! ¡QUIERO VERLA A TRAVÉS DE LA VENTANA!

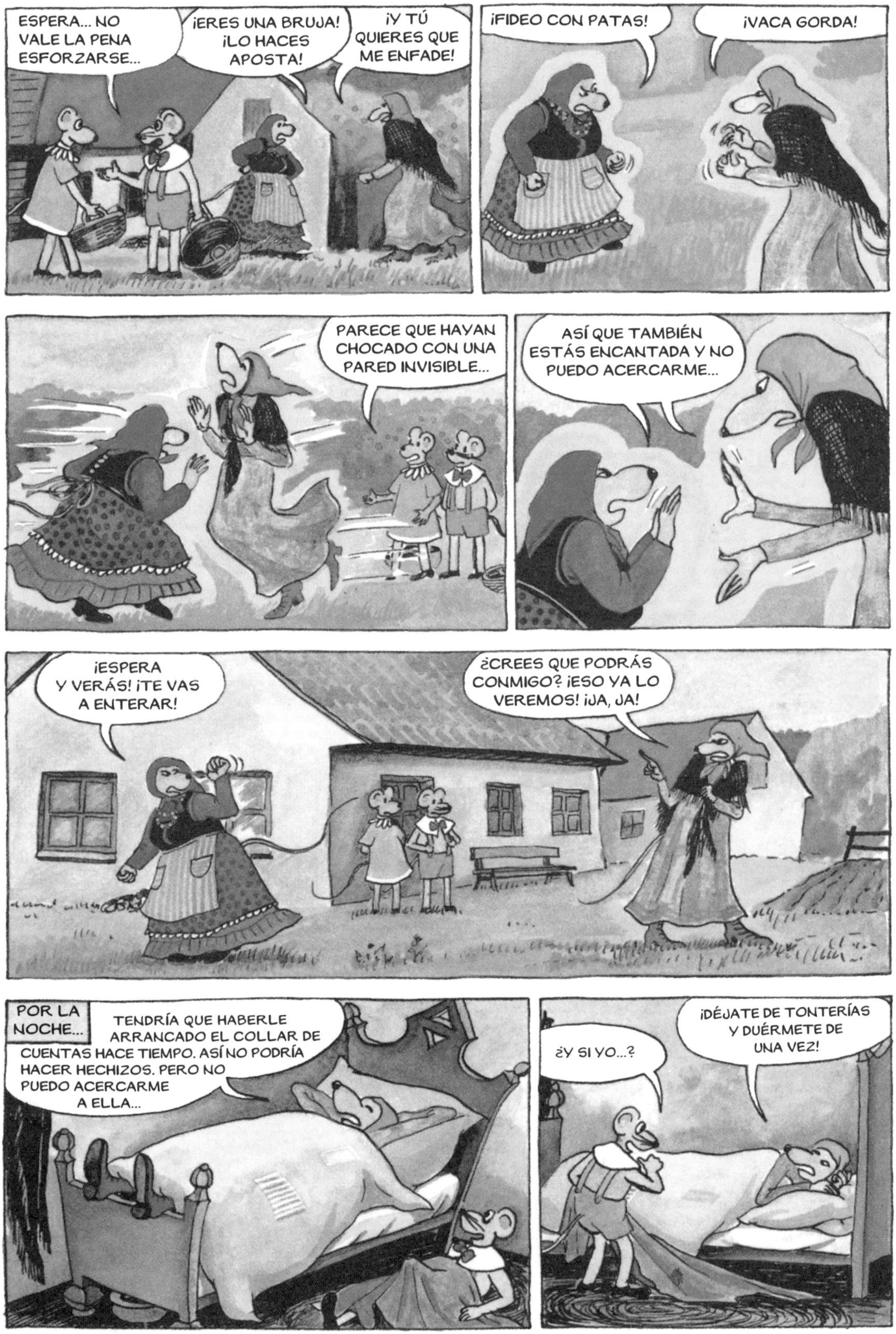
ESPERA... NO VALE LA PENA ESFORZARSE...
¡ERES UNA BRUJA! ¡LO HACES APOSTA!
¡Y TÚ QUIERES QUE ME ENFADE!
¡FIDEO CON PATAS!
¡VACA GORDA!
PARECE QUE HAYAN CHOCADO CON UNA PARED INVISIBLE...
ASÍ QUE TAMBIÉN ESTÁS ENCANTADA Y NO PUEDO ACERCARME...
¡ESPERA Y VERÁS! ¡TE VAS A ENTERAR!
¿CREES QUE PODRÁS CONMIGO? ¡ESO YA LO VEREMOS! ¡JA, JA!
POR LA NOCHE...
TENDRÍA QUE HABERLE ARRANCADO EL COLLAR DE CUENTAS HACE TIEMPO. ASÍ NO PODRÍA HACER HECHIZOS. PERO NO PUEDO ACERCARME A ELLA...
¿Y SI YO...?
¡DÉJATE DE TONTERÍAS Y DUÉRMETE DE UNA VEZ!

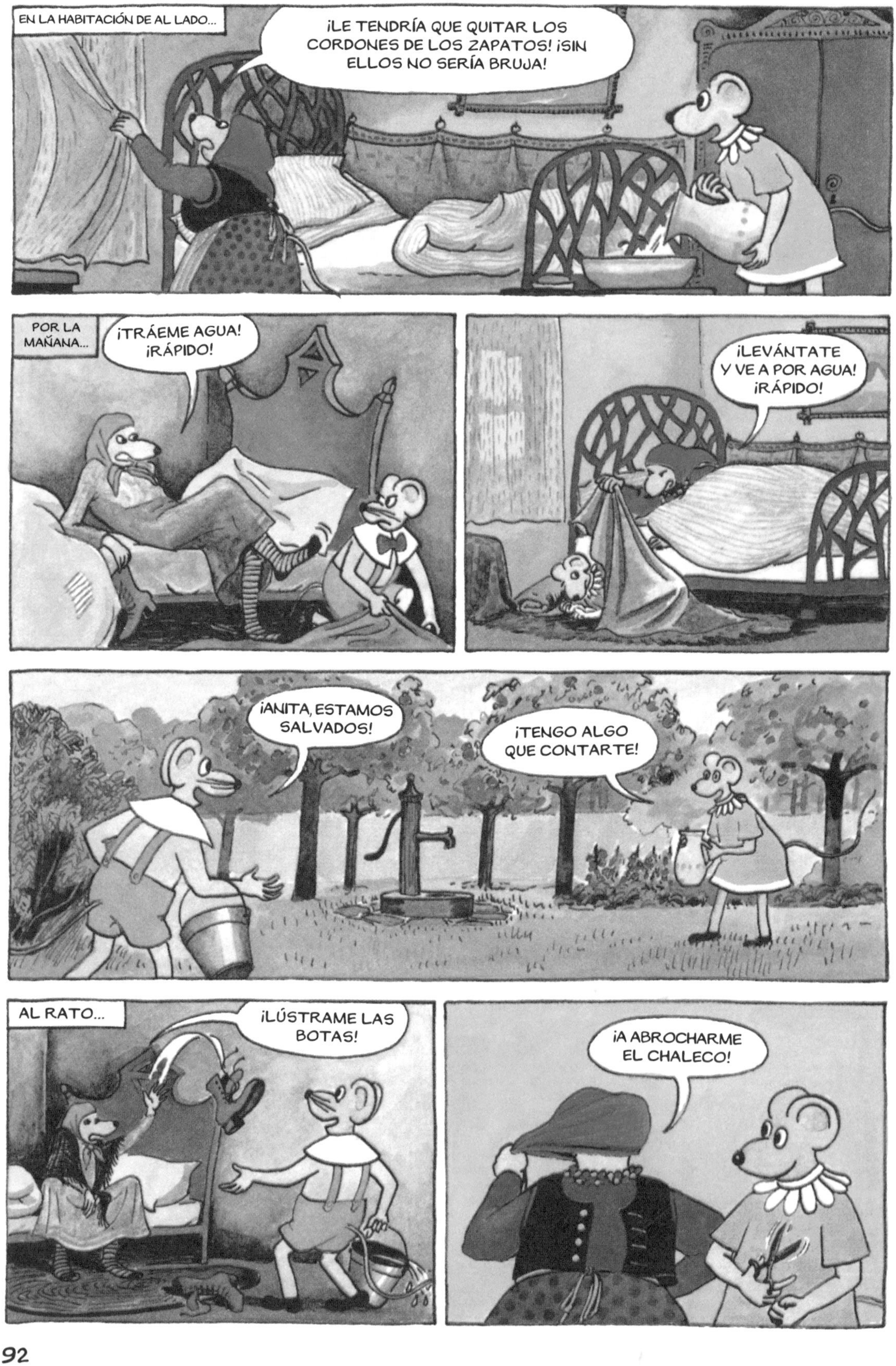
EN LA HABITACIÓN DE AL LADO...
¡LE TENDRÍA QUE QUITAR LOS CORDONES DE LOS ZAPATOS! ¡SIN ELLOS NO SERÍA BRUJA!
POR LA MAÑANA...
¡TRÁEME AGUA! ¡RÁPIDO!
¡LEVÁNTATE Y VE A POR AGUA! ¡RÁPIDO!
¡ANITA, ESTAMOS SALVADOS!
¡TENGO ALGO QUE CONTARTE!
AL RATO...
¡LÚSTRAME LAS BOTAS!
¡A ABROCHARME EL CHALECO!

Papel certificado por el Forest Stewardship Council®

Este libro ha sido publicado con el apoyo
del Ministerio de Cultura de la República Checa

Título original: *Anča a Pepík 2*

Primera edición: marzo de 2020

© 2004, 2016, Lucie Lomová
© 2020, Penguin Random House Grupo Editorial, S. A. U.
Travessera de Gràcia, 47-49. 08021 Barcelona
© 2020, Núria Mirabet i Cucala, por la traducción

Printed in Spain – Impreso en España

ISBN: 978-84-17910-22-8
Depósito legal: B-452-2020

Compuesto en M. I. Maquetación, S. L.

Impreso Egedsa
Sabadell (Barcelona)

RK 1 0 2 2 8

Penguin
Random House
Grupo Editorial

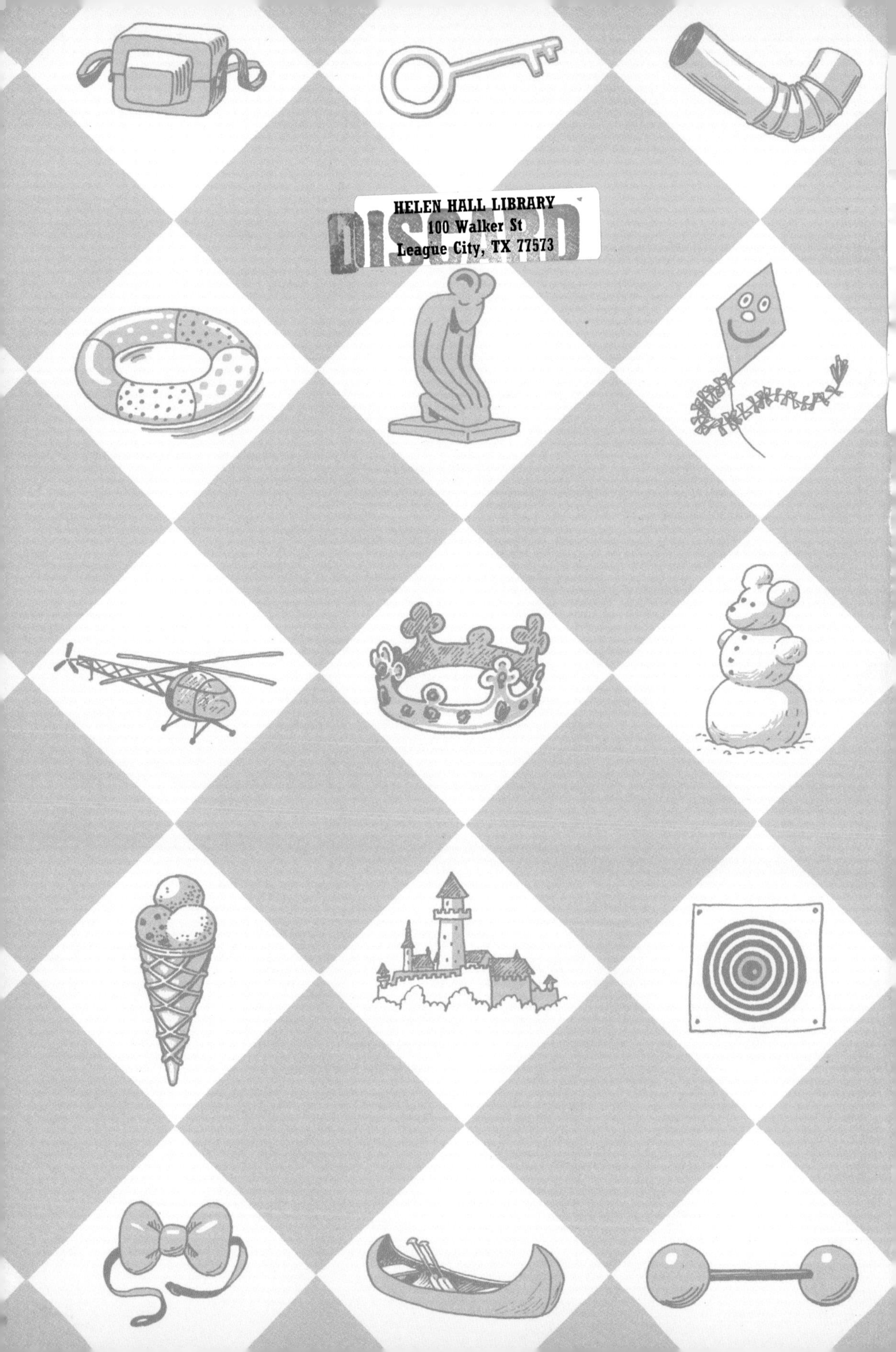